U0094909

暢銷言情名家
鏡水

REVERSE

卷二

魔塔。

其實不單是指高塔，而是一個和魔法師有關的，極小村落的代稱。

會以「塔」爲主要稱呼，則是由於在此地有一座聳立的塔。那塔被一棵參天大樹纏繞著，兩者密不可分，彷彿是樹中長出塔，又或者是塔中生出了樹。

塔的頂端，隱密在翠綠茂盛的樹葉裡，通常住著他們的領導者，也稱爲魔塔的主人。

很久很久以前，那樹曾被稱爲天上樹，塔也因此名爲天上塔，隱含與神明接觸的奇幻之地意義。在這裡生活的人們，因爲擁有凡人沒有的能力，所以被當成神的使者。

他們，也就是後來的艾爾弗一族。

魔法師盛名時代，這裡約有近百名住民，即使天生具有魔力，他們卻不一定都是魔法師。魔塔並非魔法師培育所，更像是擁有魔力者的村落，有的人樂於利用自己的力量，有的人只想要研究，甚至希望永遠待在此地平凡地度過一生，魔力強弱以及個人意志，都會影響選擇。

這個地方，就是讓有著共同之處的人們，能夠找到同伴的地方。

隨著魔法師的沒落，現今魔塔的魔法師已寥寥無幾，有魔力微弱到近乎常人的，更有毫無魔力，對魔法有興趣，作爲單純探究長居在這的人。

曾經這裡人滿爲患必須增建房屋，現在留下的少數人都聚集在魔塔附近，外圍的住宅皆已破敗。以往熱鬧的景象不復在，留下的僅有視此處爲家鄉，或對魔法，以及對魔法師執著之人。

「大人！阿南刻大人！」一名穿著素色長袍的中年男子，推開塔頂房間的大門，一邊衝進去一邊呼喊著。

就見眼前一片開闊的風景，圓形的純白空間彷彿沒有建物限制，能夠看到遠方的雪地與清澈的藍天，宛如整個房間是飄浮著的，唯有腳下踩的白石地板給人踏實的觸感。

略微彎曲的樹木穿過中央，圍繞出一個奇妙的區域，看起來就像天然的家具一般，不僅有桌面，也有座位。

帝國前大魔法師阿南刻，就坐在那裡。她看起來非常普通，就是一位白髮蒼蒼，身材嬌小的老婆婆。

據聞，她已經超過一百二十歲。也因此，傳說艾爾弗一族的壽命相對長久。

阿南刻收回望著窗外的視線，緩緩地轉過頭。

中年男子不住地喘息，正吸口氣要講話，便聽阿南刻道：

「尊貴的客人來訪了，請他們上來。殿下，和那個孩子。」

中年男子聞言緩和下來，旋即微低頭致意，道：

「我知道了。」

皇太子莫維所帶領的隊伍，即使僅有十數人，在這塊極小村落前方，也足以顯得雄壯威武。

當他們來到魔塔時，居住在這裡的人們沒有太多反應，最多就是看了一眼，對這麼多外人的到來一點也不好奇或疑惑。

莫維停住馬，歐里亞斯立刻舉起手，向後方隊伍示意不要再前進。

單手摟著懷裡被毛毯包裹的格提亞，莫維俐落地下馬。

他剛在不遠處就看到有人跑去通報了。

果然，很快地一名穿著長袍的中年男子上前對他行禮，道：

「拜見尊貴的皇太子殿下，吾名為彼得，是魔塔忠誠的弟子。甚為惶恐，魔塔的主人阿南刻大人因故無法前來迎接，懇請殿下跟著我入塔會面。」

阿南刻離塔即會死亡。這是皇室才知道的祕密。

所以儘管這不大合乎禮數，莫維並未追究阿南刻在塔頂暫避出面的不敬之舉。

彼得見他面色未改，沒因此發怒，稍鬆口氣，跟著道：

「請這邊走。」他彎著腰，非常恭敬地準備帶路。

莫維長腿才跨出，後面的騎士們隨之動作，中年男子見狀，又道：

「抱歉。只有皇太子殿下能入塔。」

歐里亞斯一干人愣住，莫維偏過頭，用眼神讓他們原地待著。

彼得又是一陣汗意，忍不住抹了下額頭，道：

「這邊請。」他伸出手臂指引方向。

隨著距離愈來愈近，莫維注視著眼前的白色石塔。小時候，他在書裡看過這座魔塔的樣子，那簡略的素描圖畫，沒有親眼見識來得眞實。

不像是凡人能夠打造出來的建築，樹木纏繞著高塔，彷彿具有生命，共生共容。

魔塔的入口，是一扇普通尋常的木門，就和村鎭裡常見的那些一樣。

彼得推開大門，展現在面前的，是一座往上攀爬的螺旋樓梯，以及，另一扇白色的門扉。

那就在樓梯旁邊，隱隱散發微光的門，令莫維腳下一震。

宛如起了共鳴似的。

「要到塔頂有兩個方式，沒有魔力的人可以走樓梯；而有魔力的人，則可以打開與通過這道門。」彼得話落的同時，門自己緩慢地開啓了。

一片亮光照向雙眼，莫維感到短暫的目眩，若是平時，在視力有礙的狀況，他早已擺出武裝姿態，不過此時，這個光芒，沒有讓他感覺到絲毫危險。

僅是一剎那的瞬間。

當他再度能夠看清事物時，已站在截然不同的地方。

那是一個十分神奇，猶如飄浮在半空的空間。

他垂下眼，注視著出現在他面前，對他深深鞠躬的老者。

「帝國前大魔法師阿南刻，拜見尊貴的皇太子殿下。」阿南刻雙手放在腹部，躬身非常尊敬地行禮。

莫維總算啓唇，說出抵達此地的第一句話：

「別來無恙啊，阿南刻。」他垂眸由上往下地睇視著，嘴角揚著笑意，眼神卻是冰冷無比。

他們並不是第一次見面。

在阿南刻還可以隨意離開魔塔時，在阿南刻於皇宮任職時；在莫維年紀很小，對什麼事物都還懵懂及無能爲力的，那個時候。

阿南刻安靜不出聲，保持恭敬的姿勢。

莫維道：

「妳好像知道我爲什麼會來。」

就是一種感覺。遠征隊來到附近，從這裡是可以看見的，所以知曉他的到來沒有什麼奇怪的，可是，在看見他手裡抱著的人時，阿南刻卻未產生一點疑問和反應，連眼神的困惑都不曾有過。

「不。」阿南刻抬起臉，她的瞳眸竟是灰白色的，道：「只是，這個孩子離開魔塔時，我就預備著會有這麼一天了。歡迎回家。」她上前一步，伸出手，撥開毛毯，露出格提亞沉眠的臉孔，露出慈愛的微笑。

她從莫維懷裡接過格提亞，這使得莫維挑起眉頭。明明是個老婦，居然毫不費力地抱起成年男子，就算格提亞再怎麼瘦弱，這也是不可能如此輕鬆的。那麼，就是使用魔法了。

這麼想道，就聽阿南刻道：

「請不用驚訝。即便我年事已高，魔力大不如前，這點小事還是可以辦到的。」在說出這幾句話時，她亦接觸到格提亞身體，有一瞬間的停頓。

莫維並未看漏這點。

「他說，他失去了絕大部分的魔力。但是我不相信。」他道。

阿南刻將格提亞移動到房間中央的樹木旁邊。跟著她抬起單手，將掌心輕貼上樹幹。

神奇的事情發生了。

那樹幹的分枝，宛如生物似的伸了出來，捲起阿南刻手裡的格提亞，輕柔地放置在彎曲的橫向主幹上。

像是一張木床，讓格提亞躺在上面。

旋即，一團溫柔的微光，包裹住格提亞。

毛毯敞開因而露出胸口的魔法陣，正回應著樹木般泛著紫光。阿南刻靜靜地望著那個魔法陣，以及刻在裡面的名字。

「這是……生命之樹。雖然也叫做天上樹，不過我還是覺得最初的這個名字更適合。這棵樹和艾爾弗一族相同，都是擁有不凡力量的存在。」她轉過頭，看向莫維，緩慢地道：「說艾爾弗的起源是生命之樹，也不為過。」

這些，都紀錄在皇室圖書館的書籍裡面。別人可能對這些不敢興趣，莫維從小研究己身的魔力，當然曾經讀過。

「所以只要經過生命之樹的治療，他就會醒過來了？」儘管不可思議，莫維對生命之樹並無太多好奇，因為那都寫在書本裡了，格提亞什麼時候能張開眼睛回答問題，才是他想知道的。

「生命之樹可以給予我們活下去的能量，因為這孩子的狀況看起來嚴重了一些，需要幾天時間，不過他會沒事的。」阿南刻道，語氣裡有種相當疼惜的感覺。「……但是他的魔力，不會恢復了。」話鋒一轉，她說。

「……什麼？」莫維瞇起眼睛。

「格提亞．烏西爾，他的母親的姓氏，是艾爾弗。」這三個字，成為一個姓氏流傳了下來。阿南刻一字一句地清楚說道：「所以，格提亞是最偉大也是最初的魔法師，艾爾弗的唯一直系血脈，也因此他天生具有無窮無盡的魔力，那些魔力，的確是消失了。他沒有說謊。」

莫維冷笑一聲。

「就在幾天前，他在我面前施展大規模的魔法。」他提出質疑。

「無論他做了什麼，那都不是他正常使用自己的魔力，也就是這個原因，他才會是如此狀態。因為現在這具身體已失去原本該有的東西，承受不了。」阿南刻道。

莫維沉下臉。

在一陣子的安靜過後，他問：

「他胸口的魔法陣，是怎麼回事？」

阿南刻直視著莫維，就像格提亞常做的一樣，沒有絲毫閃躲。

「那是殿下您刻下的。」

莫維的紫色眼眸剎時變得陰森。

「我很確定，我從沒做過那樣的事。」他不信阿南刻不知道，要在魔法陣烙下自己的名字，需要高階魔力的控制，不是普通魔法師辦得到的事情，這都是流傳已久的魔法書裡寫的。以他目前的狀態，根本不可能。

阿南刻始終平靜，她僅是道：

「如果連殿下都不知道的話，那也不會有人知道了。」

莫維聞言，一瞬間大怒。

「阿南刻！」

「殿下。」阿南刻不卑不亢，儘管氣氛教人窒息，依舊緩慢地道：「刻進魔法陣裡的名字，是獨一無二，沒有辦法模仿或者假冒的，儘管有再厲害的魔法技巧都不可能僞造。理由是，那個名字，就等於那個人的魔力。即便殿下在此砍掉我的頭，我的答覆也只有一個，那就是殿下您自己親手刻下的名字。」

聽到她這麼說，莫維變得面無表情。

格提亞曾經在課堂上教過。魔力與魔法會跟著靈魂，直到死去之前，不論在哪個時空，都會以本來的形式呈現。

也許這一切從一開始就是欺騙，因爲都是出自格提亞口中，跟著靈魂，施展禁術，失去魔力，從進入學院裡就是一個騙局。

他笑了。

就像是先前那凜冽深沉的怒意是錯覺，是作夢，是搞錯了一樣。

「他醒了，讓我知道。」他腳步一轉背過身，穿著的披風飄揚，往那白色的門口走去。

阿南刻目視他消失在光芒之中，隨即緩慢地移動步伐，來到格提亞的旁邊。
那沒有血色的安眠臉孔，看上去既無依，也無辜。
她凝視著這個從小自己帶著的孩子。
「你做了件傻事。」
許久後，她輕輕地嘆息說道。

傳說，天上樹，也就是艾爾弗一族的生命之樹，是神所丟下的一根樹枝。
它掉落在塔頂，和那座塔合而爲一。
依附在上面的神祕力量，讓附近的土地孕育出生命。
第一個孩子，就叫做艾爾弗。
他是從最初就知道自己名字的存在。他一個人，度過一段非常，非常漫長，漫長到不知多久的日子。
也許是神憐惜他太過寂寞與孤獨，賜予更多的小孩陪伴他，這些孩子則都是由艾爾

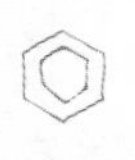
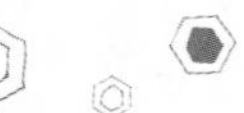

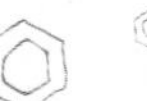

弗取名。接下來，陸陸續續又有同伴誕生，於是逐漸聚集成一個部落，變爲一個小的村莊。

他們在這裡，無憂無慮地生活著。

甚至曾經以爲，這個世界只有彼此。

有一天，一名外來者，闖入他們所居住的地區。

自那時候開始，他們才知曉，原來，還有外面，而且外面是有其他人的。那人因爲覺得樹塔神奇，所以帶來更多的人。

這塊地方，不再能夠平靜，變得愈來愈吵鬧，愈來愈多，外人。

和外界接觸，使得外人很快地發現他們與眾不同。

他們自己也同時察覺，平常如呼吸般容易達成的事情，外人都是辦不到的。

那些外人，眼睛裡的情緒開始從驚訝轉變成尊敬，想要將他們介紹給更偉大的人認識。

從來不曾離開過，他們無法輕易跨出這艱難的一步。

而艾爾弗，想確認聽說的一切。他決定到外面，與外人接觸。

於是，有些同伴，鼓起勇氣，跟著艾爾弗離開了，他們去見識那無比寬廣的世界。

過不久，傳來艾爾弗多麼厲害的消息，艾爾弗的豐功偉業相繼不斷，聽著艾爾弗傳說長大的孩子們，做出相同的選擇，他們也想要追隨艾爾弗的步伐前往外界。

他們當時所想的，只是一點點好奇，一點點期待，以及希望自己的力量能夠幫助一個人也好。

這些魔塔的住民，有的出去後發生邂逅，遂定居在外組建家庭。

於是家鄉，人口漸漸稀少了。從艾爾弗不在以後，這裡的族人就一直在遞減，留下繁衍的，追不上離去的數量。

就這樣，過了很久很久。

有一天，艾爾弗獨自一人回來了。

他微微笑著，臉上有著讓人感到無法忽視的疲憊。從此，他再也沒走了，在家鄉找到相伴一生的妻子，留下他的血脈，並在此永眠。

據聞，直到臨終前一刻，他都還在自問，不曉得自己究竟是對還錯。

沒有人明白他指的是什麼。

他的骨灰，葬在生命之樹的根。就像來時一般，回歸到神的懷抱。

「格提亞。」

隱隱約約的，好像聽見有人在喚他。

那個聲音，既冷漠，又毫無感情。

格提亞彷彿在深深的海底。很黑暗，很安靜，感覺不到任何東西，甚至是自己的身體，整個人是一種虛無的存在。

就連活著，還是死了，他都無法確定。

好累。想要像這個樣子，一直閉著眼睛。

可是不行，他有必須要做的事情。

只有他能做。

而且，一定得做到。

就是爲此，他才會在這裡。

「格提亞．烏西爾。」

隨著這一聲迴響在腦海中的冰冷呼喊，格提亞驟地吸一口氣，瞬間張開雙眼清醒過來！

首先進入眼簾的，是無比湛藍的天空。

棉花般的朵朵白雲，因微風而徐緩地移動著。他下意識地將手掌握成拳頭，指尖陷入在肉裡，直到這一刻，才終於有了實感。

此時在面前的景象，是一個他非常熟悉的地方。

意識到這點，他馬上就想要坐起身來，卻忽然有一隻手，輕輕按住他的肩膀。

「孩子，放慢動作，你還很虛弱，不要著急。」

聞聲，格提亞睜大雙眸。

「師……師傅。」他的聲音，嘶啞得不像是自己的。

阿南刻站在他身旁，微微地笑道：

「歡迎回家。」

聽到她這麼說，格提亞輕輕呼吸，內心的情緒複雜。他應道：

「是，我回來了。」

阿南刻扶著他，讓他能夠坐起來。

格提亞半躺靠著樹幹，道：

「……原來如此。」他很快地理解狀況。又一次的，他昏倒了，而且情形應該比之前都還要來得糟糕，所幸天上樹治療他，幫助他恢復。

天上樹，也就是生命之樹，可以說是艾爾弗一族的命泉與能源，與平常藥物醫療的物理方式不同，是屬於魔法能力，修復的也是看不見的無形能量，所以他現在好多了。

「你在這裡三天了。」阿南刻簡單地說明道。

格提亞問道：

「是一名棕色頭髮的騎士帶我過來的？或者深金髮？」他指的是歐里亞斯，以及迪森等人。

那些年輕人會真誠擔心他。所以這是他所能想到最可能的幾人。

阿南刻搖搖頭，然後望著他。

「是皇太子殿下親自送你過來的。帶著整個隊伍，他們現在就紮營在魔塔外不遠的地方。」她說。

「啊。」格提亞聞言，一時間愣住了。「……原來如此。」他不認爲莫維會出自擔憂如此做，那麼，莫維一定是來弄清楚事情的。

看來，在腦海裡叫喚名字的那個聲音，是莫維。那是他徹底失去知覺之前所聽到的。

下意識的，他抓著胸口的衣服。儘管他明白師傅應該是看到了。

阿南刻見他如此，淡淡地道：

「將你送到帝國的那一天起，我就想著，從出生便未曾離開過魔塔的你，人生將會迎來徹底改變，就此波濤洶湧。因爲我知道帝國是什麼目的想要你，至於你，也會做出你的選擇。」

「我……」格提亞低下頭。師傅一定知道，他的魔力消失了，從見到他的那一秒鐘，就是無法隱瞞的。「……是的。」他的聲音，輕微地顫抖著。

「所以，你因此付出這般巨大的代價。」阿南刻道。

格提亞全身一震。

他要怎麼跟師傅說明，要怎麼講才好？他是不是做錯了？這明明是不可以的。

可是，他到底該怎麼辦？

他想要救莫維。所以他只能這麼做。

「我……我是……」格提亞始終難以說出口，背脊流下冷汗。

「孩子。」阿南刻伸出手，放在他的手背上。「你可以不用說出來，我沒有一定要得到你做了什麼的答案。我所關心的，是你過得好不好。」她道。

格提亞抬起臉，看見阿南刻慈藹的表情，那張他從小到大熟悉的面孔。他的母親，在生下他幾年後就過世了，原因是她患有一種天生的嚴重病症，天上樹只能供給他們內部與魔力有關的能量，無法治癒身體疾病。

儘管艾爾弗一族長壽，且身懷魔力，可是肉體一樣脆弱，一樣會受到傷害。尤其是生下就有的疾病，那不像傷口那麼容易復原。母親從出世就與病徵糾纏，或者說，是魔力讓她延長生命，那也由於她是艾爾弗直系血脈才做得到，不過最終她仍舊在年輕的歲數永眠了。

至於他的父親，每天都在忙著照顧母親，在他不滿七歲的時候，有一天突然就失蹤了，別人耳語說父親是因放棄重病的妻子與年幼兒子離開，至今無法確認是否活著。所以他是由阿南刻帶大的。阿南刻對他來說，就像是祖母一般。

格提亞垂下眼眸。

「對不起……師傅。」無論如何，他都想要對她說這句話。

阿南刻教過他，不要使用禁術。

那是不可跨足的，神的領域。

人並不是神。就算擁有類似神的能力，終究只是人。

一旦人模仿神，那必定會帶來災禍。

他身懷比誰都還要強大的魔力，必須更千百倍地謹慎小心，阿南刻才會這樣告誡他，避免他做出錯誤的決定。

他違背了阿南刻的教誨。

「不用道歉。眞的要說起來，我對不起的事情更多。」阿南刻緩慢地這麼說道。她就是像這樣死皮賴臉地活著，妄想有朝一日能夠償還自己的罪孽。

然而，這也許都是錯誤的。

她已是魔塔的累贅。

格提亞不完全瞭解師傅曾經做過什麼，他僅知曉，師傅總是責備她自己。在他離開魔塔前，師傅也有過類似的發言。

她有罪，過去的錯誤她無法活著面對，她也不想再這樣苟且偷生下去了。

因爲，很痛苦。

她只想要有機會贖罪，然後結束漫長的這一生。

「師傅……」格提亞看著她。

「也許，一切都是命運。」

沉默片刻，阿南刻淡淡地這麼說道。

失去的龐大魔力，胸口不應該出現的魔法陣，以及在她面前道歉的孩子。這些脈絡，足夠讓她拼湊出輪廓。

此時此刻，事情已然發生的現在，講什麼都沒有意義。

阿南刻就是清楚這點，所以不需要解答。

醒過來的這一會兒，由於情緒較爲起伏，格提亞的體力不支，很快地就又意識昏沉。

阿南刻看著他重新睡下，走到門旁，輕聲道：

「彼得。」

門旁立即出現一個人影。是之前穿著長袍的中年男子。

「阿南刻大人。」

她囑咐道：

「轉告殿下，已經沒事了。另外，如果可以，我懇請殿下單獨談話。」

「是。」彼得點頭，退出房間。

阿南刻昂首，望著無邊無際的天空。

這片景色，還能再看多久呢？她知道，自己離開這座塔的那一天，就是壽命終結的時刻。

死後，她也會被葬在生命之樹的根，就像艾爾弗，或那孩子的母親，以及其他魔塔的族人們。

在那之前，她有責任將事實說出來。

如果她是命運齒輪的一環。

也許她無法看到最後的結局。所以，祈禱未來，是她唯一能做的。

她疼愛的，乖巧的，笨拙的，只懂得為他人付出的傻孩子。

不論巨大的代價換來什麼，都不要使那個孩子受傷。

艾爾弗，請保佑他。

翌日。

格提亞在整夜休息過後，開始少許地進食，狀況更加恢復了。

由於他已多天沒有活動肢體，所以阿南刻交代魔塔裡的另外一個門徒，讓那人帶格提亞去散步復健，他也很久沒回來看看了，順便曬點太陽。

然後，皇太子莫維再次來到純白的塔頂。

當他踏入白色的空間時，看到的，是雙膝跪倒，兩手放在額前，而額頭低到近乎貼在地面，以五體投地之姿行禮的阿南刻。

雖然，魔塔是屬於皇帝的，對皇室需恭敬，可是從未有過這種禮儀。

莫維僅是垂著眼眸，睇視面前的老人。

以一種絕對尊卑的姿態。

「……我可不會叫妳站起來。」他笑，紫眸裡毫無溫度。

「殿下，從現在開始，我阿南刻的每一句話都不會有謊言。」即使看不見表情，可是由聲音就能夠清楚瞭解阿南刻的懇切。「皇帝陛下讓格提亞去到學院的用意，是為了與您接觸。」她說。

莫維微歪著頭。

「難道妳以為我很愚蠢？」這件事，他早就明白了。儘管一開始已如此猜測，不過在格提亞坦承與皇帝的關連時，他確實還是感到相當不愉快。

阿南刻繼續清晰地說道：

「將格提亞放到您的身邊，目的是讓您使用魔法，最理想發展是您的失控損害您本身，導致自毀。這是皇帝陛下，給我們魔塔的指示。」

莫維依舊冰冷地看著阿南刻。從小，由於他體內可能隨時暴走的魔力，他承受著根本不是幼童能夠負擔的，還不如死掉比較輕鬆的肉體痛苦，在年紀增長過後，身體成長起來，習慣了疼痛，狀況亦逐漸減輕緩和，然而，始終不變的，是一旦他不當使用魔力，那麼就有可能失去性命的結果。

所以，在對魔力與魔法瞭解之前，他僅能忍受著一切避免妄動，要脫離這個無解的情況，唯有增加自己的知識，在進到學院以後，那堂無比突兀的魔法課令他笑了。

根本像是寫著他的名字，只差沒有抓他進去教室。無論這是否為皇帝的陷阱，那都正好，他就是想看看究竟是什麼內容。

於是，他在課堂上，見到了帝國大魔法師格提亞。

自那一刻起，他就明白，格提亞也是皇帝擺在他面前的一枚棋子。

不過，所謂的魔法課，意外地正經，確實教給他許多東西，也因此他逐漸試著使用自己的力量。儘管他仍然控制不了，依舊身體疼痛，可是比起恐懼自身的毀滅，他更有一種解脫的快感。

這也許就是皇帝要的。因爲一旦開始使用魔法，他愈來愈無法收手。

總是在邊緣踩踏著界線，離死亡，也愈來愈近。

之後從皇帝派遣各種危險的任務，他就立刻知道那個他生理上的父親，是想要殺了他。希望看見他在施展魔法的時候失敗，直接就葬身在某個巢穴，但是，他一次又一次地成功了。

他沒有得到應有的榮耀與勳績，理由很簡單，那不是皇帝所樂見的。前往北方反常地大張旗鼓，肯定是認爲這次難以想像地艱難，就算不能使他喪命，也足夠傳出他失敗的消息，造成可怖的結局。

人民會用更加恐懼的眼光看他。更期盼他消失。

只是，格提亞介入了。每一次，格提亞都處在事件中心進行干涉。

讓他度過難關。

這徹底擾亂了他。應是皇帝放在他身邊的傀儡，卻替他解決一切。莫維眼角一抽，道：

「妳說的這些，對我而言，都沒什麼價值。」全是他已經判斷出來的。最後聖神教出現將成果奪取，也是皇帝以防萬一準備的後手，不過那些都不重要。

名譽，功勛，光榮，對他來講，毫無意義。

阿南刻只是說道：

「殿下，格提亞他並不知道皇帝眞正的用意，雖然他奉命接近您，可我在此發誓，他的目的絕對不是想要您自毀，只是單純聽從皇帝。在此之前，他不曾離開過生長的地方，是個沒有太多心思的孩子，接替我成爲大魔法師，臣服皇帝，這一切，全都是爲了我和魔塔。」

莫維安靜了一下。

「……因爲妳會死？」或者說你們所有人。

皇帝一步步變得更加焦躁，原因是魔法師的力量。

那是普通人不可企及的領域。年邁的阿南刻以自己爲籌碼發誓，絕不會背叛帝國，在魔塔施展禁錮魔法，一旦她離開這個房間，她就會遭受到自己魔力的反噬。

這個條件，讓她在退位前保有魔塔聚落的平安。

但是，她沒想到的是，皇帝並未因此放過他們，再次用她和魔塔住民爲要脅，讓格提亞接下接近皇太子的命令。

阿南刻從小看著格提亞長大，格提亞如同傳說中的艾爾弗，天生性格溫和淡薄，更在單純的環境成長，鮮少接觸外人，絕對不會曉得這些暗潮洶湧，他所理解的，僅是他必須把事情做好，唯有如此，他們所有人才能夠平安。

這讓她終於懂了。無論他們怎麼做，皇帝都會剷除魔塔。

時間早晚的問題而已。

若是皇太子失控，格提亞並不一定可以毫髮無傷，因爲他們兩人的魔力能量都非常驚人，格提亞被牽扯而同歸於盡也不是不可能的事情。

又或者，兩股龐大的力量纏繞造成人們及土地無法抹滅的傷害。不論是怎樣的結果，都會給皇太子與魔法師帶來最糟糕的結果。

皇帝在親手推動著，讓皇太子，甚至是格提亞，互相毀滅的方法。

最初的，偉大的魔法師艾爾弗，最後留下的那句話，不知自己對或錯，原來就是在指魔塔的立場。然而魔塔已經爲眾人所知，也不可能永遠隱瞞，所以，這都是必然的結果。

從外界踏進此處的那一刻，就已經在推動命運。

「我年紀大了，我的死亡，不值得在意。」她活得好累，也沒有意義，早就該結束了。即使格提亞那孩子將她視作親人，那悲傷的情緒，隨著時間，總有一天也會淡去。

阿南刻道：「可是魔塔，不是只有我一人。」

莫維閉上雙眼，腦海裡出現小時候阿南刻站在他面前的畫面。

然後他笑了。

「哈哈哈！」他笑得暢快，笑得放肆。笑得令人毛骨悚然。他重新用那閃著詭異光芒的紫眸注視阿南刻，道：「那是三歲吧，皇帝覺得我礙眼了，召妳過來。那是妳第一次企圖壓制我體內的魔力，我痛得失去意識，最後還是撐過來了。」

阿南刻沒有說話，沒有抬起頭。自始至終都是卑微地跪著。

那是她身爲大魔法師時，曾經服從的皇帝命令之一。

就聽莫維繼續道：

「後來，妳又嘗試了幾次，每一回我都記得清清楚楚，最後妳以失敗告終。爲了消滅我，還眞是辛苦妳了。」

「殿下，我不會對我所做過的事情辯解。您要在此殺了我，我也不會有一句怨言。」

這全是她所種下的因果，可是那個孩子，格提亞是無辜的。她只希望，皇太子不要對格提亞有所誤解。

莫維依舊是一臉笑意。

「最後，妳不是帶了一個小孩？妳有告訴他，他做的是什麼事情嗎？」

那是，在反覆不成功之時，爲了魔塔，她將格提亞帶進皇宮。因爲，唯有這個孩子，才能夠跟皇太子抗衡。

那時候格提亞年僅十一歲，皇太子四歲。他當場成功封印皇太子體內的魔力。

不過也只維持了一年。而後皇太子的魔力衝破封印，從那時開始，更加不能控制了。阿南刻沒想過皇太子會記住，也沒想過皇太子會淡忘，僅是道：

「他什麼都不知道。他的那段記憶被我抹去了，阿南刻在此發誓。」懵懵懂懂的孩子，不過乖巧地照著她的話做罷了。她不想要給格提亞在往後的日子造成負擔，親手用魔法催眠他忘記這件事情，她的魔力不及格提亞，幸好格提亞年幼且信賴她，雖無法徹底消除，能造成格提亞對那天剩下模糊不清的印象就夠了，是她親手蓋住眞相。「若您心中對此有仇恨，那麼，責任全都在我。」她說出所有該說的，也已做好覺悟。

原來，這就是爲什麼，以師生身分在學院重逢，格提亞沒有認出他的原因。

那個時候，莫維面對那張淡薄的面孔，心裡有著難以言喻的憤怒，這個人，應該要記得他的。

然而格提亞的態度，卻像是完全的陌生人一般。

所以他絕不想對格提亞提起，那個自己被遺忘的事實。

莫維冰冷地注視阿南刻。

要在這裡摘掉她的腦袋，是非常容易的。

不過，有必要嗎？既然皇帝可以利用魔塔，他也能夠使用相同的威脅。

特別是對格提亞。

若是他以阿南刻和魔塔作爲把柄，那麼格提亞會聽誰的？

他就是忽然想要看到那平凡的臉容扭曲，失去沉靜淡然的表情，陷入一步踏錯就萬丈深淵，無法選擇的痛苦掙扎。

「妳，或者魔塔，我都沒有興趣。」存在的唯一價值，就僅有可以見到格提亞墮落。

阿南刻有種不祥的直覺。她重新將額頭貼在地板上，道：

「殿下，我懇求您，善待格提亞那個孩子。您能將魔力過渡給他，那表示兩人的緣分，您就是格提亞的生命之樹啊！」接觸到昏迷的格提亞時，她感覺到了不屬於格提亞的能量，更別提胸口那個刻著名字的魔法陣，這一切，必定是命運的引導。

她希望能動之以情。

然而，莫維豈是多情的人。他眼神冰冷地道：

「放心，他會活著的。」暫時。他轉過身，準備離開，又忽然停住腳步，笑了一下。

「……魔法學第一章，魔法不可爲邪惡所用。我一直覺得那很滑稽。邪惡，由誰來定義？妳嗎？皇帝？還是我？」他道。

阿南刻又何嘗不知，那規則本身就是相當模糊的認定，如果由普通人來審判，對於擁有魔力的他們來說是劣勢。

那幾句話，就是帝國給予他們的枷鎖。

她如同過去無數次面對皇室那般，沉默且安靜的，看著莫維頭也不回走向白光門扉。

出塔後，歐里亞斯在外頭等著莫維。這是屬下的職責。

「啊，殿下。」歐里亞斯在塔外等候的時間，還有其它收穫。他行過禮，有點迫不及待地道：「格提亞老師，看起來好多了。」

他移動目光放在不遠處。莫維順著他的視線，在這個貧乏的小村莊裡，見到格提亞的身影。

他臉上的表情一如往常地淡薄，卻看得出眼神溫潤，親和地對著那些身高才到他腿部的幼童。

就像是回到家一樣。格提亞展現從未在他面前有過的放鬆姿態。

莫維睇著格提亞。

那幾乎相同的容顏，像是回到他四歲的時候。

「……孩子，請幫助皇太子好嗎？你可以讓皇太子不要那麼辛苦和疼痛。」當時，阿南刻在他面前，對她身旁的那個男孩說道。

他已經痛得在地上打滾，覺得自己也許下一秒就要死了。他每天都強烈地想著，死了就好了，他不想活下去了。

爲此，皇帝用金屬鍊條將他的手腳鎖住，避免他傷害自己。

那男孩年長他幾歲，一張雙頰泛紅的圓臉，身材瘦小。

在聽到阿南刻的話以後，淡淡露出一副誠心想要幫上忙的天眞表情。

遭到封印的那一整年，是莫維人生再也沒有過的平靜日子。

他不會痛，不會難受，也不會突然喘不過氣。不再時時刻刻都像是要死去那般活著。

雖然只有一面。也僅見過那一面。

可是他從未忘記過。而且，在踏進教室時一眼就認出來。

原來那個男孩的名字，是格提亞·烏西爾。

因爲他的緣故，讓遠征隊滯留在此地太久了。

莫維的隊伍就在魔塔附近紮營，這使得格提亞總感覺不安穩。首先，他不希望魔塔因爲自己遭受打擾，儘管這裡的人們多會寬容也不在意，遠征隊也很守規矩，可是魔塔是個敏感地區，必須謹愼。

再者，莫維貴爲皇太子，魔塔沒有能夠招待他的地方。讓他非關任務逗留露營，這不妥當。

慶幸的是，這裡雖然比佛瑞森更北，氣候反而較穩定溫暖一點。亙古亙今，魔塔所在的土地，在人們眼裡，都是不平凡的奇異之地。

雖然莫維不曾下達催促的命令，但是格提亞有自覺，每天努力加餐希望自己盡快復原，就在臉色終於恢復紅潤以後，他來到莫維的營帳前。

即使莫維根本未找他。

幾日不見了，這陣子由於他的休養，不知造成多少麻煩。希望莫維不要太過刁難他。

格提亞相當清楚，一旦莫維不悅，那會是怎樣的後果。

正準備要出聲稟告自己到來，帳篷的布簾一下子從裡面被掀開了。

格提亞眨了下眼，剛好和莫維四目相望。

回過神來，他道：

「我已經沒事了，隨時可以走。」雖然腦子短暫空白了幾秒，還好記得該說的話。

他就是想告知遠征隊可以離開了，不用爲了他繼續耽誤行程。

莫維紫色的眼眸低垂，略微冷淡地睇著他。

從阿南刻通知格提亞清醒過來，已經是第五天。在村莊裡療養的格提亞，每日和這裡居住的人們交談與相處，緩慢生活，像個再普通不過的青年。

很明顯的，他待在這個村莊裡比較舒服開心。

「……你乾脆，留在此地不就好了？」莫維不帶情緒地說道。

這是有點試探意味的。

格提亞分明對他還有用處，他卻暗示格提亞可以不用再跟隨遠征隊回去首都。那並非簡單的分道揚鑣，而是不需要在他身旁的意思。

格提亞的黑瞳，眨也沒眨地凝視他。

莫維總是因爲不信任，反覆地一再確認。格提亞道：

「我會跟著你。」不管幾次他都會這麼回答。

莫維性格乖僻，很多時候都是在講反話，在考驗或者觀察對方，以前，一開始的時候，他也想要明白莫維眞意，時間一久，他總算瞭解了。

莫維無論如何不會正常輕易表現出自己眞正的想法。這是天生個性，更是由於後天環境使然。

聽到格提亞這麼說，莫維眼角一抽。

魔塔已經坦白所有他所想要知道的答案，停留在這裡僅是爲等待格提亞康復到能夠上路。

對他來說，格提亞還有能夠利用的價值，阿南刻和整個魔塔村莊都是最好的籌碼。

因爲珍惜這個家鄉，所以聽從皇帝命令跟著他。莫維原本也是如此認爲，然而，格提亞在他面前表現出來的，有著落差。

格提亞對他有一種微妙的執著。

他所不清楚原因的，宛如祕密那般的，和胸口魔法陣上的名字同樣難以理解的。

也許這都是裝出來的。儘管如此，只要是對他有利的就行。

「明天一早出發。」莫維這麼說道，隨即放下帳簾。

他沒讓格提亞進來，又重新畫下了界線。

格提亞也如他所料的，順從且安靜地離開營帳。

隔日早晨，格提亞儀容整齊穿著披風，回到了遠征隊伍之中。

莫維站在最前方，睇著和格提亞比較親近的那幾人，跟他開心愉快地交談。

歐里亞斯正與迪森和海頓一起關心格提亞，忽然間感覺到視線，回首發現莫維，於是連忙中氣十足地喊道：

「全體注意！」

一時間，所有人都在自己馬匹旁邊立正站好了。

莫維掃視了他們一遍。

這些和他經歷過各種任務的隊員，臉上已毫無最初的青澀感，成爲擁有紀律的騎士。

不過，那又與他何干？

他並沒特別想要保護他們，從第一次任務到現在都是。

與人產生情感進而連繫這種事情，不會發生在他身上。所以格提亞對他的執念，到底由何而來？

又究竟是什麼理由？

莫維俐落地翻身上馬。

「駕！」

雙腿夾緊馬腹，他拉扯韁繩，讓馬兒扭頭朝向來時路。他不需要回首確認，就能知道隊伍會跟著他，其中包括格提亞。

遠征隊一路向東。

從佛瑞森到更北的魔塔，要再回到首都，無法徑直南下。佛瑞森已開始下雪，原路歸回不易；魔塔和首都之間則橫亙著一座高山，要攀爬上去本就困難，這個季節在那高度會有大風，更是不可行走。

所以他們得往東邊繞過。

莫維爲首帶領時一直都是急行模式，一日趕上兩天的路都不足爲奇。

在傍晚停駐野營時，已經離開魔塔非常遙遠了。

騎士們開始燒水做飯，整理行裝及狀態，莫維一如以往地待在帳篷裡。

每次出任務，用餐休整時，格提亞總被大家嫌力氣太小，幫不了什麼忙，所以他能做的，就是不要在那邊礙事。

「您要去哪？」保羅發現他往外頭走，問了一句。

格提亞道：

「我去散步。」

「要小心注意。」保羅眞心。

拿他當孩子般提醒，格提亞沒有反感。因爲他曉得這是一種關心。

「我會的。」

聆聽潺潺水聲，他沿著剛才他們取水的溪流，來到一座湖畔。

湖不大，一眼就能夠望盡。

他昂首朝天空呼出一口白氣。雖然他們已經不是位於嚴寒地區了，可是草叢裡依舊有著殘雪，夜晚在這森林水邊，感覺更加冷冽了。

唯一溫暖的，只有倒映在湖面的月亮。

就像個銀色的圓盤，靜靜地擺放在桌上。無風，桌巾連一點皺褶都沒有。

格提亞踩著了水，不禁就在湖邊蹲下。

關於佛瑞森的事情，他其實有一些困惑，現在才能遲來地思考。艾爾弗散落在各處的遺物，現在已經非常少見了，魔塔曾經研究過，就彷佛是被誰使用或收集那般一一消失了，甚至魔塔由於擔心這種異況想要追蹤，不過最後力有未逮也無法確定是否爲眞。

卡多手中的那個，是由於安娜家代代流傳，才沒落入別人手中，大概，這就是命運的指引。

凝視著毫無波紋的湖水，半晌，他伸出手指，徐緩地擾亂那靜謐。

然後他稍微舉起手，盯著指尖沾著水珠。

「……凍結。」

輕輕地，他低聲說道。

就見原本要從他指緣落下的水滴，相當微小且不自然地停滯了幾秒，最後還是掉在他的鞋邊破碎，可以看出些許凝結的冰珠，但仍是很快融化被泥土地給吸收進去。

格提亞怔住，旋即垂首將臉靠在屈起的膝蓋上。

他無聲地嘆了一口氣。

若是以前，他可以瞬間讓整座湖變成一個巨大的冰塊，毫不費力。

如今，連使水滴結冰都做不到了。

雖然他並不後悔失去魔力。

可是爲什麼要在他沒有這些能力以後，才讓他醒悟自己原本可以做好許許多多的事情。

他望住遠方，焦距卻不是放在那些景物上。

此刻，突然想起了，告別魔塔前，他的師傅阿南刻，在塔頂那個白色的房間，和他講過的話。

「魔法是一種，可以跨越時空的能量。」

在他休養得差不多的時候，阿南刻讓他坐在對面，這麼說道。

「是。」這是魔法師們都曉得的。格提亞應道。

「不論所處在哪個時空，曾經使用過魔法的痕跡，不論如何都會留下。」阿南刻緩慢地說，她輕輕拉住格提亞的雙手，神情認眞道：「你胸口的魔法陣，以及你失去的魔力，皆是因爲如此。」

格提亞此時完全確認了，師傅已經知道他做了什麼。

「我……」

「孩子。」阿南刻慈愛地喚他。「既然你做出選擇，那就不需要動搖，也不必迷惘。你一定，有必須這麼做的理由。」

她說。

徐徐地，一陣相當柔和的微風，將他從回想拂入現實。

格提亞仍是蹲著，側首靠在自己膝頭。他注視前方的高大樹木，反覆忖量師傅阿南刻的這段話。

那是什麼意思？他隱約感覺，師傅的對話裡，有著其它的涵意。

不過他沒辦法仔細思考。自從逆轉時間以後，他一直很難深入地去考慮什麼。光是要讓自己在各方面站穩腳步，應付現實，就快要筋疲力盡。

他閉上眼睛。

好安靜。

片刻，他張開雙眸，表情變得更加認眞。

再次伸出手指，觸碰湖水邊緣那些沾有水珠的綠色雜草。

「凍結。」

他再一次嘗試。停留在草尖的細小水滴，宛若敷上一層淺淺白霧，看起來結霜了，很快地，又在下一瞬化掉滴入地面。

見狀，他沉默地將臉埋入自己擱在膝上交疊的手肘裡。

同一時間。

在帳篷裡的莫維，突兀地察覺到自己體內的魔力產生動盪。他並沒有在使用魔法，沒有做出任何會影響魔力的事情。

這個波動，更像是對什麼產生的共鳴。

同樣的感覺過去也曾有過。在佛瑞森，格提亞自己上街的時候，甚至更早之前，正確來說，大概是每一次格提亞不在他的面前，使用魔法的時候。

莫維低頭看向自己的掌心，他學會凝聚魔力之處。此時正散發著不是因爲他所產生的微弱光芒。

「……哈。」

瞇起了那雙美麗的紫色眼眸，然後，他握緊拳頭。

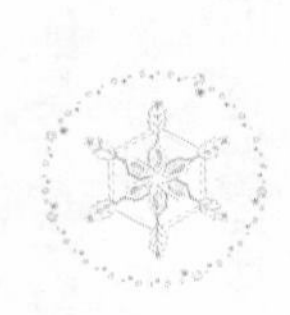

離開北方後，天氣不再那麼寒冷。

不過，朝向東邊前進數日，便開始遇到下雨。

一直下，一直下。

一直——下。

「哇，這鬼天氣到底怎麼回事？」海頓一邊扭著自己衣襬，試圖擰乾點，順便像隻小狗那樣甩了甩頭髮。

「喂！」旁邊的迪森被他弄了一臉水，趕緊用手抹掉。「髒死了！」非常嫌棄。

「哪裡髒了？不就是水？」海頓睜圓眼睛。

迪森聞言，也用力地轉過頭，從頭髮裡飛出來的殘水頓時濺到海頓臉上，打進海頓的眼睛。

他大叫道：

「你這個——」

「好了，你們兩個，正經點。」歐里亞斯見他們幼稚玩鬧，聲音愈來愈放肆，遂提醒道。雖然他們這些日子成長不少，畢竟年齡還是不夠成熟。

「是他……」海頓和迪森異口同聲。旋即又同時怔愣住，跟著兩人都感到好笑，紛紛抬起手擦拭自己的臉。

只是，才剛稍微弄乾，又開始飄起細雨了。

隊伍裡的格提亞，亦被落下的雨絲包圍，昂首看向灰沉天空。

這幾日都是這樣的天氣，幾乎僅有大雨和小雨的差別，也很久沒見到陽光了。當然季節是一項因素，但是地形也有關係。

此處靠山，所以就容易堆積雨雲。想要脫出連日陰雨的狀態，唯一辦法是盡快趕路離開這塊區域。可是由於下雨，土地泥濘，路況不佳，他們無法加快速度。

惡性循環。這樣下去，人很容易會開始變得心煩意亂。

格提亞不覺望向隊伍最前方的莫維，他佇立在自己的駿馬旁，微露出披風帽緣的高昂下頷顯示他似乎正在觀察天氣，帽子遮住他大半張臉，不能看清他的表情。

不一會兒，雨像是有變大的跡象。

莫維當機立斷結束休息翻身上馬，所有人也跟著他行動，準備重新前進。

格提亞踩上馬蹬，抓著韁繩和馬鞍，同樣地坐回馬背上。

「咻——」歐里亞斯將拇指和食指圈著放在唇邊，吹了一聲響哨。

所有人，立刻就在馬上挺直背脊，魚貫地向前。

暫時沒辦法跑起來，所以僅能用這種緩慢行軍的模式。格提亞儘管只見到莫維的下巴輪廓，卻能夠想像莫維不耐煩的臉孔。

莫維平常不大流露自己喜惡，可是唯獨，莫維討厭下雨，而且是看得出來的極度厭惡。

他也是觀察好久才發現和確認這件事的。帝國的五月是梅雨季，據皇宮的氣候官員統計，當月下雨的日數平均是十七天。

每到那個季節，莫維總是看著窗外。然後露出一副不高興的樣子。

思及記憶中的畫面，清晰得栩栩如生。格提亞垂下眼眸。

想起以前的莫維時，內心就經常瀰漫著一股複雜的情緒，他自己都難以釐清那是什麼心情，又是什麼理由。

雨水滴滴打在帽沿上，此時正經過一處懸崖溪谷，由於這裡是商業貨物的交通道路，平常得供馬車行走，所以路面還算寬廣，大約可以使三匹馬並行而過，不過爲了安全起見，整個隊伍排成兩列，很快地就走到一半。

大家都目視前方，小心謹慎，年輕的騎士們也不敢胡鬧。畢竟一不小心，另一側就是滾滾溪水。

馬蹄踩在潮濕的路面，發出無數不規則的濺水聲。

下雨，溪流，馬在前進。各種聲響。

不知何故，也許是在自然環境的雜音之中，忽然聽到什麼。格提亞下意識地抬頭看了一眼。

就見前方高處，有一塊大岩石，因爲山坡吸滿雨水鬆動，不堪負重正搖搖欲墜，隨時有掉落的可能。

在想著危險的一剎那，那塊石頭就直接滾了下來。

照這個速度和位置，首當其衝的會是隊伍最前方的莫維！

這一刻，格提亞發現，原來他比自己所想的還要害怕莫維死亡的事實再次重演，他對於此事的無力感與恐懼原來這麼深刻。

到他甚至這麼做。

「——小心！」格提亞完全無法思考，他僅是憑藉著本能，拉起轡繩駕馬在數秒內越過隊伍其他人，衝上前伸出手拉住莫維並用自己的馬阻止大家前進。

莫維其實察覺到了，就在那一瞬間。

他見到前方道路灑落了碎石，正要放慢馬匹腳步抬起頭，就聽到身後傳來示警的呼喊聲。

那是格提亞的聲音。因此他回首。

看到格提亞策馬朝他奔來，在靠近至可以觸及的當下，拉住他的袖子將他用力往後扯，格提亞自己，卻由於這個反作用力更往前了一些。

砰的一聲！岩石便在此刻砸到地面。

所有人都還來不及反應，前方道路就被砸掉一半寬度，岩石帶著那些土塊順著滾進溪中，距離最近的格提亞，就在損壞道路的邊緣，他的馬因爲遭受驚嚇而亂蹬，隨即腳下一滑，眼看就要往後摔進溪水之中。

這個時刻，位在他斜後方的莫維只要前傾探手，至少能抓到他的披風。

然而爲什麼要？

這一秒鐘，莫維沒有任何動作。格提亞確實還有利用的價值，可是，他爲什麼要救格提亞？格提亞對他而言，有重要到這樣的程度？

在他的生命裡，只有摧毀的意念，從來沒有什麼能令他在乎的人。

包括他自己。

就是這頃刻的遲疑，這一霎的猶豫，致使他就算伸手，無論如何也不可能抓得到格提亞了。

即使他有一身魔力，卻難以自如使用。與生俱來會的，至今所學到的，都唯有破壞的能力，他不知道什麼是能夠救人的魔法，他從來不曾，也不覺得有必要去想著保護哪個人。

可是，格提亞也沒有任何求援的動作。

想要活命，是一種本能，他不需要似的。一定是懷有魔力才會如此。

莫維的思緒轉瞬飛過，現實則彷彿翻頁的圖畫，一格格在他面前發生。格提亞垂著雙手，那肢體語言就像是不要他幫忙，免得拖累他那樣，僅是和他四目相對，最後，依舊是那平靜淡然的表情。

爲了保護他。

竟然連自己的生命也不顧。莫維的心臟因此一震。

周遭宛如變得無聲寂靜，唯有莫維眼裡看到的景象緩慢地變化。

噗通！格提亞連人帶馬直線摔進湍急的溪流。

「——老師！」

最快出聲的是歐里亞斯，他就在莫維後面一個馬身的距離，然而拚了命也搆不到，不管怎麼樣都來不及，只能眼睜睜地看著格提亞消失在眼前。

「糟了！」

「哇！怎麼辦！」

其他人也緊張地朝下注視，由於連日大雨，河川水位高漲，流速也快，他們什麼都沒看清，格提亞的身影就被溪水帶走了。

「殿下！」歐里亞斯迅速上前，嚴肅道：「我們要立刻沿著這條溪往下游方向前進！」如果運氣好，也許很快就可以攔截到。

莫維動也不動。

究竟是誰，讓格提亞付出了幾乎全部的魔力。

他一直都隱隱感覺，格提亞對他有種不講道理的異常執著，儘管也認爲那是皇帝命令所致，但無法完整解釋過去。他不能夠確定那是什麼。

他知道，雖然他們兒時見過一面，可是，格提亞根本不記得他。然後，在某一個時期，某一天，那位課堂上從來不曾抬頭關心學生，對學生沒有半分興趣的老師，極其突兀地朝他飛奔而來。

從那時候起，一切都變了。

那樣急切的，用盡方法的，企圖接近他，想要幫他，卻又不像只是幫他那麼單純，而是更加強烈與深刻的，用有別於教學的表情，要求他活下去不要死……此時此刻，莫維忽然明白了。

原來，是「救他」。

「殿……」歐里亞斯見他沉默，急得想要再說。

莫維打斷了他。

「全隊，馬上沿著溪岸尋找，沒找到人不准停止！」他緊咬著牙，一臉陰沉，終於迸出這幾句話。總是戴著的面具瓦解了，他無法再控制掩飾自己現在眞正的情緒。

「是！」

年輕的騎士們，都是認識格提亞的，他們也很佩服這位大魔法師。這響徹山谷的回應，就是對他的尊敬。

落入水中的格提亞，早已聽不到了。

他的耳邊只有似是永無止盡的水流聲，即便身處如此險境，他沒有特別恐懼。

雖然他擁有無與倫比的魔力，可是自小，他就身材瘦弱，體能也不好。外在的條件，連一般人都不如。

唯獨他識水性。魔塔靠山不靠海，但是附近有一座湖泊，那湖泊也連著河川，他從懂事開始就經常到那邊玩，學游泳很快上手，儘管體力不行，對水卻是相當熟悉。

所以，他不害怕水，也深知在這樣的水裡，自己必須應該怎麼做。

格提亞飛快地解開自己頸間的釦繩，首先擺脫掉厚重的披風。

少去被拖住向下的累贅，身體變輕以後，他擔心的就是他的馬。

在水裡載浮載沉，他的視線從沒離開那匹馬。因爲是他害牠一起掉下來的。

他划著水，想要拉近和馬之間的距離，可是這又談何容易。

豈料，那匹馬嚎叫幾聲，在溪水裡四肢齊用，使勁地前後撥動，不一會兒，就算有點艱難，也是攀上岸了。

原來馬會游泳。

動物不想死的求生本能比他厲害多了。格提亞由於著急喝了幾口水，見馬無事便全身放鬆，不做無謂的掙扎導致太快耗盡力氣，讓自己順著溪流，小心地尋找機會往岸邊靠近。

所幸這段溪裡沒有夾雜太多岩石或粗大樹木，就是些樹枝與樹葉，劃破他幾道傷口，現在也沒有餘裕去在意。

他必須要全神貫注，將魔力凝聚在肺部，減少被水嗆到的程度，同時維持不會被滅頂的姿態。

不能死。不可以死。

若是死了，那麼莫維，是不是又會步向毀滅的未來。

溪流不僅衝擊身體，同時也衝擊思緒。

不過，真的是這樣？

又或許，他不在莫維身旁，就不會發生那樣的事情。莫維究竟爲何那麼做，他根本不知道原因，重新回到莫維還活著的現在，他卻也還是沒能弄明白。

可能他已經改變關鍵了，有沒有他也不重要了。

就算在這裡作爲結束，再不會有事的。

……他真是個傻子。

居然想要放棄了。

格提亞察覺心裡的軟弱，深吸口氣，讓自己振作起來。

不曉得經過多久，也許只是短短的幾分鐘，或者已經好長一段時間。總之流速似乎逐漸在減慢，於是格提亞抓緊時機，用自己保存的體力，盡全力地游向離他較近的那側岸邊。

這比想像得還要辛苦非常多。就在他快要筋疲力盡之時，聽到一聲：

「孩子！這裡！」

隨著話落同時，一個硬物觸碰到他的肩膀，他反射性地探手一抓，原來是根竿子。

他用剩餘的力氣緊握著不放，沒多久，就被人拖上了岸。

「呼、咳咳！咳！謝……謝……」他趴臥在地上，像是肺要爆炸般地大口喘氣，將嗆了幾口的水吐出來，直到這個時候，終於能夠確認自己真的脫離生命危險。

他虛弱地抬起臉，在逆光中看見的，是兩個商人打扮的中年男子。

然後，他被兩人扶起，帶到馬車上。

等恢復到能夠平靜對話時，他已經穿著商人借的乾爽衣服，裹著商人給的毛毯，也用商人攜帶的藥膏塗抹身上的傷口，雙手還端著一杯商人遞來驅寒的熱奶茶。

幸好已不是嚴寒的北方，否則他失溫的狀況會更加危急嚴重。

「孩子，你是怎麼回事？」

兩個商人一矮一高，一胖一瘦，一蓄鬍一沒有。提問的是矮胖有鬍子的那位。

他們兩個都一臉好奇。

唯一能夠證明他身分的披風，給他扔在溪流裡不見蹤影，他也不能隨便跟別人交代皇太子去向，所以只是簡單地道：

「意外。不小心跌進溪裡了，感謝兩位商人先生。」他誠懇地說。也沒有一句假話。

「孩子，下次別那麼貪玩了。」高瘦沒有鬍子的那個叮嚀道。

格提亞一頭濕髮，微亂劉海遮著額頭，臉看起來就巴掌那麼大。在佛瑞森的時候外表已被認小過好幾次，到現在他也沒力氣再糾正了。

「之後我一定會答謝。」格提亞是眞心的。

兩人聞言，對望一眼。

「我們現在要往東邊走，你想去哪？順路的話送你一程。」矮胖男子微笑。

「東邊？」格提亞聽到他這麼說，想了一下。「那麼，能否讓我一同前往？我也是想往東走的。」遠征隊也許會找他，因爲歐里亞斯那些年輕人。

莫維不是有耐心的性子，可能只願意讓大家短暫地尋過，待在這裡不曉得要等多久，所以，往東走，就有相遇的機會。格提亞認爲莫維不會太過在意他的生死，騎士們必須聽命，所以最終他們還是會按照既定行程去往東邊。

兩名男子做出訝異的反應，似乎是沒想到他們同個方向。

畢竟他漂過來的地方可是完全相反。再加上把他看做孩子的話，有這樣的表情也是正常。格提亞正打算開口澄清自己的年紀，就聽高瘦男子開心道：

「好呀！太好了！來給我們作伴！」

矮胖男子也眉開眼笑的。

「沒問題，你就放心休息，絕對把你送到目的地！」

格提亞有些愣住。就這樣，他忘記剛才還要解開誤會。儘管似乎有一點奇怪，但是他不應該懷疑救他一命的善良好人。

「等到了城鎮，我會想辦法向你們道謝。」他的錢袋同樣被溪水沖走了。就算會合以後得跟騎士們借，他也要好好表達謝意。

想起先前在市場，和他們一起逛街的回憶，歷經過如此生死關頭，真的有種恍如隔世之感。

「既然決定要成為旅伴，那麼，我是喬治！」高瘦的男子介紹自己。

「我是馬利！」矮胖男子接著問候。

格提亞又是一怔。總覺得，他們不愧是商人，非常會帶動氣氛叫賣的樣子。

他整個人緩和下來，道：

「我是格提亞。」

和大家分開了，不過他不是小孩，可以應付的。這一趟不曉得要過多久，才能再跟大家會合。

掉進溪裡的那刻，他似乎在莫維眼裡看見一種難以解讀的情緒。再次見面後，他能不能知道那是什麼？或許，他可以問。

以前，他很少會問莫維問題，因爲他們之間，不是那種能夠直言的君臣模式。莫維只會用那雙紫色眼眸，由上往下睇著他。

什麼都不告訴他。

在馬車上，喬治和馬利拿了地圖給他看。

原來他被溪流沖走很長一段距離，幾乎已經靠近下游地帶了。在水裡時，他是眞的沒有感覺到時間流逝，一心想著不能被滅頂吞噬。

掉進湍急的溪水裡，他沒有死。以前，在這個時間階段，他也沒事。但是由於自己的介入會改變曾經發生過的事情，所以也許可能有機會造成死亡。

他必須活著。直到確認莫維不會再做出相同的選擇。

那個晚上，格提亞在商人的馬車裡睡得很沉，很沉。

使盡全力繃緊神經，終於可以放鬆下來。他陷入深深的睡眠，沒有做夢。

等到他清醒，才遲鈍地發現原來自己額頭上也有一處血漬已乾的傷口，不僅如此，梳洗時解開衣服，全身都是大大小小的傷痕，比他昨天檢查的時候還要多出很多。

直到此時，他方才瞭解到，自己那時看起來雖神智清楚能夠對話，原來卻是傷痕累累。對著鏡子挑起被血黏住的頭髮，他將布用清水沾濕，然後慢慢擦乾淨傷處。

這個過程，陌生的刺痛感讓他流汗。在他仍有無盡魔力的時候，他幾乎不會受傷。

總算看清楚那個傷痕，是比想像中還大的一道口子。他向商人喬治請借昨日那種藥膏，豈料連馬利也對他瞪圓眼睛。

「什麼！我們怎麼沒看到這傷？」馬利嚷嚷著，道：「快點！快點擦藥！不然會在那麼白的皮膚上留下疤痕的！」

喬治手忙腳亂地從鹿皮袋裡掏出一只小盒子，毫不吝嗇地挖了一大坨給格提亞抹上。

格提亞身體稍微僵住了。

「謝謝。應該是被頭髮蓋住了。」他很少受到這種類型的照顧，也鮮少被觸碰，因此有些不適應，卻又認爲這是對方好意，所以他不可以閃躲。

「你的皮膚這麼白！這麼細滑！不可以有傷痕的啊！」馬利瞠大雙目，在一旁相當激動，可是聽起來有點不像是在擔心他傷勢。

「白……」格提亞仍舊忍著，讓自己別動。

倒是不小心想起，以前首都下雪的時候，莫維曾在雪地裡取笑過他，說若非他那雙漆黑的眼睛，都要看不到他了。

「沒事！」喬治好似對馬利說的話忽然反應過來，轉頭和馬利交換一個眼神，接著說道：「好好地擦藥，一定會好的。」

馬利因爲喬治那一瞧回神，趕忙堆著笑道：

「是呀。沒錯的！會好的！」他將喬治拿著的藥盒搶過來，塞進格提亞手裡，用力地叮囑：「每天、絕對、一定！要好好照顧你的傷口！」

格提亞和馬利那雙不能再更認眞的瞪眼對視著。

「……是。」半晌，他點了個頭，然後說：「謝謝。」

「那你好好休息吧，我們等會兒就啓程。」喬治這麼說，拉著馬利走向馬車前頭。

兩人肩膀靠在一起，明顯竊竊私語著。

有種，一頭霧水的感覺。格提亞望住兩人背影，不明白。

雖然似乎有哪裡奇怪，不過接下來的數日，格提亞就與商人喬治馬利，一起展開了旅程。

喬治和馬利，對他相當相當地好。

不但每天關心他傷口，三餐也都準備得非常豐盛。

總是將堆成小山的食物推到他面前，然後兩人會輪流對他說：

「多吃點！多吃點！你太瘦了，胖點好！」

「沒錯，胖點好！圓潤點才討喜！」

他通常僅能怔愣地看著他們。

「好。」懷著感恩的心情，格提亞是眞的認眞吃飯。雖然他食量不大，在兩人關愛的眼神之中，也是盡力吃撐。

然後有一天，他就得了胃病，無法進食。短暫多食造成較之前稍微浮腫的臉頰，立刻就消了回去。

喬治和馬利望著他，又是一陣交頭接耳的低語，最後搖頭嘆息。

「算了！就這樣吧。」

他們如此說道。

就這麼著，喬治和馬利的馬車，終於到達東部最大的領地，伊斯特。

作爲帝國東邊和強敵異國接壤的防衛要塞，伊斯特的領主擁有一支精良騎士團，他們全力守護國界，使得帝國強盛和平。這是所有人民都曉得的事情。

格提亞思量著自己可以前往伊斯特公爵府求助。透過公爵府的幫忙，想辦法取得與遠征隊的聯絡，伊斯特公爵在皇宮是和他有過數面之緣的，若他表明身分，應該不會被當成騙子。

因爲他現在沒有足夠的魔力展現魔法，很難證明自己就是大魔法師。

另外還得再和公爵府請求幫他獎賞喬治與馬利，他回首都後再對公爵奉上自己沒什麼用過的財產。雖然不曉得夠不夠，他會盡力。

晚上，喬治和馬利在一間旅店請他吃飯。

「既然已經到達城市了，也該分道揚鑣啦！」馬利手握著酒杯，喝了一口，舒爽地笑了。

喬治也道：

「是呀！明天開始我和馬利就得忙碌了，就陪你到這裡了。」

格提亞坐在他倆的對面，感覺計畫比不上變化。

「……你們明天什麼時候走。」沒想到那麼突然。公爵府不是去敲門就可以拜訪的地方，最少也得要等待個幾天，這樣來不及。

聞言，喬治和馬利對望一眼。

「大概中午吧。怎麼了？」喬治問。

居然還是白天。這麼匆忙？他們是商人，也顧自己一路了，格提亞覺得沒辦法再讓他們因爲自己耽擱。

格提亞道：

「明天早上，我會去一個地方，可否請兩位等到我回來？」就算不合禮儀，也得去公爵府嘗試。

他是這個國家的大魔法師。或許還是可以通融一下的。

不論以前還是現在，從來沒有與帝國貴族互動和社交的經驗，只知道籠統禮節的格提亞一時有點不知該如何打算。

「好啊！」馬利咬了口手中的雞腿。「有什麼不好的？都好！」他笑道。

與其說是答應了，更像是隨便不在乎。

「你也吃啊！還有，杯子裡的是果汁，不是酒的。」喬治看著他都沒動面前餐點，很好心地催促。

「對對！快喝！伊斯特的果汁可好喝的呢。」馬利也吆喝。

喬治此時舉起自己的杯子。

「我們來個乾杯吧！紀念這段緣分！」

馬利立刻附和。

「沒錯！」同樣舉杯。

他們好開心。格提亞放鬆心情，拿起自己的杯子，和兩人相碰。

在喬治與馬利的注視中，一口一口將美味的果汁喝完。

那時，他只是想著，就算厚著臉皮和公爵借款，也要答謝這兩個善良的人。

後面的事情，他不記得了。

因爲，他沒多久就失去了意識。

再度清醒過來，他口乾舌燥，頭疼欲裂，腦袋裡彷彿被清空那般，一片虛無的感覺。

「……你醒了？」

稚嫩的聲音從頭頂傳來，格提亞努力地睜開雙眸。

就見兩個小孩，瞠著圓圓的大眼睛看著他，像扇子般的長長睫毛，一眨一眨的。

「呃……呃……唔！」格提亞下意識想開口，結果訝異地發現自己僅能發出怪異短暫的聲音，講不清一個字，道不出一句話。

「沒關係的，之後就會好的。」其中一個金髮的男孩告訴他，似乎完全不覺得有哪裡不對，伸手拍拍他的肩膀道：「沒事的，會好的喔。」男孩露出安撫的微笑，天眞無邪地說著。

格提亞對眼前狀況一片茫然。他環顧四周，這裡像是一處多位傭人居住的中型房間，除桌椅衣櫃床鋪，再沒有多餘的東西，擺設簡單乾淨。整間房有五個床位，自己就躺在其中之一。

「你、你要喝水嗎？」本來躲在男孩後面的女孩，怯生生地問道。她已經捧著水杯站在床邊一陣子了。

「呃、呃。」格提亞還是沒辦法順利說話，他彎屈手肘撐坐起來。這個動作沒有花費什麼力氣，他的身體亦無疲累的現象。雙手接過女孩的水，他點點頭表示感謝。

在喝過水後，他又試了幾次，依舊無法講話。

「跟你說了，之後就會好的。」金髮男孩再度提醒他，道：「你著急也沒有用，過幾天自然就會恢復了。」

被他那麼講，格提亞一時感到有點抱歉。他不是不相信男孩，而是如同男孩所言的，心急了。

他伸手摸了下自己額頭的傷口。感覺並無變化，他也沒覺得太過倦乏或飢餓，那就表示他意識消失的時間不長。

這裡到底是什麼地方？

喬治和馬利在哪裡？

他內心好多疑問，可是他既無法問，也不曉得自己能否從孩子這裡得到答案。

「他們說你叫做格提亞。」男孩道。

「呃？」格提亞於是看著他。

「第一天，要先互相介紹名字。我是洛洛，她是茜茜，我們都是樂園之家的小孩。」

金髮男孩好聽的聲音這麼說道。

格提亞注視著兩個孩子。

樂園……之家？

這裡究竟是何處？

即便格提亞已待上三天了，仍是無法確定。

不過在這個房間的簡短日子，他還是稍微搞清楚一些事情。

首先，此處的生活作息是相當固定的。

起床和就寢的時間，三餐的時間，以及梳洗沐浴的時間，幾乎就像是照著規定的日程時刻表來走的。

這裡沒有對外窗，所以僅能靠著牆上的時鐘以及送餐確認現在是幾時。後來格提亞才發現，原來這是個地下室。

房間之外，是條安靜的走廊，一邊是通往浴室的死路，一邊盡頭是扇鎖著的門，開啓門往上則是樓梯。負責送餐的人，會下樓打開門將食物放在門口旁的小桌上，格提亞在第一日時就想和送餐人對話，無奈他發不出聲音，送餐人也彷彿聽不見那般，放下手中餐點，完全不曾理會他。

然後洛洛，也就是那個金髮男孩，才告訴他：

「我們不可以隨便出去喔。」

「……呃？」格提亞不解。

「只有大人們說可以的時候，才能出去。」洛洛說道。茜茜依舊躲在他的身後。

對外門確實是鎖住的，大人是誰？格提亞沒有辦法用言語詢問。後來發現房間內有他們用來畫圖的紙筆，他嘗試使用，卻得知這兩個孩子原來不識字。

在帝國，接受初等教育，是人人都能夠擁有的權利。雖然只能從七歲上到十二歲，可是就足以擁有最基本的算術以及書寫能力。

洛洛看起來有十歲以上了，茜茜應該也大於七歲，爲什麼他們竟會沒上學讀過書？或許，是那種非常貧窮，連公費學校都支持不起的可能？即使如此，他們兩個衣著乾淨，臉蛋圓潤，看不出有遭受虐待的痕跡。

洛洛甚至向他介紹洗澡用的浴室，居然有水龍頭這種貴族宅邸之中才有的東西，儘管不能隨意進出，沒有窗戶，相比與老鼠疾病爲伍連遮風蔽雨都做不到的貧民窟，此處實際是個還算宜居的屋子。

可是這一切，好奇怪。

在這個房間醒來後的第一個晚上，格提亞忽然不急著要離開了。

他想要弄清楚，到底是怎麼一回事。

第二天和第三天，他都安靜地在觀察。他不只是觀察環境，還觀察洛洛與茜茜。

他們兩個似乎不是兄妹，也沒有什麼親戚關係，僅是一起住在這個房間而已。洛洛會爲他說明在這裡生活的細節，想要他早點熟悉，即便他的年紀明顯較大，洛洛仍像個前輩一樣；至於茜茜，她相當怕生，始終躲在洛洛身後，露出一隻眼睛看著他。

從洛洛口中，格提亞另外知曉，這個房間本來還有其他人住，那幾個小孩有一天出去就沒有回來了，所以他才會被帶來補上空缺。

那些小孩出去做什麼？他補的是什麼空缺？洛洛並未解釋。

也許這裡就是一間育幼院，院長爲了他們的安全，所以限制他們出入，離開的孩子是被好人領養的。

幾天下來，格提亞變得想要確認是否就是如此。

第五日，不是送餐的時間，有人下樓來了。

聽到腳步聲，格提亞從桌前站起身，就見一名彪形大漢和一位西裝筆挺的老人，來到房間門口。

那老人眼窩夾著單邊鏡片，瞇起眸子。

「就是他？」他看著格提亞問。

從發音，氣質，穿著，都足夠顯示老人若非身分爲貴族，也絕對來自貴族宅邸。

「是啊！」彪形大漢有點心虛。

格提亞感覺老人正在打量他，從頭到腳。

「年紀太大了！」老人道。厲聲責問大漢：「我說過不得超過十三歲的吧？他看起來都要十五以上了！」

「現在眞的沒那麼容易啊！」彪形大漢趕緊地解釋：「您也知道，最近風聲比較緊了一些，等到稍微平息了，我再讓喬治他們想想辦法。」

聽到熟悉的名字，格提亞不禁上前。

「……呃。」因爲無法說話，他只能站在他們面前，指著自己，試圖用比手畫腳的方式傳達信息。

豈料，老人和彪形大漢，就像送餐人那般，根本不理會他。

甚至就在格提亞不注意的時候，老人竟伸手過來捏住他的下巴。

如此無禮的行爲教格提亞當場怔住，回過神來後，下意識地揮手掙開了老人。在他還擁有強大魔力的時候，誰也不能隨便碰他，所以他一直都很不習慣與他人接觸。

「皮膚倒挺白嫩的。」老人拇指和食指搓揉了一下，沒有發脾氣。有的貴族，被稍微失禮對待就會砍掉對方一隻手，而老人只是淡淡地評了一句。「給他養胖點，到時再好好打扮一番。」這是對彪形大漢說的。

老人抽出胸前潔白帕巾，擦拭著手。

彪形大漢一旁點頭，道：

「好、好，沒有問題。」

格提亞看那老人轉身就走，還將手巾扔在彪形大漢身上，態度相當不尊重。

彪形大漢接著那白色手帕，彎腰送走老人，跟著也要出去了。格提亞見狀，上前伸出手準備攔他。

他得和這人溝通，直到傳達自己的意思。

忽然有人從後面拉住他，他回頭，原來是洛洛。洛洛緊揪著他的袖子，睜大眼睛對他搖頭，他沒有能明白是什麼意思，就這麼一會兒，彪形大漢帶上了門，隔著鎖住的門板，能聽見爬樓梯的聲音漸遠，最後是砰的一聲，最外面的出入口關起，人離開了。

格提亞注意到，茜茜裹著棉被，將自己整個包得密不透風，蜷縮在離房門口最遠的角落。

兩個孩子以不同方式流露出不安。在一開始，他企圖和送餐人用手勢詢問的時候，他們也曾有過類似的反應，然而即使他想知道理由，也沒有辦法問。

他就僅能不動聲色，順應著孩子的情緒，避免像是與那些到地下室來的大人求援，這種好像會刺激到他們的行爲。

接下來的數日，非常地安穩，沒什麼不一樣的。唯一變化的，大概就是送來的餐食變得稍微豐盛了。

格提亞食量不大，都讓給洛洛和茜茜，於是孩子吃得相當愉快。閒暇無事，他就用紙筆比手畫腳教導兩個孩子算術；文字方面，因爲他還不能說話，沒辦法發音，暫時只能讓他們學習寫自己的名字。

孩子學得很愉快，很開心，像認識新的世界。

偶爾，他們會唱一首奇怪的歌。曲調相當輕快，歌詞則十分詭異，內容大意是，糖果屋裡有老虎爺爺，非常喜歡他們的身體和臉蛋，若是他們不去屋子裡的話，就會輪到別人。

格提亞此前從未聽過這樣的兒歌。

在房間內只有他們三人的情況，兩個孩子便像是毫無煩惱那般自在；一旦聽到連接著樓梯的木門被打開，兩雙天眞無邪的眼眸就會罩上一層深深的恐懼。

格提亞再怎麼遲鈍，也明白不對勁。

但是被軟禁在這裡，很難去弄清楚什麼。就在一籌莫展之際，有人將他們放出去了。

「都出來！」

那是一個早晨，開門的聲音驚醒兩個孩子。先前來過的彪形大漢又出現了，說著今天是「參觀日」，教他們趕緊準備。

格提亞一臉疑問，洛洛馬上從床上跳起來，推著茜茜去浴室梳洗，也不忘牽著他。

洗過臉後，他們換上擺在床邊準備好的衣服。

那是白色的，滾著藍邊的，一整套剪裁細緻的可愛童裝。

格提亞被洛洛逼著穿上，即使這眞的不合乎他的年紀，尺寸倒是和他瘦弱的身材相同。

他們跟著那彪形大漢爬上樓梯，這是格提亞到此處以後，頭一回走出這個地下室。

外面一片風光明媚。

自然的光線有些刺眼，格提亞瞇著雙眸，睫毛眨了眨，在看清眼前景色時，他首先聽到的是孩童的歡笑聲。

「哈哈哈！」

「過來呀，來追我啊！」

展現在他視野之內的，是寬闊廣大的草坪，草坪上有一間長形房舍，孩子們從那裡跑出來在追逐嬉鬧，並且有好幾位穿著育幼院袍子的志願者，正在照顧著更小的，還不會自己行走的嬰幼兒。

一位婦人，就站在大草地的中間，她的前方是數十位穿著貴氣的上流社會人士。面對著他們，她朗聲介紹道：

「歡迎諸位閣下來到樂園之家！這是由伊斯特公爵大人所創立的庇護所，各位高尚的善心，都將在孩子們身上成爲最美好的養分。」

語畢，那些貴族，笑著，鼓掌著。

然而這個溫馨的場景，明明就在面前，卻又無法靠近。

那溫暖的陽光，翠綠的草皮，以及熱鬧的人們，都被寬闊庭院中間的木製籬笆隔開了。格提亞轉過頭，看著自己身後，這段時間所居住的房屋，跟婦人所在的那棟，幾乎是一樣的。

這塊土地，被柵欄一分爲二，前面的朝外，後面的在內。雖然他也正站在綠色草地上，卻是在內側這邊的。離群眾遠，沒太大機會接觸外人，因爲周圍樹木的陰影，連太陽也照不進來。

格提亞察覺圍欄附近站著幾名男子，能感受到強烈地散發一種不可以從這裡跨過去那邊的訊息。

更令他驚訝的是，原來除了洛洛和茜茜，這一側還有其他孩子。

格提亞看著突然出現的陌生小孩。這座地下室，原來不僅有一條走廊，一個房間。包括洛洛與茜茜，孩子總數大約十來個，有男有女，每個看起來都差不多十歲左右的年齡，有的年長一點，有的年幼一些，就像是洛洛與茜茜那樣。

他們外表潔淨整齊，不像是受傷或生病了。

只是，和普通的小孩，籬笆另外一邊的小孩，似乎有哪裡的不同。

他們沒那麼活潑，沒那麼自在，暴露在外面的他們，看起來既有點不知所措，又帶著一些難以理解的忐忑與害怕。

他們似乎知道，自己不可以越過那一道圍欄，始終沒有想要向前邁出步伐走到陽光底下。

就聽話地待在這一側，麻木似的，受到指令似的，做些表面的活動。

在格提亞終於看出孩子們眼底隱約含著的一絲驚懼，原因是來自那幾名男子時，前方庭院貴族的善心募款活動已經告一段落，準備離去。

彷彿有誰告知過那般，身邊的小孩，立即朝著遠方的貴客揮舞雙手道別。格提亞又一次地頓住。

一種，非常詭異的感受，從來到此地至今，纏繞不去。

這裡的確是育幼院。可爲什麼總有股難以說明且異常不自然的氛圍。僅只存在於這一側的孩子們。

「茱蒂夫人在看了，你也快點舉起手。」洛洛不知何時站在他後面，出聲提醒他。

格提亞因此注視洛洛。

洛洛額頭出了汗，那不是由於天氣太過溫暖的緣故。

草坪上的那位婦人，回首望向他們這裡。和剛才完全不同，臉上沒有絲毫笑意。

當貴族全部離開後，茱蒂夫人慢騰騰地走了過來。

孩子們明顯對她相當懼怕，紛紛低下頭閃避她的目光。

就聽茱蒂夫人道：

「你們都表現得太僵硬了，雖然我先跟那些貴族大人說了你們沒有家人才來到這裡，還需要時間習慣，可是要表現得再更喜悅，更有朝氣活力一點，不是像家裡死了人參加喪禮一樣。」

「是的，茱蒂夫人。」十來個小孩齊聲回應，連臉也不敢抬。

茱蒂夫人隨即斜眼，瞥向唯一直視著她的格提亞。

「這就是新來的那個？」她問。

一旁的彪形大漢趕忙回應道：

「是的，夫人。」

茱蒂夫人聞言，瞪大雙目，狠狠咬牙道：

「傑克森！這可無法令人滿意！」

那名彪形大漢，也就是她口中的傑克森，肉眼可見地緊張，額前汗水淋漓。

「屬下跟總管大人說過了，現在有點不妙的風聲，等過去以後，一定會讓喬治與馬利再好好物色！」

茱蒂夫人緊皺著眉頭，深吸口氣平復情緒，然後重新打量格提亞。

「至少他應該比小的那些承受得起。下次讓他跟其他孩子一起，那時藥效應該也過了，好好給他打扮一下，說不定老爺們能夠勉強接受。」她對著傑克森道。

格提亞感覺自己在她眼裡像是個物品，她雖然做出評價，卻從頭到尾不理睬他。

吩咐完畢，茱蒂夫人扭過頭就走了。

「是、是。」傑克森一個身形高大的壯男，對她的背影唯唯諾諾的。

至此，格提亞大致上清楚輪廓了。

喬治和馬利，是以商人的身分，尋找孩童帶來這個地方，所以當時救起他，既沒有關心他的父母和家庭，也未曾詢問。

雖然他不願往負面的結論去想，但是大概，這裡不是單純地收留無家可歸的孩童。

至少，在圍籬兩邊的孩子，絕非相同。

那麼這個稱爲樂園之家的地方，收容這些小孩，究竟是什麼用意？

格提亞昂首望住面前偌大的木造房子，不覺手心濕涼。

「好了，都進去吧！」傑克森在目送茱蒂夫人離去以後，朝孩子們催促道。

十幾名孩童，就彷佛習慣這一切般，魚貫地步進房屋。方才出來時，格提亞由於剛從地下室接觸外面感到短暫的視覺不適，沒能夠仔細觀察，現在他可以看清楚了。

木屋的外觀沒有什麼特別的，不過，明明是旅店大小的建築，卻就僅有一個出入口，入內有不同的門，門後則是不同的樓梯，接著多個地下室。

如果只是單純的育幼院，爲什麼要如此隱蔽？

將小孩關在地下室裡，不算是個很好的保護方式。更像是想要隱瞞些什麼祕密。

茱蒂夫人剛才講，這裡是屬於伊斯特公爵的。

也就是說，這個地方確實是東部沒有錯。確認自己的所在地，比起得先見到伊斯特公爵說明，格提亞更想把自己目前面臨的未知謎團釐清。

他甚至差點都要忘了和遠征隊會合的事情。

那跟這些孩子比起來，已不是最優先執行的目標。格提亞坐在房間內，凝視著洛洛和茜茜。

他必須要確認。如果一切都只是他多慮，那就好了。

又過了兩日。

一早，格提亞發現自己終於可以稍微講出字詞了。

「啊，啊，早……早、安。」他對兩個孩子露出一個淺淺的微笑道。雖然有些辛苦，總算是能夠勉強說話了。

洛洛和茜茜聽到他開口，沒有特別表現出什麼情緒。更正確地講，他們看起來是不開心的。

「所以我告訴你了，會自己好的。」洛洛這麼道，接著又喃喃自語：「好了以後，就得去參加宴會了……」

「嗯？」格提亞沒有聽清楚。

「沒什麼。」他垂眼看著身後的茜茜，有些沮喪的樣子。

格提亞不算是個會察言觀色的人，他一直就不怎麼與魔塔外的人交流，所以雖然感覺到他們情緒低落，卻又不知如何應對。他僅能提出自己一直想知道的幾個疑問，來轉變話題。

在用沙啞的嗓音，困難敘述這幾日的疑惑之後，他從洛洛口中得到了一些答案。

首先，洛洛果然和茜茜不是兄妹，可洛洛的確是有妹妹的，但並不在這裡，應該是在住宿的學校裡好好上學，這是伊斯特公爵援助允許的。

茱蒂夫人或傑克森，還有那個老總管，都是伊斯特公爵大人派來照顧他們的。待在樂園之家的小孩，多半都是失去雙親也沒有家庭的狀況，有的甚至從小就不知道自己是誰，茜茜即是如此。伊斯特公爵供他們住宿以及吃穿，讓大家得以生活下去，不至於餓死街邊。

那為什麼妹妹不跟他在一起？當格提亞詢問時，洛洛撇開視線，看起來不大想回應，只是簡單地說他希望妹妹去上學。

由於格提亞講話不大容易，這般一來一往，也逐漸夜深了。

見茜茜睏了在揉眼睛，格提亞於是問出最後一個想知道的問題：

「宴、宴會……是，是什麼？」

說是一種直覺也好。格提亞從茱蒂夫人那裡聽到這個字詞時，不認為那是普通的社交場合。

聞言，洛洛明顯地震顫了一下。

他咬著嘴唇，沉默半晌，才低聲道：

「你以後就會知道了。」

他緊緊牽住茜茜的手，茜茜則臉色發白。

那天晚上，格提亞並未睡好。

他做了個夢。

夢的內容他完全沒有印象了，當在床上驚醒時，他輕喘著氣，忽然想起自己似乎忘記某些事情。

關於伊斯特公爵的。

曾經的他，一點也不關心這些，所以現在他也記不得細節。

僅是隱約有個畫面：莫維處死了伊斯特公爵，用那雙不能再更冷酷的紫色雙眸，無比藐視著簽下執行令。

對伊斯特公爵的行刑，當時被格提亞視作清除皇帝勢力的舉動。

伊斯特公爵屬於現今皇后一派，是皇后遠親，可以說與皇后有著切不斷的淵源，在以前，皇后將皇女米莉安嫁給伊斯特公爵之弟，不但親上加親，還鞏固東部勢力。

公爵被處刑過世後，整個伊斯特都連帶受到影響，最後當莫維稱帝時，皇女被關進高塔，終生沒有出來的希望。

在莫維身邊，他沒有反對過一次莫維的決定。

就像他也一直聽從皇帝命令那樣。

他只做交代給他的事情，其餘的，與他無關。

因爲不可以去管。在那個時候，他能夠在乎的，僅有魔塔。

而現在，他會想著自己該做些什麼。

格提亞靜靜地坐在床上，黑暗的房間內，除了他自己，還有兩個孩子的呼吸聲。

他一定要確認這個育幼院是否隱藏著什麼祕密，唯有這樣，他才能放心。

這般告訴自己，沒料到，「宴會」的日子到來了。

「我去就好了。」

傑克森過來通知的時候，洛洛站在房間門口，昂首這麼說道。

「呃……洛……洛？」格提亞的聲音比預想恢復得要慢，或許是由於他剛能出聲就急著說太多話了。

洛洛像是沒有聽到他在背後的呼喚，趕緊地對傑克森道：

「你也看到了，他還沒辦法好好講話！還有茜茜，上次去過以後一直都是這個樣子，一定會掃興的。所以，我去就好了！」

彷彿早已準備好那般，其實在傑克森過來之前，洛洛已經將茜茜牽到房間的角落，並且用被單蓋好茜茜，讓她不會在傑克森面前露出半點存在。

傑克森皺著眉頭，用力地瞧著房內的格提亞和茜茜。

「算了，這間也才剛少兩個。今天我就先從其它房間補人吧。」傑克森接納洛洛的提議，又對著格提亞道：「不過下次可就一定會輪到你了啊！」

「什……什、麼？」格提亞當真是聽不懂他的意思。

這個所謂的宴會，究竟是不是貴族社交那種場合？他不熟悉，就是聽說過，貴族們經常會輪流舉辦茶會和沙龍，作爲各種類型的交流，當然也包含敏感的政治方面。

洛洛終於轉過臉看他，努力用眼神示意他安靜。

「你……」傑克森正想對格提亞說什麼，被洛洛打斷。

「快走吧，不然要遲了。」洛洛往旁邊跨一步，擋住傑克森的視線，同時伸手輕輕地推著那高壯的身材。

傑克森的注意力這才回到洛洛身上。

「是該走了。還得把你們交給茱蒂夫人打扮呢。」他邊說道，邊讓開身要洛洛跟他走。

「是啊，快點吧。」洛洛回應道，聲音似乎有點發抖。

他就這麼跟傑克森離開了，頭也沒有再回過。走廊迴盪著鑰匙的聲音，通往外面的大門重新被鎖上了。

即使這些天格提亞都沒有發現什麼證據，無論如何，把孩子們鎖起來都是相當奇怪的。

「嗚……嗚……」

角落傳來哭聲，格提亞看過去，躲在被單裡面的茜茜，正在不停地顫抖。

「怎……」格提亞上前，想要關心。

茜茜死死抓著布被，不肯讓他掀開。格提亞僅能陪在她身旁。

她嗚咽著的聲音，斷斷續續的，很久，很久。

直到夜深了，她累了。

被單滑落下來，露出她打瞌睡的小臉蛋，格提亞沒能問她什麼，扶她上床躺好。她猶如毫無安全感，用棉被將自己包成一個蛹，終於是睡了。

格提亞依舊在等著。

洛洛還沒有回來。

讓育幼院的孩子參加宴會，是爲了宣揚善事？或者是難得讓他們去見識？不，這不大符合貴族的形式。也許，又是募款？

儘管思考許多原因，不知何故，格提亞就是感覺心裡無法平靜。

時間一分一秒地過去了。

就在格提亞以爲洛洛可能早上才會歸來的深夜，傳來鎖被解開的聲響。

在寧靜黑夜裡，格外清晰。

腳步聲也分成兩個方向，其中走上樓梯的應該是傑克森，洛洛沒有直接進房，是去了浴室。

格提亞立刻撐站起身，推開了房間門，在走廊上看到洛洛。

「你、回……來。」他對著洛洛的背影輕聲說道。

因爲茜茜還在睡覺。

廊上本來是沒有光線的，能夠視物，全憑洛洛手上的提燈。

但見洛洛背對他，身上穿著從來沒見過的，華麗昂貴的衣裳，卻又那麼凌亂不堪。從後面看去，衣服到處都是皺褶，下襬都沒塞在褲子裡，連襪子也只穿了一邊。

洛洛站在走廊的一邊，雖停住腳步，但是，沒有轉過頭回應。

於是格提亞上前，又對他道：

「好……晚。」辛苦從喉嚨擠出來的聲音，戛然終止了。

就在格提亞走到洛洛身旁，看清楚他的同時。

洛洛稚嫩的臉龐，有些瘀傷；而上衣，明顯帶著遭到撕扯的痕跡。身上，隱約傳來一股不好聞的氣味，是一種熟悉又陌生的腥臭。

格提亞內心好多疑問，當他移動視線，發現洛洛穿著短褲的雙腿，染著一些血跡，而且是從褲管裡面流下的時候，他整個人完全僵住了。

這一刻，他終於明白。

在樂園之家，所有奇怪的，詭異的，無法解釋的狀況，原來是這個原因。

格提亞睜大了雙眼，理解了宴會，也察覺到這裡不可告人的祕密。

「我習慣了，沒有那麼疼了，真的。」洛洛總算啓唇說著，表情麻木，聲音卻有點哽咽。

格提亞只能聽見自己心臟沉重地跳動著，腦殼嗡嗡作響。他緩慢地蹲下，手掌撐在地板上。突然，他感到無比噁心，嘔的一聲，將胃裡劇烈翻騰的東西全都吐了出來。再重新抬起臉，此生前所未有的情緒使得他雙眼發紅。他抓住洛洛細瘦的手臂，不可置信。

「你……」格提亞甚至沒有辦法組織任何語言。

「我沒事。不要吵醒茜茜。」

然而，洛洛僅是低聲這麼說道。

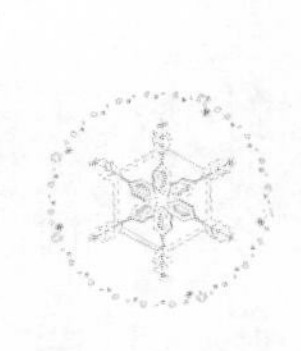

他不曾關心過這個世界。

或者說，他不可以。

因為他是艾爾弗一族，是擁有非凡能力的魔法師。他是強大的、厲害的、受人尊敬，也同時令人恐懼的。

魔法師，是會威脅到帝國的一種存在。

不知何時開始，在魔塔生活，就必須要有這樣的認知。

曾經守護國家的歷史，已經是久遠的過去了。

對現今如此安定的帝國來說，他們就是潛在的危險因子。皇帝想要降低人民對魔法師的崇拜，所以聖神教興起了，只要擁有別的信仰，那麼魔法師便會逐漸式微。

因為，魔法師的數量也正在凋零。

即使如此，皇帝難以完全放棄魔法師。光是魔法師三個字，就足以帶給鄰國莫大壓力，不敢隨意妄動，那是過去累積的傳說與功勳所致。

所以皇帝給予大魔法師地位，又處處提防他們，限制他們。

若是真的要顛覆整個帝國，甚至整個世界，魔法師是可以做到的。

只是，那艾爾弗一族，就會真的成為人們眼中那種，不應該活著的恐怖怪物。

有能力的人難道一定會變得邪惡？他們並不是害怕在歷史上留下汙名，僅想要證明，無論加諸在他們身上的評論是什麼，魔法師，艾爾弗一族，從來就沒有變過。

也許皇帝正是看穿他們的想法，所以才能這般繼續利用他們。離開魔塔時，師傅也告訴他，不要對命令之外的事情表露出任何企圖干涉或感到興趣的樣子，那會帶來難以想像的麻煩。

師傅沒有明說，不想給他過大壓力。可是他非常清楚，自己的一切所作所爲，皆會牽扯到魔塔。

因此，自始至終，他只專注於完成自己該做的事情。也就是在學院接觸莫維，想辦法讓莫維使用魔法。

一直以來，他既沒有去思考原因，也把自己放在所見所聞之外。

而他所處的世界，卻是如此泥濘黑暗。

格提亞在洛洛自己洗乾淨身體以後，幫著他上藥。洛洛看起來非常熟悉這些，除了背部搆不到的地方。

孩子應該擁有的細緻皮膚，不知遭受什麼折騰布滿痕跡，甚至有幾處清晰的齒痕，格提亞看著這些，感覺自己連呼吸在顫抖。

洛洛似乎非常累，很快地睡了。

格提亞無法入眠。

樂園之家，前面的那棟建築是眞的育幼院，至於他們所在的後棟，這些小孩，則是玩具。

被豢養供給貴族玩樂的……

要包裹一個謊言，就是要眞假參半，慈善會的時候大方展現，背後擺出的則是殘忍不堪入目的事實。

他曾經聽說過。一些貴族，私下有著不為人知的癖好，超過人性底線，觸犯法律的那種。

雖然他沒有深入去瞭解過，因為，帝國自有嚴刑峻法會給予制裁。

可是眞的是如此？若犯罪的貴族，確實會得到處罰，那麼為什麼樂園之家會用這樣的形式，光明正大地在貴族面前經營？

是因為沒有人去告發，還是因為公爵的勢力能夠一手遮天？這個地方絕對不是出現沒多久，是已經長期存在著的。

回過神來，格提亞發現自己由於握拳太緊，在掌心留下血痕。

到底有多少小孩，遭受這般非人的對待，宴會的共犯規模又是多大？那個時候，莫維處死公爵，是否也是知道了這些。

他努力地回想，當時莫維沒有特別告訴他什麼。一直以來，莫維不說，他也不會問，他們兩人之間的關係就是如此。

不過，在伊斯特公爵死亡以後，著名的伊斯特騎士團，也就是東部最大的兵力，僅是沉默地接受這件事。

騎士最值得讚頌的名譽，就是至死效忠主人。

那麼莫維殺了公爵，騎士團理應會提出抗辯，即使他是皇太子。然而最後的結果，卻是騎士團自始至終的靜默。

格提亞深深呼吸，手心傳來的陣陣刺痛，像在提醒自己必須沉著下來。

雖然衍生出新的疑問，不過現在，最要緊的，是他必須想辦法讓這裡的孩子逃出此地。

接下來的幾天，格提亞在腦海裡試著推演如何用他殘存的微弱魔力，打開通往樓梯的門鎖。他的魔力有限，必須慎重進行。

然而，失敗的結果，顯而易見。

那天出去，回來時他看見門上除鎖頭外，另外還有三個門栓，以他目前的狀況，他無法同時全部解開。就算想要分次進行，一日三回送餐過來的人也會重新鎖起。

那麼，就只能等門由他人開啓的時候，強行突破了。

這個方法十分冒險，首先格提亞並不知曉外面看守人數的配置；其次就算眞的給他破門了，他還得在製造出那麼大的動靜之後，繼續去打開其它的門，帶著十幾個小孩逃跑。

那絕對不是什麼容易的事情。很有可能會就此惹怒對方，重新被抓回去的小孩，也許還會遭到嚴厲懲罰。

從那些孩子對茱蒂夫人和傑克森的懼怕，以及不敢反抗的態度，不難推敲出這樣的結論。格提亞心裡無法再那樣平靜，他完全沒有考慮自己有何下場，就是想不管多魯莽也要做些什麼，又憂心孩童們的下場躊躇猶豫。

若在以前他隨時就能輕易弭平此處，同時確保所有人的安全。

然而那時，他卻低著頭什麼也沒看見。現在他張開雙目，見識到眼前的殘酷，可是他已沒有那種能夠改變一切的能力。

又一次，他在失去力量以後，感覺到自己的無能爲力。

曾經，他原來可以做這麼多事，救這些小孩，阻止悲劇，他眞是一個無能的魔法師。他是後悔，但是絕非惋惜使用禁術付出的那些代價，而是悔恨自己在仍然強大的時候，毫不關心與在意。

可他擁有重來的機會。也是他唯一擁有的。

格提亞冷靜專注地思考。到底該怎麼做才好？無論如何，他是不可能眼睜睜地再看孩子們被帶去參加下一次的「宴會」。

「你想帶我們出去嗎？」

蹲跪在門邊，正考慮用物理方式破壞門鎖的格提亞，忽然聽見身後傳來問話。於是他回首，看見洛洛站在那裡。

「是。」他回答。他曉得洛洛和茜茜已經觀察他的行爲好幾天了，終於是忍不住問了。「你們不應該在這個地方。」格提亞道。

洛洛垂下眼，似乎想了一會兒，啓唇說：

「那你帶茜茜走吧，我要留下。」

聞言，格提亞怔住。他轉過身，認眞地凝視著洛洛。

「你爲什麼想要留下？」

洛洛微低著頭，視線放在地板上。

「我妹妹她……還要上學，我留在這裡，他們才會繼續讓她去學校，不是嗎？」

什麼？

「不是。」格提亞與他平視，緩慢地，嚴肅地道：「絕對不是這樣，這是錯的。就算你不在這裡，你妹妹也能夠去上學，不要有那種犧牲自己的想法，你妹妹也不會開心。」眼前的金髮男孩，在這裡究竟度過多少日子？竟讓他如此認命。

原來他們都是這樣跟小孩說的，因爲有所牽掛，所以只能接受。自己必須要好好地告訴這些稚嫩的孩子們，這完全是錯誤的。

洛洛咬了咬嘴唇，遲疑道：

「可是……如果我不去的話，就會輪到我妹妹。」他不想那樣。

原來，這就是那首兒歌的含意。格提亞一字一句，清楚地道：

「不會的。等到大家都出去以後，我會證明給你們看。」他對洛洛，對躲在房間門旁的茜茜，極其認眞地說道。

他一定會救出這裡的小孩。

格提亞下定決心。當晚，他試著在半夜進行開鎖，因爲這個時間段，就不會有送餐的人來干擾了。

儘管他一次僅能打開一個鎖。耗上整晚，也許是可以全部解開的。

洛洛和茜茜睡下後，他來到門邊，全神貫注地進行。擁有的魔力有限，每開啓一道門栓，他就必須休息等待魔力恢復。這是他第一次這麼做，所以他抓不准那個停歇的時間需要多久，只能邊做邊實驗。

隔著門板聽到聲音，他已經拉開一個門栓，僅是如此而已，已使得他大汗淋漓。格提亞低下頭，看向自己甚至輕微戰慄的雙手。

他長長呼出一口氣，閉了閉眼，再次聚精會神地重新調整體內的魔力軌跡，使其運轉得更快，更加速回到原本的狀態。

就算，這會耗損他絕大部分的體力。簡單來說，以他目前的狀況，他是相當勉強在使用魔法的。

在魔塔休養身體的那一小段日子，師傅阿南刻對他說了：

「你會一再地昏倒，表示你的這副軀殼，已經不適合使用魔法了。因爲你原有的能量消失，所以理所當然地承受不住。」她語重心長，眼神無比眞切，嚴厲地警告道：「就算是艾爾弗一族，也只有一副肉體，你懂我的意思嗎？你要是再這樣強迫自己，等到身軀徹底崩壞，你就會死。」

其實，他不是沒有察覺到。畢竟這是他的身體。

「我知道。」

那個時候，他僅能這般回答。

可是就算如此，他也有必須要使用魔法的一刻。

不然，他爲什麼要擁有魔力，被稱爲魔法師？

格提亞凝神屏氣，輕聲道：

「開。」

「咔嚓」一聲，第二個門栓轉開了，格提亞身上的衣服被汗濕透。

他粗喘著氣，靠著旁邊牆面，閉上眼休息。

就剩下一道栓以及一個最大的鎖。他可以做到的，這樣告訴自己，他馬上運行著體內軌跡，重新凝聚魔力。

這個過程比想像中的久。每一次都還要花上比前次更長的時間。

他得在天亮之前完成，否則送餐的人就要來了。

解開第三道栓鎖時，他頭昏眼花，暈眩得眼前一黑，雙手撐在地上，汗水不停滴落。

還剩最後一個鎖頭，他一定要打開。

忽然間，門板傳來細微的動靜。

有什麼人，正想從外面開門。格提亞略微驚訝地扶牆站起身，但是由於體力不足移動，來不及回到房間。

他在門被打開時，抬頭看向來者。

些許的月色，映照在開門的人身上，有些背光。不過還是可以瞧出來，這是一名侍女打扮的少女。

「……果然是你。」少女在和格提亞四目相對的時候，這麼說道。

格提亞不懂那是什麼意思，他只是馬上感覺到，少女並不危險。

「妳……」爲什麼，這個少女有點熟悉。是他曾經見過的人。在格提亞尚未回憶起來之前，少女便先自報名號了。

「我是皇女米莉安。這種情況就免禮了。」少女反手輕關上門，直視著格提亞，眼神裡自帶一種高貴，道：「請問，你爲什麼會在這裡？大魔法師格提亞。」

格提亞圓睜著雙眸，由於事情太過突然，一時間竟說不出話。

皇女米莉安，也就是皇帝的長女，現今皇后的女兒。在皇宮的場合，他們的確是有過幾面之緣，所以他才對這副五官留有印象。但是眼前的少女，不僅穿著侍女的服裝，髮色也不同在皇宮裡見過的橘色，而是一頭深棕髮。

彷彿從他表情看出疑問，米莉安摸著自己額前的髮梢，道：

「我用染料改變顏色了。雖然頭髮不一樣，不過你應該認識我吧？」她想要確認一下，說著從懷裡掏出一枚徽章，道：「這是屬於皇家騎士的物品，我的騎士現在就在外面把風。」她有設想到這樣的狀況，所以跟騎士要來這個佐證。

畢竟，她現在沒有什麼物品能夠證明自己就是皇女。

老實說，前些日子在草坪上發現格提亞，她也是不可置信。

原本還懷疑自己是看錯，或許只是長得像，直到剛才打開門，在灑落進來的月光下，見到那雙傳說中的彩色眼眸，這讓她一瞬間就確定了格提亞的身分。今晚的月色特別強烈，能照進通往地下室的樓梯，眞的是太剛好了。

雖然，她不特別尊敬魔法師，覺得他們魔法師對帝國已弊大於利，不過在面對那絕非普通人擁有的特徵時，還是有種相當奇妙的感受。

「見過皇女殿下。」格提亞回過神來，還是先行禮了。

他相信了。米莉安鬆口氣，旋即壓低聲音，問道：

「你也是來查探的嗎？」

「不。」聽出皇女也發現這裡有問題，格提亞雖然不曉得皇女來此的緣由，不過先解釋道：「我只是陰錯陽差地被關在這裡。」

米莉安很快打量他，他身上穿的服裝和其他孩子是一樣的。腦子裡轉了下，大致推測是什麼情況，儘管不是全部理解，但是沒有時間囉唆。

「既然你在，那正好。」她眼神忽然凌厲，一臉正色道：「我在這裡，是爲了尋找公爵府的不法情事，你應該也知道這個地方不對勁。我已經準備好要救這些小孩出去，如果你能在內部幫忙，那就太好了。」

在舞會上，莫維跟她說，她不需要他。於是她思考了很久，她不想要這樁聯姻，那麼她就得讓婚事告吹，首先她必須自己去尋找那個正當的「理由」。

所以她來到伊斯特領地，讓自己的騎士展開調查，豈料騎士回報了一些完全不在她想像中的異常情形，她懷疑公爵府裡有重大問題，於是跟騎士喬裝潛入，樂園之家的人對皇女外表不怎麼熟悉，所以還算順利，這段時間，她親眼見識的事實，比她所預料的更爲嚴重。

作爲皇室成員，她有責任肅清。可是，她又不能躍於明面。

因爲，這是她母親那邊的家族。

若她親自現身，那麼就是背叛母親，她不希望如此。所以本來只是想要偷偷摸摸地先放走被囚禁的兒童，這是當務之急，以後她再慢慢想要怎麼處理。

不過，格提亞在就太好了。可以推到這位大魔法師的身上就好。

再者這個行動，她也確實需要一個內應。

爲避免被人發現，她就帶了她最信任的一個騎士而已。

米莉安凝視著格提亞。

「你覺得如何？」她問。

格提亞的雙眼，已經恢復成平時的漆黑瞳眸。

「請皇女殿下吩咐。」

米莉安點頭，簡潔扼要地告訴他，她接下來已經準備好的計畫。

這個宴會，通常是在尾數六的夜晚進行。可不是每次尾數六都會舉辦，而是要舉辦時一定會是尾數六的日子。

據米莉安得到的消息，已經掌握下一次的尾數六宴會。一般規模較大的宴會，會需要三到五個小孩來做接待，剛好下次是比較小型的，茱蒂夫人最多需要兩個孩子。當天，米莉安會來開門，和騎士帶走所有的孩子，格提亞的任務，就是轉移公爵府邸的注意力，能夠愈晚發現樂園之家已人去樓空，那麼就愈能確保不會被抓回去。

關於逃脫的路線及安置，米莉安都已經安排好了。

格提亞沒有任何意見，就是點頭答應，說自己會做到。

米莉安的計畫裡毫無考慮到格提亞的人身安全，格提亞的出現是個意外，不過格提亞就算面臨再緊急的狀況，應該也能夠輕鬆解決。格提亞會被關在這裡，肯定也是有他的理由，就像她一樣，必須私底下暗中潛伏。她滿心認爲一個大魔法師，沒什麼事情能難得了。

就這般商討好以後，僅需要等待宴會的日子到來。

宴會當夜。

傑克森像平常那般過來領人，除了本來就預定要出場的格提亞，本應還要再找一個，豈料其餘小孩生病了。

「怎麼回事？」似乎在流行什麼腹瀉的病症，幾個房間的孩子都臥床了，貴族大人們絕對不會高興。

這是米莉安事先在餐點裡下的藥物，短時間會有腸胃不適的假象，可是其實並無大礙。格提亞當然沒吃那些食物。

「我一個人也沒關係。我比較大，可以做兩人份的工作。」他道。

傑克森皺著眉毛，最後只能搔搔後腦杓。

「唉！你先跟我走吧。」他也不知道該怎麼辦，就先帶走格提亞一人。

格提亞在和傑克森離開前，回頭望了眼躺在床上的洛洛和茜茜。

他一定要讓他們平安逃出這裡。

傑克森領著格提亞，搭上馬車，行駛沒多遠，由一條相當隱密的小路進入公爵府。

茱蒂夫人等在房間裡。

「生病？」她聽到傑克森僅帶來一人的理由，臉色變得陰沉，考慮再三，才道：「算了，那就先這樣。可別是像上次那種髒病，最後損失好幾個商品。」她一邊指揮侍從，一邊不悅道。

商品？難道是指孩子們？格提亞被侍從帶進浴室，先進行徹底的清洗。

他因爲看上去足夠大了，可以獨自完成，這才免於在人前被脫光，也勉強隱藏胸前的魔法陣，過程中，他察覺到這些侍從和樂園之家裡送餐的僕人一樣，都是聾啞人士，因爲茱蒂夫人在走廊上是用手勢在吩咐他們，一句話也沒有說過。

清潔過後，格提亞被抹上昂貴的香膏，換穿美麗的服裝。這些衣服意外地保守，領口的蝴蝶結有種性別不分的意味，短褲露出白皙大腿配上中筒白襪，清純無比。

淺褐色頭髮梳理成柔弱的模樣，雙頰撲上紅粉，就像個娃娃一般。

茱蒂夫人最後拿出一只珠寶盒，從中取出一顆輕盈剔透的糖果，並且遞給了格提亞示意他吃下。儘管格提亞明知不應該吃，可是，按照計畫，皇女米莉安正在和騎士救出小孩，他的任務是拖延時間，所以他要盡可能地聽話，不能引起任何疑竇。

因此他將糖果放進嘴裡。

那糖果甜甜的，夾雜著一種沒嚐過的奇怪味道。

茱蒂夫人審視著成果，道：

「本來覺得年紀偏大太多了，沒想到裝扮起來還可以，而且他是第一次吧？氣質又這麼乾淨清純，老爺們會因此高興的。」即使今晚僅有一個商品，應該可以交代過去了。「雖然體型也確實比較大，不過，至少不會像以前那幾個太小的，直接被玩壞了。」她對傑克森說。

「是啊，我也是這樣想的。」傑克森附和著，還笑道：「還得找塊地埋了，說他們是去上學了，麻煩呢。」

……什麼？格提亞瞪大雙眼，不敢相信自己聽到的。

「時間差不多了。走吧。」茱蒂夫人雙手放在腹前交疊，優雅地示意傑克森帶著人跟上。

「快啊，發什麼呆？」傑克森見格提亞沒動，推了他肩膀一下。

格提亞機械式地往前走，跟在茱蒂夫人身後。

腦子裡，盡是剛才他們的對話。

原來，去上學都是假的，那是控制剩下的孩子能夠自願犧牲自己的謊言。消失的那些小孩，已經長眠於地下。格提亞握住拳頭，瞠住的雙眼帶著血絲。

前方的廊道愈縮愈窄，最後茱蒂夫人轉了個彎，走向一條長長的通道，盡頭是一座圓形的展示臺。

就像拍賣場上那種的。

「站上去。」她命令格提亞。

「聽到沒有？」傑克森抓著格提亞膀臂，將他送上去。

格提亞站在凸起的臺子上，面對的是一個寬闊的空間，不知何故，他的視線有些模糊，或者也是室內昏暗的緣故，他看不清面前有些什麼，隱約似乎有人影坐著的輪廓，同時，他感到好幾雙眼睛正注視著他。

那種視線，彷彿黏液一般爬在身上，令他寒毛直豎。

「各位大人！」茱蒂夫人朗聲一喚，恭敬地行禮。「非常抱歉，由於一些原因，今日僅帶來一件商品。不過，也是樂園之家最新鮮的商品，是久違的，還沒有被任何人拆封過的禮物！他的身體也會比以前的那些孩子更爲耐用，玩耍時間更長，絕對能夠讓各位滿意。」她微笑著介紹。

每一字，每一句，都教人心理不適。因爲她的言語中，完全沒有將他當作一個人來看待與形容。從頭到尾就是一件貨物。

格提亞口乾舌燥，面色潮紅，雙手逐漸開始細微地抖動。身體出現沒有過的莫名狀況，他唯一能想到的，就是那顆糖果。

耳朵彷彿進水一般，聲音都變得混沌。

他似乎聽見茱蒂夫人道：

「那麼，就請各位慢慢享受。」

格提亞頭昏腦脹，站立的雙腳變得虛浮，茱蒂夫人和傑克森不知何時已不在旁邊，下一秒，有誰捏著他的下巴，強迫他抬起臉。

「嗯，之前也說了，這次年紀會偏大一點，喜歡的話再過來，所以才這麼冷清啊。」一個男人這麼說道：「不過居然是還沒被用過的新鮮貨，倒是好一陣子沒出現過了。閣下要先嚐嚐嗎？」他笑了。

「不不。」另外一個男聲在很近的距離，說：「這第一個人，當然要是公爵大人。」

公爵？格提亞迷濛間聽見關鍵字，困難地對準焦距。

眼前的男性，約莫四五十歲。雖然戴著假面沙龍的精緻眼罩，可絕對不是他曾在皇宮見過的那位伊斯特公爵。

「你……是誰？」格提亞軟弱無力地問道。他的心跳變快，不禁輕喘著。

那個被稱爲公爵的男人笑得猥褻。

「我是你爹地啊。」

此話一出，忽然間爆出此起彼落的大笑。儘管格提亞看不清楚，不過這個空間裡，不只兩名成年男子。

「今天這晚，可會多出好幾個爹地。」又有陌生的男性加入。

這時相當突兀地，有什麼東西摔破了。眾人的注意力稍微被轉移，但是他們都喝了酒，地面的碎片單純被當成不小心。

「雖然是好久沒出現過的孩子，不過這第一人，還是讓給你們。畢竟我也享受過不少次了。」那位公爵愉快地笑說。

「我看公爵還是喜歡更小的吧？」

這已第四個男人。

此句話尾才落，又是一陣笑聲。

「就當你說的對！你們可是把我的喜好摸得一清二楚了！」公爵並未不悅，反倒相當滿意那個評價，道：「所以，誰要先來？」

「那就我吧！」說話的，是剛才的第三位男性。他一把抓住格提亞的手臂，躍躍欲試笑道：「我喜歡這麼白這麼瘦的。尤其是面頰那些雀斑，看起來不是就跟小孩一樣嗎？」

一股濃厚的酒氣噴吹在格提亞臉上，他差一點就要吐了。

從剛才開始，他就試圖使用魔法，想要造成意外能夠逃脫，那個玻璃杯就是他移動的。然而他原本就魔力不足，在那顆糖果的影響下，更無法精準製造足以逃走的空隙。

「喂，他的眼睛是不是有點奇怪？」好像在轉換顏色？其中一人說道。

由於室內昏暗，加上他們都已微醺，不是太清醒。

「我看看。」抓著格提亞的男人瞇起眼。落進室內的月光，有一小格照在格提亞臉上。男人道：「唉呀，像是有彩虹的光。真是太美了！」

語畢，其他人又是笑起來。

醉意使他們的腦子變得愚昧魯鈍，關於大魔法師的傳聞，也愈來愈少人在意和知曉。

所以，沒當一回事。

格提亞儘管與他人接觸甚少，可他絕非無知的人。所以，他瞭解自己處於什麼境地。

接下來可能發生在他身上的事情，都絕不會是他願意的。所以他必須要讓自己遠離那個結果。他一直在試，一直失敗。

那些孩子，一定也是這樣。只能無力地掙扎，然後絕望。

男人將他放倒在某個柔軟的墊子上，也許是床，也許是沙發。格提亞不能夠確定。他的衣服被扯開，混雜著菸酒臭的濕熱舌頭舔上他的頸，這是他此生從不曾有過的接觸。

好噁心。

比起身體與心理的排斥與抗拒，腦殼發熱的他，已無法分辨現在身體細微的顫抖，是由於自己被下藥，還是內心的情緒。

名爲憤怒的情緒。

性格淡薄的他，此時緩慢地，一字一字地，低聲道：

「你們……是該死的禽獸。」如果他仍然擁有能力。「我會……毫不猶豫地，將你們處刑。」他說。

此話一出，寂靜了幾秒，隨即而來的是哄堂大笑。

魔法師要殺人，易如反掌。就是因爲如此容易，所以才會令人懼怕。

然而，眞正的怪物，不是魔法師。而是披著人皮，卻沒有人性的，畜生。

「這麼粗俗地說話可不好，就讓爸爸我來好好教你怎麼對長輩有禮貌。」

趴伏在他身上的男人，淫穢地笑道。

格提亞手心握著酒杯碎片。那是他趁著對方昂頭狂笑時拿到的，他握得太緊，尖銳的邊緣刺進他的皮膚，指間滲血疼痛，這讓他保持清醒。

無論如何，他會毫不猶豫對準這些人的喉嚨，不放棄反抗到最後一刻。

他舉起手，奮力一揮！

頓時劃破男人的臉頰。

「啊呀！」男人驚喊一聲，退開身，呆住好半晌後才回過神，立刻摀住傷口。「你、你你怎麼搞的？」他簡直大怒！

旁邊的幾個與會男性卻是笑出聲音。

「初夜總是有反抗的，不過被小孩傷到的，你可是第一個！」

嘲笑的言語使得男人更加惱羞成怒。他面目猙獰地看著格提亞。

格提亞喘著氣滿頭大汗，已經蹲坐起身，手中拿著玻璃片護在自己前方。儘管腦袋渾噩沉重，他的表情卻無比冷靜，雙眸直瞪住男人不放。

男人有幾秒鐘被那個眼神震懾住。不過，再怎麼樣，這不過是個孩子，體格又這麼瘦。

媽的！第一次是需要調教的！男人心裡這麼想著，一探手抓住格提亞瘦削的肩膀，同時將他往墊子上摔去。

格提亞吃痛，膀臂更像是要脫臼了。不過男人單純力氣大而已，由於酒精影響，男人的動作粗糙，還來不及壓制格提亞握著碎片的那隻手。

因此格提亞對準男人的頸脖。他知道自己僅有一次機會，失敗了男人便會打掉他的武器，他亦再難以繼續保持清楚意識。

正當他要舉起手的這個瞬間，非常突兀的，遠處傳來馬蹄聲。

沒錯，就是馬匹奔跑的聲音。在鋪著華麗地毯的長廊上，徑直迅速，毫不猶豫地朝著這個房間而來。

正當男人們充滿困惑，抬頭面面相覷，並且停住動作的這一秒，砰的一聲巨響！

這個房間的兩扇大門，竟被馬給踹開了！

一陣光線從門口照射進來，教人不覺瞇起眼睛。

在那刺目的逆光之中，格提亞看見了騎在馬背上的人。

儘管他的視線模糊，僅能描繪出輪廓，可是他非常確定。

那就是莫維。

格提亞掉入溪裡的三天，遠征隊沿著溪流，最先，在岸邊看到格提亞的馬，這教他們滿懷期盼，所有人不分日夜仔細來回尋找，結果，一無所獲。

沒有尋到人，也沒有屍體。

那麼就表示，人還是活著的。歐里亞斯等人都是這麼想的。

他們不願意去考慮最壞的狀況。

懷著略微不安的心情，不得不放棄溪流前進移動，終於在第五天時，由靠近下游的居民那裡，得到數日前曾有兩名商人似乎從溪裡救起一個人的消息。

雖然居民並未能看清被救起的對象的樣貌特徵，不過這給遠征隊所有人燃起了無窮希望！

「殿下！」歐里亞斯等人在得到訊息以後，立刻回報給莫維：「格提亞老師很可能隨著兩位商人，前往東部領地伊斯特。」

「……是嗎？」莫維的聲音聽不出什麼情緒。

歐里亞斯因此抬起眼，結果也沒辦法從他臉上看出想法。

「現在是否前往伊斯特，將格提亞老師接回？」他試探性地問道。

發生意外的那天，皇太子殿下明明看起來是想將人找回的，他還是頭一次見到皇太子臉上那麼強烈激動的表情。不過，這幾日下來，那種著急再也沒出現了。

儘管皇太子莫維的任務，歐里亞斯每次都有幸參與，可是他仍舊完全不懂這位殿下。或許身處皇室，就必須如此吧。因爲他所知道的皇帝克洛諾斯，也是難以看穿想法。

「他不會這麼容易死的。」莫維笑了一下，在旁人看來根本意義不明。隨即，他的眼神和語氣，都忽然變得冷酷：「畢竟，他可是大魔法師。」

「是。」歐里亞斯與其他人也是這麼想的。所以，格提亞就這樣消失沒有回到大家面前，他們才更難以理解。

一定是有什麼原因吧。

遠征隊馬不停蹄，一路向東。儘管這趟路非常趕，大家都沒有抱怨，或許，縮得很短的路程天數，還是稍微透露了皇太子殿下的心急。

在抵達伊斯特外緣時，莫維下令道：

「所有人換下遠征隊服，做普通打扮，分批進入伊斯特領地。」

「是！」歐里亞斯行禮聽命。

遠征隊常會經過各處領地，聽聞風聲的領主，會準備好款待他們。皇太子殿下有時會答應，有時會拒絕，好像是看心情決定那樣。

然而不在既定路線上的伊斯特，當然沒可能提前知道他們的到來。貴為皇太子，就算毫無通知就讓領主臨時接待，那也不算什麼，可是，莫維命令他們隱藏身分，不要引人注意地分批行動。

沃克家族長久保持中立不介入，要能夠處於這個位置，那對政治也得要有一定的敏感程度。歐里亞斯能夠想到的，就是皇太子莫維和皇后家族的伊斯特公爵之間，不是什麼可以互相交流的友好關係。

因此這些前置作業，應該就是爲了避免額外的風險。自從那日短暫出現情緒以後，皇太子殿下又恢復那看不出在想什麼的樣子，現在即使費心，也仍舊決定前進皇后勢力範圍的東部領地，果然是一種他想要找回格提亞老師的表示。

歐里亞斯將這個結論放在心中，沒有再提出任何意見，直接向其他人傳達莫維的命令。

很快地，遠征隊換裝過後，決議分五天三批。

首先進入城鎮的，是歐里亞斯和迪森以及海頓與保羅四人。

莫維則是獨自行行動。

其實歐里亞斯心裡反對，畢竟得有人在殿下身邊保護他，不過想想殿下那麼強，好像又沒什麼必要。

在旅館安頓好以後，歐里亞斯交代道：

「接下來就像之前說過的，分頭去探聽消息。」

「是。」其餘三人點頭。

他們離開旅店便散開。四個人負責的重點不同，向居民打聽，或向小販打聽，歐里亞斯的目標則是，在此地的官員。

帝國會給予貴族封地，領主則需要有能者，也就是家臣與官員來支持經營領地。他們有低階貴族甚至也有平民，端看領主用人喜好。

歐里亞斯想到的，則是愛德華．戴維斯。

戴維斯家族是伊斯特領地的文職輔佐官，雖然爵位不大，卻也是貨眞價實的貴族。愛德華身爲風鳴谷一役的成員，即便是最後隨著隊伍凱旋而歸，當初在森林裡的反逆行爲，仍舊給他帶來懲罰，也不可能再有參與任務的機會，儘管避免當場處死已經是萬幸，愛德華本人多半也沒有想要繼續出征的意願，不過這依然是給家族蒙羞的結果。

皇太子殿下和伊斯特領主之間立場微妙，想要憑靠他們自己在這麼遼闊的地方猶如大海撈針找人，唯有當地人的幫忙才是最有效率的。在不能麻煩伊斯特領主的情況下，退而求其次就是找當地官員了。

曾經和他們共同執行任務的愛德華，就是最好的選擇。不過，他不僅要去打探老師的下落，也是想關心一下愛德華現狀。

畢竟自從風鳴谷之後，就再也沒他的消息了。

他得先找到戴維斯府才行。歐里亞斯於是前往鎮上的武器商會。

和北方著重畜牧的佛瑞森領地不同，東部的伊斯特與鄰國接壤，是國土邊界的國防要塞，因此武器方面的商業行為在此地尤其發達，所以消息流通最廣最快的，就屬武器商會了。

在問過路人後，歐里亞斯毫不費力地找到目標。就在城中精華地區的一處兩層樓建築，外觀雖沒有什麼特別之處，不過磚製房屋占地面積廣大，是一棟相當具有規模的樓房。

尚未踏入，歐里亞斯就先聽見裡面的吵鬧聲。

「不是！這也太過分了吧！前陣子不是才剛修訂過稅率嗎？」

「說得沒錯！從去年開始，幾乎每半年就增稅一次。現在賣一把武器，得繳出一半以上的稅額，這誰還能生活得下去。」

「確實如此，本來大家也是勒緊腰帶，可真的太誇張了！」

「每次都說為了大家好，需要多收取稅金，然後又說這些稅金都回饋在我們身上了，可是根本沒有！平常百姓日子反而愈來愈難過！只有貴族以及和他們有關係的人變得愈來愈富有，根本睜眼說瞎話！」

幾個人聚在櫃檯前，忍不住大聲起來。

貌似負責人的中年男子，坐在櫃檯裡面，也僅能無奈道：

「你跟我講再多也沒有用啊！稅法又不是我訂！」

其中一人說：

「還不只是這樣！本來原料總是有多家供給，可以自由選擇，對抑制價格有益，現在居然獨厚一個商家，任由對方開價，這怎麼行！」

「那家原料製作出來的東西，品質也不夠堅硬！我還懷疑他們偷工減料！」

負責人聞言，嚇了一跳，趕忙揮手聲道：

「噓！噓！這話可不能亂講啊！」那個鋼鐵商，和公爵府關係匪淺，若是這種閒話傳出去，那可是糟糕至極！

「什麼不能講！那不然要怎麼辦！」幾個人繼續大聲嚷嚷。

但是就如負責人所言，他儘管理商會事務，這些政策方面的東西，他真的是無能爲力。最後那幾人發洩完悻悻然地走了。

負責人鬆口氣，這才注意到門口的歐里亞斯。

「你好像是生面孔啊……還是說你也要來跟我抱怨？」他苦笑調侃自己。

歐里亞斯步至櫃檯前。剛才這些人的對話他聽得一清二楚。

「我最近才移居到此，確實是想要來商會詢問武器相關的買賣事項。」他道。

負責人一嘆，說：

「那你可眞是來錯時機了。伊斯特的稅賦在這兩年增加許多，生意也變得難做下去，已經有好幾處武器鋪子倒閉了。」

「……你們不跟官員反應嗎？」歐里亞斯試探性地問道。原本他就是想要找個藉口詢知戴維斯府。

負責人一頓，隨即哈哈地笑出聲音。

「官員？無論哪個官員，最後還不是都得聽領主大人的話？」似乎覺得自己太多嘴了，他趕快補充道：「總之你一個年輕人，如果是想要在伊斯特定居，我建議你還是找點別的工作，武器這行業最近在這裡競爭太激烈了。」他用另外一個理由好言相勸。

「……是嗎？」歐里亞斯一笑，道：「不過我還是想打聽一下，這裡的官員眞的沒人能夠建言嗎？」

負責人一副他怎麼還問的表情，不過仍是給予回應：

「那個啊。」他眼睛稍微看了下四周，隨即壓低聲音。「其實我們這裡的官員人還是挺好的，應該也不是沒有表達意見過，只不過，近來眞的是多事之秋啊！就像那個戴維斯家族吧，原本長子在伊斯特騎士團幹得好好的，不知犯什麼事被關了；下面那個小兒子，本來也就不成材，參加什麼討伐隊，沒做出成績，回來之後也是在酒館流連……唉，我說這些，是想要表示，那些官員也有自己的煩心事。」或許是有感，他愈講愈多，最後搖頭嘆道。

歐里亞斯有種感覺，覺得他明顯挑了能講的事情。像是流連酒館，就是那種大街小巷都會知道的狀況，至於不知犯什麼事被關這句話則省去因果。

「原來如此。我知道了，謝謝你。」不過還算順利打聽到消息，他道謝後步出商會建築。

接下來，他在四處轉了一圈，稍微觀察。

乍看之下，就是尋常的領地。只是，伊斯特護國盛名遠播，印象中，應該是個更加熱鬧，更強盛有活力的地方才對。

然而不知為何，鎮裡，隱隱瀰漫著一股微妙的氣氛。

除了天真孩子的歡鬧聲以外，大人的情緒似乎都有點沉重，幾乎看不見什麼笑容。

為不引起注意，歐里亞斯沒有再繼續，先回到旅店，和同伴交換消息。

「不知是不是我敏感，鎮上的氣氛怪怪的。」保羅首先報告。

迪森立刻附和：

「啊，我也有這種感覺。跟我曾經聽說過的伊斯特好像有些出入。」他坐在椅子上，整理今天收穫的消息，道：「雖然沒有問到從溪裡救起來什麼人，不過倒是聽到很多伊斯特騎士團的事情。」

「你那邊也是嗎？」保羅馬上接著道：「據我所知，伊斯特騎士團相當有名，強大且紀律嚴明，保衛邊防的歷史悠久，一直享有盛名。不過，這裡的居民，好像對他們有一些不滿。」

「說是做了一些無賴的行爲，因爲這不是我想打聽的重點，所以我也沒深究。但是，眞的跟我們知道的伊斯特騎士團實在是不一樣啊！」迪森摸著下巴，進入正題道：「對了，這裡的小販說來往的商人挺多的，現在正是旺季，如果知道哪一天進城的話，應該會比較好找。」

「哪一天進城嗎？」歐里亞斯道。推論起來，他們在溪邊多耗了三到五日，應該可以稍微推斷。「可惜沒有那兩個商人的樣貌，不然可以再縮小範圍。」他說。

「那我明天去城門口那邊，看能不能問出頭緒。」保羅道。

「好。我這邊也有個或許可以提供線索的目標，我會先找到對方。」歐里亞斯沒有直接說出那是愛德華，畢竟聽起來愛德華過得不怎麼樣。他交代道：「那麼迪森，你看看能否想辦法弄到商人名單。」

「不暴露身分嗎？」那應該不大容易。迪森仍是道：「我試試。」

「……怎麼了？」歐里亞斯問的是海頓。

坐在床上的海頓，一直沒有說話，直到現在才舉起了手。

「我有則消息，好像跟我們無關，不過，我還是講出來好了。」他說。

「什麼？」三人倒是不反對，都面露疑問地看著他。

海頓道：

「那個啊……我是聽居民說的，這裡，還有附近相鄰的地區，這兩年好像有好幾個小孩莫名其妙地失蹤了。」他負責在領地邊緣打探，結果連旁邊村鎮的事情都聽說了。

「咦？」迪森和保羅有些驚訝。

歐里亞斯皺著眉頭，沉吟半晌。

「雖然這和我們的目的無關，但是的確不是可以忽略之事。這樣吧，在找老師之餘，也順便找找那些孩子。」他道。

海頓一怔，隨即笑了。

「我覺得我們比伊斯特騎士團更好呢！」

迪森聞言，認眞思考了下。

「跟魔獸打的難度，應該是不亞於保衛邊防。」嗯，沒錯。

「可是其實，我們每次好像都沒出什麼力啊？」保羅也很嚴肅。雖然大家的確是很拚命，可是要怎麼跟皇太子殿下和大魔法師那兩個人比啊？

海頓笑得更開心了。

「哈哈！我不是那個意思啦！」

「不然什麼意思？」保羅困惑。

迪森也道：

「你小子說清楚啊。」

房間裡聊得歡快，歐里亞斯站在一旁，深深體會到幾次的出生入死，建立起他們彼此之間的連繫。

如果皇太子殿下也這麼就想好了。儘管他總是以副官的身分跟隨，也從沒產生被信任的感受，而且，就是因爲在這個距離比較近的位置，他才更能夠察覺到，皇太子殿下並未把他們看做自己人。

就像現在。獨自在行動的皇太子殿下，沒有一個人知道在哪裡。

歐里亞斯望向窗外。

今晚是沒有月亮的夜空。

漆黑的森林裡，莫維獨自一個人站在樹木叢之中。

他緩慢地舉起手，朝面前的樹幹揮下，頓時啪的一聲，樹最大的枝幹斷落掉在草地上。那截處，猶如刀削般平整俐落。

他垂著紫色的眼眸，睇著自己的掌心，而後握拳，又張開。

稍微停歇，他又再次對樹木做出相同的舉動，這次樹幹中央則是被切割出一道幾乎可以穿透過的痕跡。

接著，是連續兩次的揮臂。眼見那棵樹不但被破壞到幾乎搖搖欲墜，還發出彷彿遭雷劈過的燒焦味。

終於，他住手了。依舊是在等著什麼似地看著自己手心。

「……嘖。」在確認沒有任何反應以後，莫維不悅地皺起眉頭。

他控制著體內混亂的魔力，稍微地施展魔法，目的是想要找到格提亞。先前他察覺，格提亞在他視線以外的地方使用魔法的時候，他似乎能夠感應到格提亞存在的位置，若這是一個雙向的管道，由他這裡同樣是可以的。

格提亞分明曾對他說過。他用了魔法，格提亞身上的魔法陣會產生反應，就能知道格提亞人在哪裡。其實那時候，他就覺得不對勁。

他每回動用魔力，都不曾感受到格提亞的方位。當時他沒有表現否定，僅是想要由自己研究驗證而已，不必要什麼都聽格提亞單方面的言論。

現在，看起來也是失敗的。

爲什麼？因爲那非他親手刻下的？即使上面的確有著他的名字。

還是，格提亞判斷錯誤？或者，更像是誤解？莫維將欺騙他的這個可能排除在外。

理由是，他隱隱覺得，格提亞對那個魔法陣的瞭解程度，也許和他差不多。

那個全新創造的術式，弄得如此複雜多變，簡直就像是想要將眞正目的隱藏起來那般。

總之，看起來唯有格提亞那方運用魔法時，才能有效，不過圖陣發光的條件似乎又不同。

格提亞胸前那個魔法陣，到底是什麼意義？

憶起阿南刻斬釘截鐵回答那是他自己烙下的名字，莫維眼神遂變得冷洌。

若是當時他抓住格提亞，別讓格提亞掉進溪裡，就不用現在這麼麻煩了。

不，就是由於他沒有伸出手，眼睜睜地看著格提亞墜落溪谷，這才發現格提亞對他那種異常執著的原因。

現在想這些其實無濟於事。莫維不是會去糾結已發生結果的個性，因爲那就是已經發生了。

正準備離開樹林，忽然間，他聽到窸窣的聲響，一側身便隱藏在樹後。

一高瘦一矮胖的兩名男子，從外邊慢慢走進來樹林，隨即停在一處草地。那地面看著像是最近被翻弄過，草皮顯得稀疏，土鋪得不怎麼平整，不是自然的狀態。

「到底爲什麼每次都要來這裡？」矮胖男子有點不滿地抱怨。

「唉呀，就當作是爲了我們自己好。你也不想半夜做惡夢吧？」高瘦男子從肩上的鹿皮背包裡，拿出幾樣東西。

是兩瓶牛奶，幾包餅乾之類的，小孩愛吃的零食。

「我還眞是沒做過惡夢！」矮胖男子不屑說道。

「那難道不是因爲我每次都拖著你來這裡嗎？」高瘦男子將牛奶打開，然後遞給矮胖男子。「拿去吧，馬利。」他喚著讓對方接下。

名爲馬利的矮胖男子哼了一聲，拿過那瓶牛奶。

「我可是不信這些玩意兒的，都是因爲喬治你叫我來才來的。」

「好好，都算我。」喬治說完，清咳兩聲，面對著草地道：「各位，今天給你們帶來點好吃的，享用完了，就回去神的懷抱吧，不要對這個世界留戀了。」他邊說，邊將牛奶倒在地面。

馬利也跟著一起。那乳白色的液體，形成小小的奶池子，緩慢地灌溉進去泥土地。

「眞不明白你幹嘛要搞這些，至少我們兩個讓這些小孩，度過了一段還算不錯的日子不是嗎？有吃有喝，有溫暖的房間和床被，要不是遇見我們，他們早就餓死冷死窮死了。」馬利撇著嘴說道。

喬治將幾袋餅乾也灑在地上。

「我說了，我是爲了我們自己不要做惡夢嘛。把該做的都做了，這樣我比較舒服一點，就把這當成結束的一個儀式吧。」他的臉上確實看不出什麼哀悼的表情，語氣也僅是關心自己。

「那可以走了吧？我討厭待在這種晦氣的地方。」馬利催促著。

喬治將裝著餅乾的袋子和空的牛奶瓶，像是垃圾一般扔在原地，還稍微拍拍手掃掉碎屑，彷彿對待髒東西那樣，說：

「好啦，走吧。」

馬利聞言，迫不及待地轉身快步離去，臃腫的身軀左搖右擺的，喬治則跟在他的後面。

待兩人皆行遠後，莫維從樹後步出。

他微歪頭，注視著已經吸收得差不多的那塊牛奶濕地。

最後，他走過去，食指和中指併攏，朝那處地面伸出手，然後小幅度地比劃了一下。

啵的一聲，濕潤的泥土四濺，登時開了個不淺的坑洞。

一陣異常難聞的氣味隨之冒出，莫維居高臨下，低著眼眸，睇視呈現在自己面前的景象。就見坑洞裡，除了被埋許久而稀爛的紙袋碎片，幾個髒汙的牛奶玻璃瓶，還有，腐壞的小孩屍體。

而且，不只一具。

歐里亞斯等人，打聽消息的第二天，知道了伊斯特目前是由代理領主在治理。

代理領主名爲薩堤爾。

薩堤爾．道內，伊斯特公爵西勒尼的親弟弟。

據聞西勒尼重病臥床，因此才由薩堤爾代理政務。

此一情形已經持續將近三年。

「……好像需要一點運氣。」歐里亞斯是個實力至上的人，所以他才跟隨莫維。他很少祈禱或求神，可是現在眞的需要一點幸運。

他們目前所掌握的，皆是和找到格提亞無關的信息，雖然也早知會像大海撈針，但這種停滯不前的狀況要是再下去就令人感到焦慮。

會有種不好的念頭。可能找不到人的預感。

絕對不行！

歐里亞斯在鎭裡的酒館探查，希望能先尋得愛德華，再從戴維斯家那裡獲取一些幫助。畢竟在東部領地，先別提不能太過高調，現在領主還是個代理的，說不定根本沒見過，他們能夠摸到的門路，也唯有愛德華這裡了。

歐里亞斯就是經過考量，認爲伊斯特領地範圍寬廣，必須得有官方的援助。這官方不一定非要是公爵本人，是個能夠得到商人名單的官員即可。

另外，他也需要透過官員，確認一下關於小孩失蹤的事件。

稍微繞了一下，發現酒館這種商家，通常都是下午才開始營業，因爲很少人大白天的就要喝酒。歐里亞斯又不飲酒，當然現在才有認識，正當他想著還是傍晚再過來的時候，忽然見附近的一條小巷裡，有個人倒在垃圾堆上呼呼大睡。

他忖著上前關心一下，沒料到，定睛一瞧，那人居然就是他在找的愛德華．戴維斯！

這是怎麼了？

同樣身爲貴族子弟，歐里亞斯覺得這實在太難看了。屈膝蹲下身，他伸出手搖著愛德華的肩膀。

「喂！醒醒！」

愛德華渾身酒氣，儘管衣著不同於平民，無論質料或樣式都顯示出他的身分，此時此刻躺在這陰濕的暗巷中，也和流浪漢沒什麼太大不同。

「呃……」他呻吟了一聲，不過沒有張開眼睛，甚至想翻身繼續睡去。

歐里亞斯聞到從他身上傳來的各種混雜臭味，眉頭一皺，於是從懷裡掏出隨身攜帶的羊皮水壺，打開蓋子後便朝愛德華頭上淋了下去。

「愛德華．戴維斯！給我起來！」他嚴正地斥喝。

嘩啦啦的涼水，忽然兜頭弄了滿臉，愛德華這才驚慌地睜大雙目。

「幹什麼！什麼東西！」他錯愕地東張西望，在和歐里亞斯對視以後，他訝異地合不上嘴巴。

「認識我嗎？看來你是醒了。」歐里亞斯道。

「歐……你、你怎麼會在這裡？」愛德華再次看向周圍，確認自己在何處。

歐里亞斯收起水壺，說：

「我路過伊斯特領地，想來看看你，只是沒想到，我們會這樣見面。」

「唔、我……」愛德華聞言，登時整個臉刷成豬肝色。

歐里亞斯嘆口氣，還是伸手拉了他一把。

「起來，別坐在那裡。」

愛德華雖有躊躇，最後仍是握住他的手，站直起來。

「原來……你還記得我。」他低頭道。

「怎麼會不記得？你可是第一次出任務的同伴。」這話是說真的。

愛德華這才抬起頭來。風鳴谷之後，他由於違反命令。遭受懲戒，需繳納罰金，且五年內不得再從軍，這對貴族來說是多麼恥辱的結果，儘管此事細節並未張揚，可是日後他聽說歐里亞斯等人又組成隊伍遠征，雖然皇帝似是沒有公開讚揚，不過當地傳來的都是好消息，他既羞愧也感到無顏面對，不管是皇太子，還是當時的同伴。

他因為恐懼與懦弱，做出不成熟的行為，這是他應得的。他接受懲罰，沒想到還會被同伴想起，畢竟那時他的確露出醜態了，而且他也不再能參與隊伍將功折罪，也就是在社交如此重要的貴族圈來說，他已經沒有什麼用了，一般都不會想要再聯絡。

「如果可以……希望你忘記。」愛德華手心出汗，有點扭捏地說道。他實在太難看了，他可以承認自己害怕，但是不希望別人一直記得。

尤其，在歐里亞斯這種，不論是外顯氣勢還是實際表現都和他簡直雲泥之別的同齡人面前。

歐里亞斯雖然沒回答，不過就像是毫不在意過去那般，拍著他的肩膀道：

「先走出去吧，你得曬曬太陽。」

愛德華聽到他這麼說，苦笑了一下。他稍微理理髒掉的衣服，跟在歐里亞斯後面，步出又暗又濕的巷弄。

這時才聞到，自己身上真的好臭啊。

他在心裡決定回府先洗個澡，然後再讓廚房好好準備一下款待歐里亞斯。思及此，他不覺停頓住。自從家裡接二連三出事以後，實在太久沒有客人過來拜訪了。

剛出巷口，前方的歐里亞斯忽然站住腳步，陷入思緒的愛德華一頭就撞上去，他摸著鼻子抬起眼，開口道：

「你幹嘛……」

話都沒能說完，就被不遠處一句粗魯的怒吼打斷。

「我就是現在要光顧！怎麼了？明明開著店還不迎接貴客嗎？」

這聲音聽起來相當耳熟，愛德華其實已經知道是誰了，仍是順著歐里亞斯的目光看過去。

但見街上一名身穿銀色騎士服的男子，朝著一對平民父女大叫大嚷著：

「我不要聽任何理由，我就是要你現在開門營業！」

男子旁邊另有其他兩個流里流氣的青年，也皆穿銀色騎士服。不過男子的樣式似乎級別更高一些。

「高貴的迪克閣下，不是我們不願意接待，而是目前食物酒水等東西，都還沒有準備好……」

「我說了不要聽任何理由！」名叫迪克的男子怒吼一聲。肢體動作搖搖晃晃的，看起來像昨夜已喝了一整晚，酒意都還沒完全退去。

「可是……」回應的男人顯得非常為難，而且也有些害怕。

「高貴的騎士團長大人，我們會盡快地完成開店所需要的一切，懇請您多給我們一些時間，再稍微等待一下。」男人身旁的少女，雙手交疊放在腹部，微微鞠躬，非常恭敬地說道。

迪克瞧她一眼，隨即上前，粗魯地一把抓住她細瘦的手腕。

「可以！那在開店之前，妳就來陪陪我吧？」他眼睛盯著少女豐滿的胸脯，咧開嘴笑道。

「什……」少女受到驚嚇，睜圓眼睛。

「艾瑪！」她的父親則是急得滿頭大汗，趕忙趨前道：「高貴的閣下！請您、請您高抬貴手，放過我女兒。」

「哼！閉上你的嘴。她今天肯定得陪我一趟了。」

迪克此話說完，兩個青年騎士也笑了起來。

一時間，場面變得混亂。

路過的人們開始駐足停留，議論紛紛，臉上的表情都不是太好。

迪克登時對圍觀的群眾大吼道：

「誰再看過來，我就挖掉他的眼睛！」

這個可怕的恫嚇，使得大家鳥獸散，就算心裡有些正義感較大的勇敢路人，也在猶豫片刻過後，不忍地離開。

剩下還有在關注的，也就是一段距離外，巷弄口的歐里亞斯和愛德華了。

該怎麼做？歐里亞斯手早已放在腰間劍柄上。

他迅速地思考著。不行太過高調，如果能夠和平解決是最好，若是那個叫迪克的只是在開惡劣玩笑，就此放過少女的話，那就是最爲適當的結果。

強忍上前的衝動，冷靜告訴自己，眼睛卻看見那垃圾拖著少女就要走了！

原本腦子裡理智的想法消失了，歐里亞斯一個箭步，正欲抽出長劍時，有人比他更快一步出現了！

「團長！」一個年輕男子，同樣穿著騎士團服，喚住團長迪克，同時擋住去路。

旁邊兩名青年見到他，猶豫了下，行禮道：

「副團長！」

這位副團長擋在少女面前，壓低聲音對著迪克道：

「請您放手。」他聞到迪克身上的酒味。

「啥？」迪克擠出大小眼，非常不屑地道：「卡瓦基特，你是團長還我是團長？竟敢命令我？」

卡瓦基特行禮，道：

「是我僭越。但是，還請您多爲騎士團著想。」他的言下之意，是提醒既然穿著騎士團服，就該有騎士的品格。

「呸！」迪克不僅手沒放，還噴了口唾液在卡瓦基特鞋上。「我早就看出你不服我了，但是你根本沒有資格對我說這些，不僅是因爲我才是團長，更是因爲你是個平民出身的傢伙！你的頭抬得太高了！」語畢，他舉臂用掌心壓下卡瓦基特的頭頂。

卡瓦基特垂在身側的手緊握成拳，但是沒有絲毫反抗的動作。

「我作爲副團長，請求您。團長，放了那個女孩吧。」他依舊這麼說道。

歐里亞斯在不遠處握著劍柄。他能夠理解那位副團長即使受到屈辱，也想要平靜地解決事情，所以就算他再看不下去，也得爲了那番堅毅的苦心忍住。

「卡哥……」

聽見身後愛德華的輕語，歐里亞斯不禁一怔。他轉過臉，就看愛德華一臉擔心地注視著對方。

對了，愛德華的兄長是騎士團員，熟悉到愛德華會使用暱稱來稱呼。

「給我滾開！」

迪克沒有理會卡瓦基特，想要一腳踹開他。

卡瓦基特低著頭沒有躲避，就那樣被踢中同時後退了一些。

迪克似乎感覺很不滿意。他可是出了全力！因此更惱羞成怒了。

「你別動！讓我打一巴掌！那我可以考慮看看！」迪克蠻橫地叫道。

酒館的店長，也就是那位父親上前道：

「大人！我現在、現在就開門！」不能因爲他們的店沒開，就導致這種糟糕的情況發生。

「拜託，大人請放開我……」女兒艾瑪手腕都被捏出痕跡了，可是也不敢太過抵抗，一再地哀聲請求。

然而，卡瓦基特道：

「我知道了。」他點頭，毫不遲疑地答應。

「副團長大人！」父親望著他。

卡瓦基特搖了下頭，用眼神示意安撫。

「嘿！」迪克一臉得意的奸毒表情，在卡瓦基特都還沒準備好時，就一掌揮過去。

啪的一聲重響！打得卡瓦基特差點站不住。

迪克的那個巴掌故意蓋住他的耳朵。卡瓦基特耳道疼痛，腦子嗡嗡作響。

忍不下去了！歐里亞斯正欲衝上前去，後面愛德華卻拉住他的衣服。

「不行！」愛德華低喊，雙目泛紅，表情嚴厲地警告。

「什麼不行？」歐里亞斯一時間無法理解。

然後，眼角餘光睇見，忽然又多了一個人影存在。

群眾都跑光了，酒店前的街道，就只有數名騎士團員和父女，附近甚至沒雙眼睛敢看過來，此時此刻，卻有一個人，無視現場情勢緊張的氣氛，就像那衝突根本不存在似的，不合時宜徑直地穿過事件發生的中心點。

歐里亞斯雙目發直。他停下動作，原因是，他看出那是誰。

就算對方穿著毫不稀奇的深色披風，寬大的帽沿蓋住半張臉，他依舊能夠從走路的儀態認出來。

畢竟那不是普通人，是皇太子。

卡瓦基特被打得暫時無法注意周遭，迪克則是厭煩地道：

「少囉唆！我已經決定了！就讓這女——呀！」眼角餘光瞥見有人竟毫無聲息地走到

他背後了，他怒道：「搞什麼！你這無禮的賤民！」他半回身，又是一巴掌就要揮過去。

「呵。」帽沿底下的優美嘴唇，笑了一下。

下一秒，殺豬般的慘叫響徹雲霄。

「啊——」迪克不覺放開抓著少女的手，一屁股坐倒在地，抱住自己的腳哀嚎。

「怎、怎麼了？」旁邊兩個始終看戲的青年，趕緊上前。

就見迪克的右腳，被一粗長鐵釘刺穿，鮮血彷彿泉水般湧冒不休。

「路上怎麼會有這麼大的釘子？」青年之一錯愕。他們在旁邊站那麼久，都沒有注意到。

迪克痛極，彷彿就要休克了，滿頭大汗翻著白眼。酒館父女，卡瓦基特，那個賤民，他什麼也管不了了。

「快、快！快帶我回騎士團找醫生！」他粗喘著氣，差點咬到舌頭。

「是！」兩名青年一左一右，架起迪克臃腫的身子。

「啊！痛死我了！輕點！」迪克再度慘叫，伸手狂打青年的肩膀提醒。

「是、是！」青年生怕惹怒他，小心翼翼分別抬著，沒有敢耽擱，趕緊找馬車去了。

就這樣，路面的一枚釘子，解救了所有人。

「副團長大人！」酒館父親在安慰自己女兒過後，趕緊上前感謝卡瓦基特。「都怪我們！都是我們的錯！讓您承受這種……這種……」他難受地無法將話說得完整。

「謝謝您。」艾瑪上前，深深地鞠躬。

「沒事。」卡瓦基特雖然耳朵不舒服，仍舊露出笑容。「比爾，艾瑪，我跟大家都說過，不用太擔心，有事情我會處理，這本就是我的責任。」他道。

父女聞言，忍不住拭淚。

卡瓦基特又安慰他們幾句，隨即轉過頭。他有點在意那個穿著披風的人。畢竟自己剛才沒有能來得及保護對方，還好團長意外受傷，並未釀成其它事端。能以一巴掌結束，已經是萬幸了。

只是，那名披風人，竟然沒有停留，已經走遠了。卡瓦基特趕緊和酒館父女道別，然後追上去。

「那個……前面那位先生，能否停住腳步？」他三步併兩步來到那人身後。看體型與姿態，絕對是名男性沒錯。

見對方停下，他正欲開口說話，結果旁邊的巷口走出兩人。其中之一是他再熟悉不過的臉孔。

「愛德華……」卡瓦基特喚出名字。另一個人他不認識，但是，對方忽然抬起手，朝著披風男人行帝國軍禮。

卡瓦基特愣住了。

他望向那個穿著披風的男人。因為男人稍微抬起下巴了，所以帽沿總算不再全遮著臉。

在這樣的距離，終於能夠稍微窺見那俊美得驚人的容顏。

以及，一雙紫眸。

在帝國裡，僅只一人擁有紫色的眼睛。

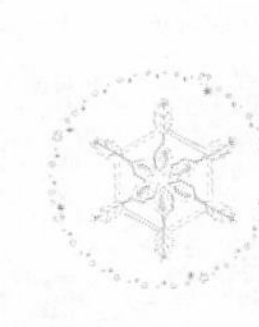

威廉・湯普森，成爲戴維斯家的管家，已經三十餘年了。

從他的祖輩開始，一代傳承一代，與戴維斯家族連繫相當深遠的情感。也因此，這個歷史悠久的貴族莊園，近年陸續遭逢挫折，使得府邸裡不再像過往那般光輝榮耀，威廉心中充滿感慨。

雖說貴族世家有起有落並不稀奇，可是，他始終認爲戴維斯家族不會就此沒落，能夠越過這次的難關。

威廉望著長廊上的一個花瓶。裡面的植物已經略微枯萎，彷彿戴維斯家如今現狀，不過，只要將壞枝剪去，換過新的水，一定能夠重生。

最近由於府裡狀況不好，不少僕人都相繼離去。這也是正常的，畢竟以戴維斯府現在的名聲，在這裡工作得需要一些勇氣。就是缺少女傭，所以他現在才發現這株枯黃的植栽。

想著等會兒他要去拿剪刀和水瓶，自己動手處理一下。還好他幼時也跟著園丁學過幾招……

「威廉！威廉！」

聽見少主人愛德華的聲音，威廉有些訝異。畢竟愛德華小少爺這陣子不在外喝酒喝到昏天暗地是不會回家的，甚至有時候根本連著數日都在外頭過夜。

威廉轉過頭。就見愛德華朝他快步走過來，身後還跟著三個人。

他是相當有資歷的管家了，還傳承三代。所以不是無知的下僕，對貴族是有一定認識的。

那位相當熟悉的，是大少爺的騎士團同伴卡瓦基特大人；另外初次造訪的，啊，原來是劍術世家沃克家族的少爺；那最後一個氣勢非凡的年輕人，有著美麗的紫色眼眸……

「——拜見尊貴的皇太子殿下。」他立刻躬身，恭敬地行禮。饒是經驗豐富，威廉還是被突如其來的貴客嚇出一身冷汗。「見過愛德華少爺，歐里亞斯少爺，卡瓦基特閣下。」他腦子瘋狂地飛轉，思考這種組合會是什麼來意。

只聽愛德華道：

「威廉！你趕快讓廚房準備點東西，好好招待。」他有點手忙腳亂，現在府邸裡僅有他是能見客的主人，即使有點失禮，他還是硬著頭皮交代：「我得先整理自己，去換個乾淨衣服，這段時間，一定不得怠慢客人，知道吧？」

威廉三十年經歷，也不是沒見過大場面。雖然太過突然使他感到驚訝，但是他很快地鎮定下來。

「我明白了，小少爺。」他點頭領命，上前一步，對著莫維等人伸出手，說：「令人尊敬的三位貴客，請隨我到接待廳。」

他挺直著背脊，往前帶路。一邊聽著後頭的腳步聲，一邊編排著要用什麼茶水點心招待，還好祖父和父親都告誡過他接待廳的重要性，所以就算其它地方有些忽略，唯獨此處必須時刻保持體面。

他雙手推開門扉，同時退至一旁，低垂著眼，對三人鞠躬道：

「請在此稍等。」

待客人都進去後，他優雅地關上門。並且立刻轉身衝向廚房。

接待廳裡，卡瓦基特感覺自己格格不入。

戴維斯府他以前經常拜訪，也坐在那張沙發上無數次。他從沒想過居然有這麼一天，他站在這裡會感到如此尷尬。

眼見皇太子敞開身上披風落座，他趕緊屈下單膝行禮。

「拜見帝國尊貴的皇太子殿下。」

他的視線在地板上，可是，沒有得到回應。

皇太子不高興了？難不成是因爲他太晚表達禮數？可是在大街上時，那位看起來像是皇太子副官的年輕人，給他使了眼色讓他別那麼做，他當時從皇太子的衣著，認爲是皇太子想要暫時隱藏身分不引人注目的暗示。

所以他忍著，直到現在才抓到機會。或許是他根本會錯意了？

卡瓦基特保持姿勢，不敢抬頭。

雖然不是聽到他緊張的心聲，不過打破沉默的，是歐里亞斯。

「殿下，您怎麼會出現在那裡？」他問。護衛似的，佇立在莫維所坐的沙發後面，這是騎士的位置。

「我剛好要走過去而已。」莫維有點答非所問。

卡瓦基特沒得到允許不敢抬頭，但是聽得見對話。他不明白皇太子想表達的是什麼意思。

跟著莫維一陣子的歐里亞斯，倒是稍微聽懂了。

那就是，殿下眞的只是剛好經過。

他並不是故意闖入衝突事件之中，而是他要經過的路，有人擋在那裡。甚至還企圖攻擊他。

「那個鐵釘，是您的傑作嗎？」歐里亞斯又問。儘管答案一定是肯定的。

莫維笑了一下，單邊的梨渦好深。

卡瓦基特忍不住稍微抬起眼，忽然體會到，這位皇太子確實擁有盛世美顏。就是貴族圈裡，小姐千金們談論的那樣，連他們這種離首都有段距離的領地，也都多少耳聞。

接下來莫維說的每一句話，也如同社交界給他的評語。

他就是，有毒。

「那個釘子看起來生滿了鐵鏽。如果傷口感染了，大概得要把腳砍掉。」莫維說道，態度非常清浮涼薄，一點也不在意。

歐里亞斯在心裡嘆口氣。不是同情那個叫迪克的傢伙，而是單純感慨皇太子的處事風格。腳踩到釘子這種類型的對付手段，溫和得與殿下不適合，多半殿下礙於不能暴露身分，僅能如此。

所以，殿下若要得到滿意的結果，會以此為基礎下手更狠。

不是踩出一個傷口就罷，最少，都要廢掉一隻腳。歐里亞斯認為這也是迪克應得的。

「你叫什麼名字？」莫維突然地就提問了。

卡瓦基特意識到這是在問他，直起身體，立正道：

「我是伊斯特騎士團的副團長，卡瓦基特．泰勒。」

「伊斯特騎士團發生什麼事了？」莫維向來就不喜歡囉唆。

聞言，卡瓦基特一頓。也許是不能對皇太子隱瞞，又可能他覺得這是一個機會，因此嚴肅地報告道：

「約莫三年前，伊斯特公爵西勒尼大人病倒，由他的胞弟薩堤爾大人暫代領主。從那個時候開始，伊斯特騎士團的團長遭到撤換，雖然新收很多團員，卻都沒有經過正規訓練，還有舊的團員陸續因為莫須有的模糊罪名遭到關押，至目前已是團長迪克帶著騎士團員在領地裡行為不正的狀態。」他一五一十地說明。

他謹慎用詞，已經非常婉轉了。伊斯特騎士團的團長，必須要身家清白，具備相當武力，從軍累積功勛，是得經過層層篩選磨練才能坐上的位置，絕不是像迪克這樣的人能夠擔任的。

薩堤爾大人有個情婦，迪克似乎就是那位情婦和別人生的孩子。薩堤爾大人雖然不是迪克的親生父親，可應該是和情婦達成什麼協議，對迪克照顧有加。

這是之前曾經有過的傳言。新收的那些團員，則都是迪克的豬朋狗友，根本就是地痞流氓，從來也不認眞工作，唯一會的就是跟在迪克身邊，橫行霸道。

所有被關進牢裡的騎士，幾乎沒有一個罪名說得過去，他們眞的什麼也沒做。卡瓦基特相信同伴清白！

會拔擢他爲副團長，也是由於他最好欺壓，他是平民出身的，絕無可能違抗貴族。最一開始，這一切都還算收斂，隨著時間過去，迪克越發變得肆無忌憚起來，因爲他發現不論做什麼，薩堤爾大人都不會說話。

這就使得迪克變本加厲。

卡瓦基特在敘述的時候，莫維肘部靠著椅子的扶手，支著額像在仔細聽，也狀似在思考什麼。

「啊……所以，帝國邊防不必顧了嗎？」聽完，他微笑地問。

「絕對沒有！」卡瓦基特立答！「伊斯特騎士團如今能用的戰力，全部在國境駐守。」甚至由於人手不足，沒辦法進行輪替休息。就連他自己也是今天才剛回來，理由是接到迪克又開始過分對待領地民眾的消息，所以他緊急趕回處理。

如今，曾經極富盛名的伊斯特騎士團已經分成兩派。舊騎士團守衛國防，至於迪克帶來的新騎士成員們，則在村鎮裡爲非作歹。

卡瓦基特覺得不能再這樣下去，但也無能爲力。他們希望西勒尼大人能夠痊癒，重新坐上公爵之位治理。

「西勒尼已經死了。」莫維忽然道，看出他的想法。

卡瓦基特傻住，一時間竟無法言語。

「……什……什麼？」

原本安靜聽著對話的歐里亞斯，這時詢問道：

「請問殿下是怎麼知道的？」

「我去過公爵府了。」莫維說得像是今天路過一般輕鬆。

「殿下去拜訪了？」歐里亞斯有點迷糊。他以為一切都要低調進行。

「不。我只是進去而已。」莫維道。

「咦？」歐里亞斯陷入困惑。

「畢竟我住不慣旅店。」莫維笑著說道。

歐里亞斯這時恍悟過來。確實，殿下討厭旅店更勝營帳，因為旅店人人都用過，即便是已做好清潔，殿下也相當不喜歡，遠征的時候，會願意到領主府邸作客接受招待，純粹就是這個原因。

那些貴族不管心裡怎麼想，表面當然都是歡迎的。

因此模式始終是，野外的時候殿下使用營帳，到城市裡需要過夜的話則是去貴族府邸。

也就是說，昨晚殿下睡在公爵府了。

而且沒有驚動裡面任何人。

雖然不曉得細節為何，但是對於會使用魔法的殿下來說應該不是難事吧。歐里亞斯不是很清楚莫維的魔法能力到什麼程度，以為不論何種情況都可以輕鬆面對。

莫維往後靠向椅背。

「西勒尼的房間裡，只有一具像乾屍的東西。」他道，注視著滿臉不敢置信的卡瓦基特。

公爵府的侍衛不少，不過那也難不了他。前晚，他在府裡看見兩處守得特別森嚴的地方，引起他的好奇。薩堤爾自己的寢室就算了，另外一個房間到底有什麼，他相當想知道。

再滴水不漏的地方，莫維都有辦法進去。

像是被處理過了。那個屍體，就放在床上，看起來沒有腐爛的過程，只是確實是死透了。

「等……等等。」卡瓦基特腦子有些混亂。「那是……是什麼意思？明明說了，是生病……」他的臉色一陣青一陣白的。

難不成，他們都被騙了？

「薩堤爾大人是怎麼跟你們說的？」這句是歐里亞斯問的。

因為，莫維很明顯地看起來不怎麼對這件事有興趣，不打算親自清查追究的樣子。

卡瓦基特甩了下頭，振作起來。

「公爵他……也就是西勒尼大人，得了慢性病症需要療養。一開始，薩堤爾大人是這麼告訴大家的。」他頓了一頓，道：「過一陣子，薩堤爾大人說西勒尼大人已經不適合處理領地公務了，必須由他來代理。因爲安納普少爺……也就是西勒尼大人的長子，當時也才不過十歲，所以不具備治理領地的條件。」

帝國爵位一般都是傳給兒子的，也因此薩堤爾僅能是代理，無法眞的得到公爵頭銜。

即使如此，代理期間，仍舊擁有莫大的權力。

「難道是因爲這樣，才必須營造公爵還活著的印象？」歐里亞斯沉思。只要這樣，代理的位置就可以一直坐下去。「你說的安納普少爺，現在人在哪裡？」他問。

「薩堤爾大人，以少爺需要加強繼承人學習的理由，將少爺送到遠方去上學了。」因爲聽說是皇后的老師，所以也沒人反對。卡瓦基特續道：「這麼說起來，從那個時候開始，騎士團的團員，就開始被羅織各種理由關進監牢了。」

「沒錯！」此時，接待廳大門打開了。髮梢濕答答的愛德華站在那裡，他已經整理好自己的儀容，除了沒時間等著乾的頭髮。「我的哥哥查思泰就是被關了！」他大聲道。

卡瓦基特在愛德華進入後，解釋道：

「查思泰大人是伊斯特騎士團原本的副團長。」他祖父是戴維斯家的園丁，所以他也從小認識查思泰，儘管和查思泰十分熟悉，由於他是平民出身，仍舊使用尊稱。貴族雖需要從軍，可是會認眞執行任務的實際上不多，盡完義務以後留下來眞的用生命保家衛國的更是少之又少，因此他們整個騎士團都很尊敬查思泰。「從那個時候開始，很多事情都不大對勁，新進的團員不再依照以前的選拔標準，只要團長說好就好。團長早就被薩堤爾大人撤換掉，也是薩堤爾大人有一天就突然下令的。」他們沒辦法違抗代理公爵的命令，查思泰曾經前往公爵府邸，想弄清楚事情，不過，就算擁有貴族身分，可惜戴維斯家是子爵，無論如何都不可能勝得過公爵的位階。

多半是自那時起，查思泰被盯上了。

「我哥哥什麼事情也沒做錯！他只是想要去找西勒尼大人，希望西勒尼大人能夠阻止這些。」愛德華忿忿不平地說道。那件事已經過去許久，後來像是才突然想起來那般安一個他擅闖公爵府的罪名，將他押入大牢了。

至今超過半年，也沒有進行審判，或給他任何辯解的機會。因爲這樣，連母親也由於積鬱病倒了。

自從哥哥被關了以後，騎士團裡的雜聲變小了。不僅因爲新的團長和團員，也是由於連副團長查思泰抗命都會遭受牢獄之災，查思泰來自戴維斯家，是公爵輔佐官的長子，若是查思泰都無法逃過，更別提其他人。

如果再這樣下去，他們會失去更多保護國家的堅實戰力，騎士們能做的，也只有守好邊境。

「西勒尼大人已經過世了。」卡瓦基特對剛才沒聽到這個消息的愛德華說：「他被薩堤爾大人營造了還在府裡養病的假象。」眞不敢相信，西勒尼大人究竟是何時離世的？

「什麼?」愛德華傻住，接著反應過來，立刻怒道：「難怪！最初，薩堤爾還算是有收斂的，應該是在西勒尼大人逝世以後，才變得無法無天了！不只是騎士團，我父親也說，領地很多原本需要遵守的條款全被免除了，一些商人和商家，都不需經過檢視，薩堤爾說好就可以放行！甚至本來合法的生意人也不發照了，最後只剩薩堤爾批准的。」這都是他在父親的書房外偷偷聽到的。

一個貴族家少爺，對貴族長輩省略敬語，那是非常失禮的事情。不過愛德華才管不了那麼多。

「商人……」就像是終於對眾人的談論有了一點在意之處。莫維開口道：「名單，有嗎?」

總算有些線索了，殿下果然是在意的。歐里亞斯幫著說明道：

「我們需要最近出入伊斯特的商人名單。」

其實，情況一直都相當詭異。

假設格提亞是被商人帶走了，那麼，爲什麼沒有想辦法和他們取得聯絡?遠征隊員們心裡都有這樣的疑問，那不外乎就是幾種可能。首先格提亞身上發生什麼傷害，導致他昏迷不醒，不能言語。

又或者，他身體狀況安好，可是有什麼現狀限制住他。

不論是哪一種可能，都不大妙。

如今查探消息過後，從領地居民見聞，到愛德華和卡瓦基特的證言，都一步步在證明這裡狀況確實一團糟。

愛德華雖然不是很懂爲什麼突然索要名單，不過仍舊道：

「和父親大人說的話，應該是可以拿到。」畢竟父親是伊斯特領地的官員。「但是父親最近很忙碌，要處理公事，又要找醫生給母親看病，所以不是每天都會回府，我也兩三天沒看見他了。」大兒子被關在獄中，父親更想將功折罪換取孩子出獄的機會，所以沒日沒夜地承擔公務；又由於擔心妻子的病，時不時親自拜訪名醫，希望自己的誠意能得到更高明的醫療。

而他，在家裡這種時刻，做的是逃避現實，在外喝酒喝得昏天暗地。愛德華咬著自己的嘴唇，終於反省了。

其實從最一開始就知道自己的錯誤，只是他難以面對，所以他學大人喝酒灌醉自己，逃走了。哥哥比他優秀很多，爵位也是哥哥來繼承，他都明白，因爲他確實不爭氣。即使如此，父母也沒有苛求過他，在他灰頭土臉地從風鳴谷回來時，不曾說過一句重話。

莫維注視著他，道：

「所以，什麼時候能給我？」

那隱隱散發的氣勢，使得愛德華萬分緊張。他將手橫在胸前，行的是在討伐隊時的軍禮。

「我會用最快的速度，拿到殿下想要的名單。我知道我不成材，不過我會盡我所能滿足殿下所有的要求，我也在此斗膽請求尊貴的殿下，幫忙救救我哥哥！」他真的是拿出僅有的勇氣。

哥哥入獄，父親受制，母親又病倒，大概，此時遇到皇太子就是上天給他的一個機會。能夠讓薩堤爾下臺，擺正這一切歪斜的希望，就在他的面前。

莫維沒有答應或拒絕，只是道：

「去吧。」

沒明確拒絕就是可行的！愛德華馬上道：

「我知道了！我立刻辦妥！」他衝出接待廳，差點撞到管家威廉的餐飲推車。「啊，威廉！好好招待殿下，等我回來！」喊完，他轉頭就跑。

威廉於是微笑地推著那銀製推車，輪子滾啊滾地來到接待廳的長桌旁。他優雅地拿起餐盤上的金屬圓頂蓋，介紹道：

「尊貴的皇太子殿下，三位閣下。這是我們伊斯特領地最好的紅茶，以及本地的特色點心。」

儘管內心一頭霧水，不過資深管家威廉．湯普森，三十餘年來的職業生涯，令他即刻完美反應。

當晚，愛德華將名單整理出來了。

會說是整理，因爲他不是從父親那邊取得的。由於他的父親人在遠方，暫時不好聯絡，所以他先稍去書信，分秒必爭的情況下，他找來父親的文書官，詢問過後在父親書房裡，兩人一起整理。

也幸好這不是什麼機密文件，只是城門日常報告，所以沒什麼難處。

站在書房裡，愛德華感覺自己親手完成一件交代事項十分滿足，背脊直挺挺的等候其它吩咐。卡瓦基特也佇立在一旁。

「嗯……」歐里亞斯拿在手裡翻看著，然後挑出格提亞掉進溪裡被救起推算的那幾天，稍微篩選後上面共有五組人比較可能，接下來就是想辦法查探……

忽然，莫維開口：

「上面有叫喬治和馬利的？」

「咦？」歐里亞斯轉頭，看向坐在一旁喝茶的皇太子殿下。會這麼問，是有什麼原因吧？他翻著紙頁，找到了名字，便道：「有的。」

「做什麼生意？」莫維放下茶杯。

「我看看……」

不等歐里亞斯回答，愛德華就說：

「他們兩個是賣小孩衣服的，經常出入公爵府。」

「小孩衣服？」歐里亞斯看到紀錄了，不過有點不明白。「公爵很多小孩嗎？」他問。

愛德華解釋道：

「不是的，伊斯特有個叫做樂園之家的地方，就是孤兒的收容所，會定期向貴族募款。喬治和馬利提供的衣服是給那些孩子穿的。」剛好那募款前幾日才舉行過。「他們一般都會在鎭裡待幾天才走，今天應該離開了。」他看著日期說。因爲莫維開口提到，他就認爲是想找這兩人。

「嗯……」莫維長指支著額，似乎在考慮些什麼。「現在有幾人在鎭外？」這個問題是給歐里亞斯的。

「還有五人。」其餘的已經都進入伊斯特領地。

「讓他們去把那兩個傢伙抓回來。」莫維看向愛德華，道：「你，把喬治和馬利兩人特徵寫下來讓他拿著去。」

自風鳴谷以後，他以爲自己再也不可能幫皇太子做事了。

「是……是！」愛德華趕緊拿起桌上紙筆，將自己所能想到的全都寫上，然後交給歐里亞斯。

始終安靜的卡瓦基特，這時道：

「如果是跟領地有關的，應該由我們伊斯特騎士團……」

「不。」莫維否決，說：「你留著。」

「啊……是。」卡瓦基特有種自己不受信任的感覺。

歐里亞斯則是相反，他不認爲莫維是信賴遠征隊，因爲從頭到尾都沒有對他們說明這個行動的理由。不過歐里亞斯也很習慣了。

「我這就去。」他行個禮，很快地離開書房。

歐里亞斯一走，愛德華登時不曉得該說什麼。他本來就有點害怕面對莫維。

「那個……殿下還有什麼吩咐嗎？」他小聲問。

「樂園之家。」莫維垂眸注視著杯中茶液，那映照出他自己的臉。「明天，我想去看看。」

他道。

收容孤兒的育幼院，由貴族募款經營。

這不是什麼稀奇的事情。

因爲貴族有錢，有權，所以唯有他們才能辦到。享受著權力的同時，也該要有付出，這是身爲貴族應該要有的認知。

也因此，樂園之家並非什麼特別的組織。

正常來說的話。

一早，穿得整整齊齊的愛德華進入餐廳，餐桌上的主位坐著皇太子，沒有蓬華生輝的感覺只有壓力山大，食不下嚥地用過早餐，他已讓威廉備好馬車。

「很遠嗎？」

聽到莫維問話，愛德華又是不覺挺直背脊。

「回稟殿下，不遠的，沒多久就可以到。」

莫維聞言，道：

「那就不需要馬車了。」他皺了下眉，又說：「你把衣服換掉。」

愛德華看看自己，再看看莫維。還好他算反應快，立即意識到是指要穿著低調，迅速跑到侍從的房間抓了比較有平民感的外套和帽子。

出來以後發現莫維已經往門口走去了，他趕緊跟上。

歐里亞斯昨晚出去到現在都還沒回來，應該帶隊去找那兩個商人了。所以現在就剩下他和皇太子了。

愛德華嚥了口唾沫，偷偷地瞧了眼莫維，然後飛快收回視線。光是那個絕美的側臉，就讓人感到威壓好大，他眞佩服歐里亞斯能成爲皇太子的副官。

「馬廄在哪裡？」莫維啓唇問道。

愛德華忙指著方向，道：

「那、那邊。」

莫維邁步，一下子就走到了。愛德華則在後面氣喘吁吁的，對旁邊的馬伕示意沒關係，不要打擾殿下。

莫維毫不猶豫從馬廄牽出自己的駿馬，俐落地跨上馬背。

「帶路。」他居高臨下，睇著愛德華。

愛德華被趕著也上了自己的馬。好久沒騎了，有點生疏。

「往這裡。」他笨拙地扯著韁繩，馬頭朝向樂園之家所在地的方位。

儘管他在風鳴谷失敗了，但是無論如何，他不要再重蹈覆轍。

他也可以做到的！給自己些許打氣，愛德華的眼神變得稍微堅定了。

就這樣一路不停地來到樂園之家，莫維沒有太過靠近，將馬綁在樹下，停在遠處觀察。

「殿下，若是您想要拜訪的話，現在就可以的。」愛德華不明白什麼狀況，開口說道。他沒想到是在這麼遠的地方看著，還以爲要過去視察一番。

「不。」莫維雙眼直視著那方，道：「這裡就好。」

愛德華識相了，也不再多講什麼。

樂園之家本身有兩棟木造建築，一前一後，相隔有段距離，前面的庭院裡有孩子在玩耍，屋裡也有孩子走動；然而後面那棟，卻是相反的非常安靜。

雖然周圍，並不是沒人。

一個侍女進入視野，莫維瞇起眼睛。就算對方刻意改變髮色，不過他還是一眼就認出，那是米莉安。

米莉安．雷蒙格頓。帝國的皇女，血緣上，他同父異母的妹妹。

愛德華始終感覺氣氛有點尷尬。發現他盯著一個女人看，說明道：

「那是茱蒂夫人派在樂園之家的侍女之一，最近才來的。」

「茱蒂夫人？」莫維並未收回視線。

「樂園之家的管理人，她是薩堤爾的手下，也經常出入公爵府。」愛德華繼續幫忙解釋。

「……是嗎？」莫維冷笑一聲。片刻，轉身就走。

愛德華見他上馬也不敢猶豫，他已知皇太子的動作有多快，稍有遲疑就會被甩在後頭。

莫維回到戴維斯府。稍晚，歐里亞斯押著喬治和馬利回來了。他讓遠征隊都分開留在旅店，免得太過張揚顯眼。

「唔！唔唔！」兩個人被捆做一團，嘴巴裡也塞著毛巾無法言語。

歐里亞斯先道：

「這位是尊貴的帝國皇太子，莫維殿下。你們注意點不要大聲嚷嚷。」語畢，他撤掉兩人口中的布巾。

「咳！咳咳！皇……太子？」本來還在掙扎的兩人，臉色瞬間鐵青了。

莫維坐在椅子上，揚起嘴角，露出那種不達眼底的笑意。

讓人頭皮發麻。

「我現在要問你們問題，如果說謊，我就會懲罰你們。」他微彎著眼，露出單邊梨渦笑道。

「殿……殿下，我、我們……」兩個人慌張得連話都說不好。

「首先，你們是做什麼的？」莫維問。

喬治和馬利都愣了下，隨即馬利回答了：

「回殿下，我們是、是賣小孩衣服的。」

就聽得唰地一聲，莫維抽出長劍，室內幾人尚未意識過來，他已經手起劍落，分別砍掉喬治與馬利一根手指。

動作之快，甚至來不及讓當事人感覺到痛。

直至看見自己手指掉在地上，喬治和馬利二人才慢半拍地慘叫。

「哇啊！」

「而且這個懲罰，是連坐。」莫維一臉愉悅地笑道。

在這個血腥畫面出現之前，愛德華，甚至是歐里亞斯，都僅是站在一旁，以爲這會是簡單的問話。

瞪著地板上鮮活的斷指，愛德華必須用力忍著作嘔的感覺。他驚嚇地移動視線望住歐里亞斯，歐里亞斯雖然鎮定，表情也是凝重的。

即使曾經和莫維出過多次任務，就算也親眼目睹過莫維的屠殺行爲，可是對付的都是魔獸，歐里亞斯知曉莫維下手的狠毒程度，可那終究不是朝著人。

如今眼見對象是尋常民眾，莫維也絲毫不留情，歐里亞斯還是感到震撼了。

他對事件輪廓仍不清楚，但是認爲莫維不會無故如此。

喬治馬利還不住地在哀嚎。

莫維厭煩地道：

「閉嘴，不然我就割掉你們的嘴唇。」

「嗚……嗚。」終於明白他說到做到，喬治和馬利趕緊咬住牙關忍耐。兩個人都因爲恐懼與失血而刷白著一張臉。

莫維滿意了，再次問道：

「你們是做什麼的？」

這次是喬治搶著回答了：

「我們幫忙尋找無家可歸的小孩！」

尋找無家可歸的……小孩。

歐里亞斯腦子忽然一閃。又告訴自己，不不，應該不會吧？

他看向莫維，莫維只是微歪著頭繼續審問。

「然後？送去樂園之家？」

喬治和馬利兩人明顯顫了一下。喬治最後冷汗涔涔地說：

「是的……」

莫維露出優美的笑容。

「那麼，樂園之家是做什麼的？」

他問。

在場的愛德華和歐里亞斯，都不懂他為什麼提出這個問題。不就是收容孤兒的育幼院嗎？

喬治和馬利兩人身體極度僵硬，面容慘白。他們跪在地上，好不容易才吐出一個字：

「是……」

「嗯？」莫維持著劍，劍尖依然在滴著血。「我在樹林裡看到的，是什麼？」他的語氣忽然變得冰冷。

聞言，喬治瞬間將頭用力磕在地板上，發出一聲脆響。

「殿下！我們眞的不知道！」他淚流滿面地說。

馬利也發抖著磕頭，道：

「我們就是單純地接受茱蒂夫人的要求！將小孩送達以後，眞的不關我們的事！雖然、雖然最後也、也會幫忙將那些……那些處理！」

「我們眞的只有做這些而已！」喬治同樣強調。

歐里亞斯和愛德華，完全聽不懂這段對話。愛德華嚇得不敢亂動，歐里亞斯則是大約推敲出在莫維獨自行動時，查到什麼事情。

因爲莫維此時散發的氣勢，令人膽寒。即使以歐里亞斯的角度，僅見到莫維的背部，他也能夠感受到那股不寒而慄的氛圍。

而且莫維的態度也不大對勁，跟在莫維身邊一段時間，歐里亞斯雖摸不清這位皇太子的想法，至少還算有基本行事認識，他不像是會對如此類型的罪犯感興趣的人，這種極限逼迫的質問實在稀奇。

有好一陣子，室內一片死寂。

喬治和馬利兩人，將疼痛的粗喘也極力壓到最小聲的程度。

「呵。」就在這時，莫維笑出聲音了。聽起來像是喪鐘。「……是嗎？」他毫不在意的語氣，使得喬治和馬利繃緊的神經下意識地放鬆了些。

「是的。沒有說謊。」只要誠實，就有可能被放過。畢竟，他們犯的也不是什麼大錯，那些商品……那些小孩，又不是他們弄死的。

兩人都這麼想著。

「最後一個問題。」莫維啓唇。

「是、是！殿下請問！」聽到是最後，他們更欣喜了。

好好回答，他們應該就沒事了。

莫維眼角抽動，慢條斯理地道：

「格提亞。有沒有聽過這個名字？」

喬治坦白道：

「有！有有！他搭我們的馬車進入伊斯特領地，我們將他帶到樂園之家，交給茱蒂夫人了。」語畢，他和馬利互望一眼。

終於能回家了。雖然斷了根手指。

聽見他們的回答，歐里亞斯閉了下雙目，沒想到眞的就是這麼離譜。

那麼，爲什麼老師不聯絡他們呢？

「殿下。」他低聲喚著，覺得要趕快去樂園之家把人找回來。

莫維沒有回應，於是歐里亞斯上前一步，準備再度請示，卻見到莫維面無表情地睜著眼睛，動也不動地瞪向窗外。

像是有什麼，將他全部的注意力吸引了。

歐里亞斯於是出聲道：

「殿下，我們應該立刻去接格提亞老師，我擔心有什麼意外。」

「……不。」莫維的聲音，聽起來比剛才平靜許多。他收回放在窗外的視線，垂眸看著自己的掌心，說：「他沒事，還活著。」

「咦？」歐里亞斯愣住。這是怎麼知道的？難不成是擁有魔力的人，彼此之間在特定情況會有所感應？「那太好了。」因爲莫維看起來非常肯定的樣子，他也終於能夠放下心來。

不過居然是被當成孩子帶走，雖然老師確實長得有點不夠成熟，這眞的太誇張了。他在心裡打趣地想著，心情變得稍微輕鬆了。

然而，莫維接下來的話，不是如此發展。

「將這兩個人，砍掉雙手，刺瞎雙眼，然後丟到城外。」他道。

語氣平淡地像是在談論天氣好壞。

「什麼！殿下！殿下！」

「殿下！救命啊！」

喬治和馬利兩人回過神來，簡直是驚慌失措，瘋狂地崩潰討饒。

愛德華則瞠大雙目。他不確定這個殘忍的命令是不是說眞的，還是單純是想要嚇唬他們。

歐里亞斯雖感萬分錯愕，仍恭敬地提問：

「殿下，能否告知這兩人犯的是什麼罪責？」雖然看起來情緒平穩，他手心卻是出了汗。

和愛德華不同，他相當清楚隨口嚇人不是莫維的風格。

「你不想做的話也沒關係。」莫維用一張笑臉說道。

即使來自劍術世家，也跟隨隊伍斬殺過不少魔獸，可是歐里亞斯．沃克的劍，還沒有傷害過人。

他絕非有所抵觸或做不到，而是需要正當理由。

歐里亞斯有自己的原則。他十分瞭解，只要自己的手裡握著劍，遲早有一天也必須面臨這樣的狀況。

「殿下，我可以行刑，也想知曉罪名。」他依然充滿敬意地請教。

莫維緩慢地站起身，就是，笑了一下。

「因爲我想。」隨著話尾結束，他舉高了持劍的手臂。

並且揮落。

血腥殘忍的畫面，像慢動作一樣展現。鮮紅色的血滴飛濺著，地上兩人的手腕，被利劍斷開，就在他們昂首發出殺豬般的叫聲時，眼球也被刺破。

這一切，都僅發生在短短的一瞬間。

喬治和馬利因為劇痛而打滾，可怕的悲嚎震撼聽覺，愛德華不得不雙手摀住耳朵。他一臉驚嚇，不知所措。

歐里亞斯強自鎮定，這麼突然的狀況，也使得他一時半刻說不出話。

莫維一甩長劍，牆壁上登時灑上一道血跡。

「比起乾脆地殺掉，我呢，更喜歡在奪取生命之前，讓對方陷入極端的恐懼與痛苦。」他笑著說明，同時下達命令：「丟到領地外。這你能做到了吧？」

如果，自己還有第二句話，那就沒有資格和必要繼續跟著他了。歐里亞斯明白莫維的意思，因此臉色非常沉重。

「……是。」他低下頭，手橫在胸前行禮。

在莫維離開以後，愛德華強忍許久終於嘔吐了，管家威廉聽到聲音過來，被現場慘不忍睹的景象嚇得傻住，隨即很快地打起精神，先照顧好自己家的少爺。至於歐里亞斯，按照莫維的指示，將喬治與馬利載往鎮外。

丟棄兩人時，他們仍在不停地求饒。

歐里亞斯駕著馬車，硬是沒有回頭。現在是夜晚，兩個人身上都還在流著血，若不是這般失血過多而亡，就會是被郊外的野獸循著血味找到成為餐食。

皇太子殿下一如以往地從不說爲什麼，而是下達命令。

馬車跑得愈來愈遠，直到終於聽不見那慘叫。

至於莫維，則是直接離開戴維斯府。

格提亞施展魔法了。不只一次，他現在也依然感覺得到。

因此，他能夠大概感知到格提亞的所在位置。

就是樂園之家。

抓來那兩個人問話，沒想到格提亞眞的也在其中。儘管不怎麼表現出任何著急的情緒，莫維仍在確定格提亞所在地點後，即刻獨身前往。

因爲，格提亞正在連續使用魔法。就像呼喚他一樣。

夜晚的樂園之家，有種莫名的陰森感。莫維到達時，睇見後面的那一棟建築，有人站在隱蔽處。

——作爲帝國皇女殿下的護衛騎士，亞瑟．柏德烈是無比忠心的。所以當皇女說要進行祕密任務，而且有意獨自一人前往時，他堅決懇請皇女同意他隨行。

「如果你跟我去，你就是我的共犯了。」當時，皇女米莉安這麼對他說。

他意識到，殿下要做的事情，是不能告訴眾人的，所以，不想讓任何人牽扯進來，才打算自己行動，做出這種魯莽的決定。

但是他無論如何，都不能放皇女一人成行。他必須保護好皇女。

因此，當他奉命躲在樹蔭隱蔽處等著皇女，眼角瞄到一道銀光飛快朝自己劃過來的瞬間，他知道他們遇到襲擊了。

亞瑟偏過頭閃躲，同時看清那是把劍，劍上甚至還有著血跡。他躲過後立刻擺好架勢準備迎戰。

豈料對方速度極快，沒有給他喘息的時間，一個箭步上前欺近。

由於出來時易裝，所以亞瑟身上僅有短刀，他刷地抽出來擋住攻擊。對方一個轉身，又是一劍朝他劈來。

每一劍都又快又狠，亞瑟額間出汗。雖然短刀不好應付長劍，亞瑟的身手勉強可以彌補這個劣勢。

他不是普通騎士。他是帝國皇家騎士團，最優秀的騎士之一。

鏘的一聲！刀劍相交，在夜裡產生些許星子。

亞瑟這才有空隙觀察對方。是名男子，身材高大，穿著深色披風，看不見臉。

電光火石之間，長劍的劍尖直指他的喉嚨，亞瑟毫無猶豫下腰閃過，隨即揮刀從斜下方刺向對方肋骨。這是一個刁鑽的角度。

耳邊似乎聽到襲擊者「嗯」了下，卻不是驚訝的聲音。倒不如說，好像還有點愉快。

在這稍微遲疑就會死亡的狀況。

亞瑟的攻擊被迅速半轉的劍身揮開，對方身體微下沉，眨眼間朝他突刺。

攻勢變得更加凶猛了。亞瑟極其專注，不能也不敢分神，他的經驗告訴他，無論是劍術，力道，或者姿態，這都絕對是個高手。

本來想著抓活口，大概是不可能了。他必須全力應對。

亞瑟加快揮刀速度。

因為他武器短，不宜拉開距離，要近身且迅速。一來一往對招間，亞瑟絲毫不敢鬆懈，然而，他忽然聽到什麼聲音。

皇女好像出來了。

就只是眼睛餘光稍微注意旁邊而已，他的短刀立即被打掉了。

糟了！這麼想著，對方的長劍也朝他橫劈過來。

亞瑟想要阻止卻來不及，只能眼睜睜看著皇女從旁衝出，擋在自己的面前。

明明應該是他保護皇女才對。

「住手！」皇女米莉安壓低聲音喊道。

他抓住皇女的腰想要拉開，但是完全趕不上，就見那柄腥紅的長劍，削掉皇女左側的頭巾與些許髮尾，然後停止了。

「皇女殿下、您……」不管對方是為什麼停下，亞瑟飛快就將皇女護在身後。

米莉安微喘著氣，不緊張也不害怕，僅是嚴厲地瞪住站在自己眼前的披風男子。

「你怎麼會在這裡？莫維哥哥。」

熟悉的名字使得亞瑟愣住。不過就算聽得非常清楚，他依舊難以確定。

「皇……皇太子？」他終於能夠好好地看著對方。

莫維昂起下巴，帽沿底下的那雙紫眸，在夜晚閃著妖異的光芒。

「那是我要問妳的，米莉安。」

「拜見尊貴的皇太子殿下。」亞瑟即刻單膝跪地行禮，滿頭大汗。他剛居然和帝國的皇太子進行一場毫不放水和留情的賭命廝殺。

「嗯。」莫維不怎麼在意地應一聲，而後笑道：「我們沒有殺死對方，眞是太好了呢。」

亞瑟背脊發涼，也不知道他是開玩笑還是什麼的？完全不曉得該如何回應。

「他是我的騎士，只是想保護我而已。」米莉安跨一步，再次擋在亞瑟前面說道。從地下室出來見到兩人在纏鬥的畫面，她無法形容自己有多震驚。

亞瑟則是因她的言行愣住。雖然皇女確實是相當維護自己人的類型，不過她出乎意料地不怎麼畏懼氣場如此強大的皇太子。

身爲莫維的兩個異母手足，雖然科托斯表面也不會怕莫維，不過那是科托斯無知無謀；米莉安則是憑觀察判斷如果不是眞的阻礙莫維什麼，莫維其實根本懶得花力氣料理他們。

即使是母后視作可以與他爭奪帝位的科托斯，他也絲毫不放在眼裡，更遑論妹妹的她了。米莉安直視著莫維，就算氣勢不如，也不想示弱。

莫維瞥著她，片刻，總算啓唇道：

「不過就是個育幼院，有什麼危險的？」

「這個……」和你無關。原本，米莉安想要如此回答，忽然她轉念一想，改口道：

「這些小孩是被公爵府有目的關在這裡的。」

她需要一個「犯人」。她做出這麼大的事情，公爵府事後一定會追究，雖她已做好準備，讓人難以追查，可是若有那萬一，還是被發現是她所爲呢？

那麼她就得面對母后。這不是她所希望的結果。

不過，如果有誰能夠比她更顯眼，更有動機目的性，那麼視線將會全部轉移到那個人身上。

莫維哥哥和母后不和，母后也視他爲親生兒子登基的最後障礙，伊斯特領地是母后最有力的後盾，他來搞個天翻地覆完全擁有充沛的理由。

也就是說，是再好不過的人選了！

「什麼目的？」莫維問。

雖然他的表情和態度都沒有太大變化，但是米莉安就是忽然感到一陣戰慄。原因是他的眼神非常冰冷。

「我不知道。」米莉安誠實說道。有那麼一瞬間覺得與莫維糾纏不是什麼好事，不過她握緊拳頭不允許自己退縮。「我只有查到公爵府每月在尾數六的日子宴客，會從樂園之家帶一批孩子過去參加，實際上在做什麼，因爲無法進去那個宴會，所以我不確定，就曉得有些孩子生病受傷以後會被處理掉。」她來到這裡一個多月而已，這麼短的時間，能夠混進成爲侍女還讓亞瑟擔任樂園之家的守夜者，就已經很厲害了。

但是，她雖然感覺到公爵府不讓外人接觸地下室裡的孩子，好像那麼珍貴地藏著，卻又不怎麼保護疼愛導致傷亡，有點矛盾。

對於生活在皇宮裡，養尊處優且年紀尚輕涉世未深的米莉安來說，實在想不出那個宴會爲什麼需要這些小孩。光是發現伊斯特公爵重病，目前代理的薩提爾把領地搞得一團亂，就已經太多問題需要糾正，權衡之下，她認爲樂園之家要優先處置。

至於裡面的眞相，等救出孩子們再慢慢釐清就行。

若是薩提爾想要耍賴，即使小孩的證言不夠有力，現在裡面還有一個格提亞。一位成年人當作證人，這個人還身居帝國要職，可以消滅掉絕大部分質疑。

她抬起頭，見莫維的紫眸罩上一層陰影，比剛才更可怕了。

「宴會……」他低聲喃道。

從他唇間吐出的，僅是重複的兩個字，卻彷彿刀刻一般鋒利。足夠使米莉安感受到，他似乎隱隱地憤怒著。

這實在是相當稀罕的事。因爲米莉安就沒見過他有過如此不掩飾情緒的時候。

哪怕不知為什麼，甚至也不曉得他出現在此的理由，可是米莉安能夠確定，出於某種原因，莫維對樂園之家是在意的。

「如果！如果你想弄清楚事情，那麼數日後，尾數六的晚上，過來這裡吧！」米莉安趁勝追擊，道：「我已經確認那天將舉辦宴會，我會救出這裡的小孩，你也可以查清一切。」最好亂入到那個場合，莫維完美成為她所希望的犯人，而且也能拖延更長的時間，吸引更多守衛，讓她更容易帶著孩子撤離。

莫維面無表情。表面上看不出在想什麼，不過米莉安幾乎可以確認他心裡正在衡量。

莫維確實察覺到她在羅織計畫，想方設法讓他成為裡面的一個角色。多半是要他擔上所有責任。

不過，即使明知這點，他其實也無所謂。

對他而言，還有更重要的事情。他緩慢地揚起嘴角，這讓米莉安雞皮疙瘩直冒。在注視米莉安直到她冷汗狂流後，莫維總算出聲道：

「這裡關著的……」他沉吟著沒有說完。米莉安的計畫是耐心等到宴會，那就表示此處的孩子在那之前不會有安全疑慮，包括格提亞。

儘管他對這個異母妹妹認識有限，不過最少還是可以確定，米莉安不是科托斯那種蠢得要命的腦袋，也不像自己這種，對於除自己以外的存在，毫不在乎。

「這裡怎麼了?」米莉安問。她非常緊張，光是能夠扛住那紫色眼睛的視線，她就都想讚美自己了。

畢竟，面對的又不是什麼正常普通的人。

「沒什麼。」莫維道，換上完全不同的微笑，露出單邊梨渦，說：「我很期待宴會。」

米莉安只覺得背脊猛地發涼。但是，這表示他答應了吧。

即使他察覺到她的意圖。比起科托斯，米莉安聰明敏銳，當然看得出來自己心裡的計算沒有瞞過莫維。

「那、那就好。」她不能讓他反悔。於是很快道：「記得，晚上過來，你會在這裡看到公爵的馬車。」她從莫維眼中理解到，那個代理領主，絕對不可能好過了。

她不想探討理由，莫維應該也和她一樣。他們雙方，都只要達到自己目的就好!

米莉安見他望著她身後的建築不動，似乎沒有想要離開的意思，有點不明所以。便道：

「你趕快走吧，不然等等被人發現，到時候就不好解決了。」她和亞瑟都是已經混進樂園之家的身分，亞瑟甚至是守夜人，所以在附近也不會引人疑竇，可莫維卻不是，再者莫維還那麼顯眼。雖然平常晚上不大有人走動，依然要以防萬一。「還是你有什麼在意的事情?」她不經意問。

莫維聞言，總算將目光轉到她臉上。

「……妳為什麼會這麼認為？」他問。

「咦？」米莉安愣住。

「我在意什麼？」莫維上前一步。

月光下，他不凡的紫色瞳眸和俊美面容，都有種懾人心魄的美。

米莉安對兩個哥哥的評價是這樣的，親生哥哥科托斯自大也同時自卑，並且愚昧而不自知；至於異母哥哥莫維，陰陽怪氣難以捉摸，不好相處，整個人的氣氛都很詭異。

但那些不瞭解內幕的貴族小姐，在茶會時說的話她還是認同的。

那就是，莫維眞的有一張極度漂亮的臉。

不分男女的，那種美貌，甚至還能夠帶著殺傷力。身為擁有一半血緣關係的手足，米莉安客觀理解他的長相確實傾國傾城，不過這是她哥哥，這張臉擺在她面前，她只覺得壓力很大。

尤其，那種質問態度。好像她哪裡錯了一樣。

「因為你看起來很在意。」氣勢整個被壓過去，米莉安倔強挺直腰骨，讓自己振作起來。

莫維聽到她這麼說，先是停住，隨即冷笑一聲。

「到時候，妳不要礙我的事。」他警告道，跟著轉身走離。

什……什麼啊！米莉安心裡有點生氣了。

她努力潛進這裡，認眞探查，還和他分享資訊，就算她確實心懷計策，他有什麼資格這麼說她！

她深深吐出一口氣，讓自己平靜下來，然後才轉身面對自己的騎士。

「好了，一切都準備就緒了。」

就等宴會之夜。

莫維回到戴維斯府裡時，歐里亞斯報備自己完成使命，還恭敬地請問他去哪裡，不過莫維一貫地不給回答。

「叫卡瓦基特過來。」他簡單命令道。

既然已經決定行動的日子，那他當然也要有所安排。

再過幾日。

只要再過幾日，總是直率著注視他的那雙黑眸，就會回到他的面前。

宴會夜。

在戴維斯府吩咐好一切以後，莫維獨自駕馬，來到樂園之家。

太陽剛下山而已，他站在樹後，靜靜地睇著第二棟建築。不知經過多久，馬蹄敲在石板路上的聲音傳來，一輛不起眼的馬車，停靠在房子旁邊。

他的角度僅能看到馬車的一半，就見似是做了什麼逗留片刻，馬伕隨即就駕車離去了。

莫維瞇起眼睛，他沒有跟著馬車，而是繼續觀察。米莉安和騎士亞瑟，兩人從屋後出現，迅速展開救援行動。

莫維這才上前，毫不在意那般。

「快點，快點都出來。」米莉安壓低聲音，催促著地下室裡的小孩，趕快上樓。

亞瑟則負責打開所有的門鎖。

「拜見尊貴的皇太子殿下。」正準備再深入地下室幫忙帶出孩子，一回頭發現莫維，他吃了一驚急忙行禮。

莫維卻像是沒聽見，看著陸續出來的人，他審視般，一瞬間確定了什麼。

他立刻問道：

「這就是全部了？」

「你怎麼還在這裡？」米莉安見到他，也是有些錯愕。她以爲莫維會跟著馬車走了。

引起莫維興趣的，難道不是那個神祕宴會嗎？

「我在問妳，這些已經是裡面全部的小孩了？」一瞬間，莫維的語氣變得極其冰冷。

米莉安被他霜寒的眼神弄得心裡一顫。

「還沒呢，我最後要和亞瑟進去檢查一下。」看看是不是都出來了，有沒有落下的。她準備好的馬車就在樹林裡，確認過後很快就可以走了。「……你在找人嗎？」見莫維注意著門口，米莉安恍然大悟問道。

莫維道：

「裡面應該有一個不是小孩的人。」

米莉安一頓。

「莫非是格提亞？你是說大魔法師格提亞嗎？」原來，他和格提亞認識？她前段時間都在調查伊斯特這邊的事，沒怎麼注意首都的消息，不過，格提亞是學院老師，那兩人確實會有交集。「他當誘餌，搭上馬車前往公爵府了。」米莉安道。

話尾剛落，就見莫維一個轉身回到馬匹旁邊，同時俐落上馬，一連串動作優雅流暢。他以極快的速度離開了。

「駕！」

莫維扯著韁繩，雙腿夾緊馬腹，壓低身體，在黑夜中奔馳。

他也曾經被關起來過。從他還在母親的肚子裡，到出生以後，十歲之前，他被關在皇城最深處的房間裡。

他是，前皇后美狄亞的第七個孩子。

皇室有個不成文的規矩。那就是，每一代的皇族裡，必須誕下一個魔力強大的小孩，不一定非得要選擇這個皇子繼位，可一定要站在皇室這邊，用以抗衡大魔法師的地位。

曾經並肩作戰，不知道從什麼時候開始，雷蒙格頓不再信任魔法師，而是以防範的態度來做應對，一方面需要魔法師震懾外敵穩固國力，另一方面又對魔法師的力量有所顧忌，因此，皇宮內出現致使魔力無效的禁制圖陣，皇族也想盡辦法讓自己的血脈擁有魔力。

只是，和外族通婚正是艾爾弗一族減少的緣故，一旦血緣變淡，那變成普通人的機率就會大幅增加。到克洛諾斯這代，已經沒有半個擁有魔力的皇子了。

唯一有著微弱魔力的，是克洛諾斯的姊姊。皇室日誌記載，她因為難產死了，孩子沒有活下來。

至於克洛諾斯，他走火入魔，娶了擁有魔力的美狄亞，唯一的目的，就是要在下一代生出具備強盛魔力的小孩。

第一個孩子，沒有，於是就被處理掉了；第二個孩子，太弱，同樣地也被處理掉了。在使美狄亞受孕的同時，克洛諾斯也讓魔塔用盡所有手段，使美狄亞在懷胎時就能將魔力灌輸給肚內的孩子。

這一切，想當然都不是美狄亞願意的。美狄亞甚至是被強娶的。幽禁在宮裡，成為皇帝的工具，眼睜睜看著自己剛誕下的孩子一個個被抱走消失，終於，她瘋了。

然而，克洛諾斯並不在乎，只要她能懷孕生子就夠。

不管什麼手段，進行各種實驗，終於，美狄亞生下一個擁有巨量魔力的兒子。

那就是莫維。

雷蒙格頓帝國，沒有中間名的慣例。不過，美狄亞抱著莫維，給了他一個貝利爾的名字。那是古語，惡魔的意思。

美狄亞終於完成任務，克洛諾斯也不再將她綑綁在床上。當晚，她就在房間裡自殺了。

鮮紅色的血液，滲滿床單，美狄亞猶如睡著一般倒臥，無比美麗又驚悚，在她懷裡，還是嬰兒的莫維，彷彿誕生於血泊之中。

但是過了一陣子，克洛諾斯開始覺得錯了。

因爲，莫維的魔力太過於強大了。

超過所想像的，超過所預估的，超過太多太多。所以，克洛諾斯將莫維關在皇宮最深最黑暗的房間，僅給他基礎的食物和水。就算他因身體疼痛而嚎哭，也不會有人聽得到。

一年過去，兩年過去，到了第三年，再也沒聽到哭聲了。

可是莫維的魔力還是那麼可怕。克洛諾斯發瘋似地想著，就是要一個，擁有足夠魔力且可以控制的小孩，爲什麼會這麼困難？這個不是他要的結果，就算是他的兒子，要是強到這樣的程度，日後也會威脅到他。所以在莫維年幼時，克洛諾斯找來魔塔試圖封印莫維，甚至親力親爲將他調教成乖巧的孩子。曾經短暫地誤以爲成功了，最終結果是失敗的。

克洛諾斯自莫維出生就給予皇太子的頭銜，也許是他太過興奮，千辛萬苦終於達成目的，又或者現階段需要莫維，無論何種理由，至今心裡又處處堤防。慶幸的是，莫維那個不自然產生的魔力，只要失控，是會殺死莫維本身的。

他想處理掉莫維。在適當的時機，就像處理掉那些失敗的親生孩子一樣。會將美狄亞取的中間名留下，也是由於，在他這個親生父親眼裡，莫維就是個如同惡魔的存在。

「你——你是什麼人！」

莫維駕馬來到公爵府前，兩邊門衛立即站出來吆喝。

刷的一聲！莫維直接抽出腰間長劍。

「滾開。」他冷淡地說道。

門衛都沒能來得及看清楚他的臉，他就策馬撞了進去！

破壞大門發出的刺耳聲響，很快引出府裡的其他人。

「您……您是？」管家率先抵達，見到他的紫眸認出來，卻是一頭霧水。

莫維坐在馬上，一手持劍，一手拉著韁繩。

「薩提爾在哪裡？」

「咦？」管家錯愕。

忽然，莫維感應到什麼，他一瞬間抬起了臉。

「不需要了。」他這麼說道，駕馬橫過整個花園，衝進公爵府邸！

屋內忽然多出一匹馬，馬上還有個人。所有人都被嚇一大跳！侍衛企圖盡責阻攔，不過莫維完全無視他們，馬兒一副誰擋就踩死誰的態勢，按著莫維的指揮狂奔。

左邊，裡面，最後面的地方。

莫維看見一條通道，前往府邸更隱密的深處。

他騎著馬在長廊上奔馳，直到盡頭。那裡，有一男一女兩個人。

男的是個壯漢，女的則是一名貴婦人。

「你是什麼人！膽敢在公爵府裡放肆！」那名女性斥喝道。

「茱蒂夫人？」莫維只問。

「我是。你——哇喀！」就在茱蒂夫人疾言厲色的同時，她注意到紫色的眼眸，隨即，一柄長劍的劍尖，直捅進她的口中。

這一秒鐘，她無比驚恐。

「閉嘴。」莫維毫不猶豫，將劍身往旁一劃，茱蒂夫人的右半邊臉登時開了道大口子。

「哇啊！」茱蒂夫人鮮血狂噴，按著自己的裂嘴尖聲大叫，倒地不起。

一旁的壯漢，也就是傑克森，面對眼前此狀，根本反應不過來，莫維又是手起劍落，削掉他一隻耳朵同時砍進他的肩膀幾乎讓他斷臂。

「啊——」傑克森摀住傷口，發出極度痛苦的哀嚎。

「在這個裡面，我知道。」莫維策馬進入。他的前方，還有一道門。

他一扯韁繩，馬兒蹬高前腿，用力地踢開了！

展現在莫維面前的景象，並不是他最初所預料的那樣。

原本，在森林裡發現小孩屍體時，他以為這裡正在進行孩子的魔力實驗，就像曾經他所經歷過的。這個根據，來自於東部伊斯特原本就是皇后的後盾。

而皇后，只支持皇帝。皇帝既然想除掉他，那一定就是在進行其它的準備。

並且，格提亞也是一個非常好的材料。所以他才會質問喬治與馬利，確認格提亞在樂園之家時，他更加認爲是自己所猜測的那樣。

可是，當他在樂園之家看見救出的孩子，他就知道不對。他是能夠分辨的，那些孩子的身上，不但毫無魔力，也沒有留下魔力實驗的痕跡。

那麼這個神祕的宴會，究竟是什麼目的？

此時此刻，他終於明白，也曉得爲什麼從剛才開始，他就一直感覺到格提亞在使用魔法。

他下了馬，朝房間中央走去。拖在地板上的劍尖，輕輕地割出細微聲音，還留下一道腥紅的血線。

「你、你是誰？」壓制著格提亞的那個男人，抬著頭首先怒問。

下一秒，莫維用劍刺穿男人腿間的生殖器位置，男人登時滾倒在一旁，吼出殺豬般的慘叫。

總算，室內的另外三人，包括薩堤爾，猛然酒醒回神過來。

「你知道我是誰嗎！」薩堤爾其實嚇得發抖，連聲音都隱隱聽得出來。

莫維完全沒有理會旁人，上前拉起格提亞的手。

「你這是什麼樣子？」凌亂的頭髮，迷濛的眼神，敞開的衣襟，以及可笑的裝扮，每一樣都讓他非常、非常地不滿意。

他瞇著眼睛，幾乎想將他脖子上紅色的痕跡用劍削下。

格提亞整個人軟綿綿的，被莫維輕鬆地提了起來。

「莫……」對了，這是莫維。格提亞意識模糊，全身冒汗，壓抑地喘息幾次，他緊皺著眉頭，閉上眼睛再張開，終於找回僅剩的清明神智。他回首，看著室內四個戴著面具的男人，清冷著聲音道：「你們這些……禽獸。」他是咬著嘴唇，才好不容易擠出這幾個字。

跟著他輕抬起手，食指和中指併攏，朝向他們揮去。

明明他的動作，看起來那麼軟弱。

這個瞬間，莫維感覺自己體內的魔力，忽然被拉走似，奇異地往格提亞的方向流動。由格提亞敞開的衣服能夠稍微窺知，那刻在心口的魔法陣，開始發出紫色光芒。

「什——」莫維甚至可以感覺到，他的魔力流向格提亞的魔法陣，從格提亞的指尖輸出。

身體裡的魔力，彷彿接受了格提亞的召喚。這是從未有過的，前所未見的。

難以置信。

莫維不禁哈的一聲，笑了。

有些癲狂的。

「火。」隨著格提亞的這句低語，室內立刻迅速地燃燒起來。

「哇啊！」

「嚇！」

薩堤爾等人馬上就要逃命，不料有人已經擋在門前。

「殿下。」歐里亞斯帶領待命在伊斯特的所有遠征隊員抵達。

同時，卡瓦基特以副團長的命令，召集薩堤爾派的騎士團成員，同樣在公爵府集結。這就是當初爲什麼莫維不要卡瓦基特行動，因爲卡瓦基特不能過早暴露，否則，這些薩堤爾派的騎士，會對他產生戒心，先一步逃走。

莫維睇著那火焰，明明正在燒毀屋內的物品，卻又沒有往外蔓延。

不是每種魔法都需要畫魔法陣，唯有大規模的施法才必要。然而，規模的判定，則全依據魔法師的能力。

像是格提亞，當然只要一個字就可放火。

即使在這種身體孱弱的時候，也依然做到如此細緻的控制。莫維注視著在自己懷裡低頭輕喘的格提亞，他探手把格提亞的衣領拉攏，一個使勁將格提亞扛在肩上，隨即走向門口。

歐里亞斯道：

「我馬上叫人來滅火。」

「不必。這個火不會蔓延，燒完這裡後就會消失。」莫維其實毫不在乎。

那這一定是魔法造成的。歐里亞斯馬上理解。

「別讓這個房間裡的人死了，那會太容易。」莫維命令道，並說：「公爵府現在開始由我接管，將所有人控制住，等我命令。」

「我知道了。」

「是！」歐里亞斯領命。

在到此途中他們已經見到茱蒂夫人和傑克森悽慘的血案現場了，歐里亞斯雖是第二次經歷，不過還沒習慣，至於他身後負責押走那兩人的保羅與海頓，則是忍不住在附近吐了。

莫維帶著格提亞，穿過通道，遠離大廳的混亂，一路到樓上安靜無人的房間。他關上門，隔絕外面的一切，將格提亞扔在床上。

「小……小孩……」

來此路上，格提亞始終不停呢喃，在安靜的室內，莫維現在才聽清楚。他也派人跟著米莉安了，不過並非出於擔心，純粹是防止米莉安另外做出什麼事，因爲他不相信她，若是發生額外的情況他才能夠掌握。

莫維盯著面前的格提亞。顯而易見的，格提亞整個人情況都相當異常。

「你被下藥了？」莫維問道。這是最大可能。

藥效正處於完全發揮的階段，格提亞腦子混亂，僅能茫然道：

「糖……糖果……藥。」他眼神濕潤，側躺在柔軟的床鋪上，流露出一股前所未有的勾人姿態。

穿著的絲綢衣服，袖口和領子都有長條帶子，短褲露出白皙大腿，膝蓋以下卻又套著長襪，每處細節都顯露那個宴會的癖好。

特別是頸項上的紅痕，莫維感到無比刺眼。

那些豬玀碰了他。

竟敢。

莫維用拇指抹弄那處痕跡，當然沒有任何作用，因此他執拗地反覆摩擦，最後破皮了。然而此時的格提亞根本感覺不到疼痛。

原因是，他的身體說不出的難耐，僅能半倒在床鋪上，低喘著夾起雙腿。

就當著莫維的面前。如此露骨的動作，他卻毫無羞恥之感，看來是只憑本能，無法思考，已經根本不知道自己在做什麼了。

指尖沾了點血，莫維總算停住動作。他深深地注視著格提亞，啓唇道：

「是『我』派你來保護我的嗎？」

此刻在他面前，是沒有任何防備的格提亞，僅剩下原始的反應，那麼，也會毫無保留地回答。

「什……」格提亞意識朦朧，沒有能夠給出答案。

「看著我。」莫維向前傾身伸出手，捏著他的下巴，要他眼睛聚焦，和自己對視。

「你會出現在我面前，是因爲我命令你的嗎？」他問。

好熱。好想脫掉衣服。

格提亞由於他的觸碰而渾身戰慄，不禁低吟一聲。儘管他陷入藥效神智不清，可是他知道他面前的人是莫維，因此本能地放鬆防備，不再硬撐著，低垂的臉頰貼上莫維手背。

好涼。

莫維一怔。

對他，居然擺出如此毫無戒心且信任的姿態。他瞪視著格提亞，那抹潮紅的熱，經由皮膚，經由吐息，傳遞了過來。

格提亞恍惚地低喘，熱得難受，正當他伸手扯自己衣襟時，腿間突如其來的濕意彷彿當頭棒喝，致使他總算稍微清醒。

於是他重新抓緊了領口，同時撇開臉，爬著往床頭移動，直到緊貼在角落。

「不……不要碰我。」他止不住地喘氣，面容赤紅得像要出血，雙眼比剛才更加迷亂了。「我、我的身體……很奇怪。」他試著鎮定，連聲音都沙啞了。

莫維哪裡願意理會。這個當下的格提亞，一言一語，都不可能再會有所隱瞞了。

他探手抓住格提亞細瘦的腳踝，不讓他躲，同時單膝跪上床，欺近道：

「回答我的問題！是我讓你來救我的？爲什麼？」儘管他的語氣並不嚴厲，卻飽含巨大的逼迫。

就像是他以俯視的態勢，截斷格提亞逃離的可能，那般不留餘地。

格提亞輕輕發抖著，下體的濕意愈來愈明顯。他無力抵抗，僅能舉起雙臂擋住自己的臉。

他很清楚，莫維大概不能算是一個好人。

可是，他希望莫維好好活著，不要那樣殘忍地死去。

因爲對他來說，在他的心裡，莫維，是重要的人。

「不是……是我……是我自己要來的……我不明白你爲什麼……我只是，想要你活下去……唔。」說到後面，他再次神智潰散。

終於聽到答案，莫維的一雙紫眸，在昏暗室內裡閃爍著。他注意到格提亞的褲子有濡濕的痕跡，順手抄起旁邊的被單，丟蓋在格提亞身上。

他已經問出他要的，於是起身就離開。在步出房間前，他側首回望，原本還想脫掉衣服的格提亞，密不透風地裹著被單，像個繭蜷縮在床上。

他跨出這間臥房，將門緊緊關上。

「別讓他出來。無論裡面傳來什麼聲音，不許任何人進去，包括你們。若有人擅闖，直接殺掉。」他狠戾地對負責看管這層樓的兩個遠征隊員下令。

年輕隊員原本在城鎮裡待命，忽然被叫過來，對今晚公爵府裡發生的事情，尚且還在釐清，聽見這樣的命令都感到訝異。不過他們不是第一次跟著莫維了，因此齊道：

「是！」

吩咐過後，莫維走向長廊，手上還殘留著格提亞高熱的體溫。壁上忽明忽暗的燈火，將他眼底裡的陰沉映照得更爲駭人。

這晚，代理領主薩堤爾的罪行，被全數公開。

包括隱瞞公爵之死，以代理領主的身分濫權，收取不合理的高額稅金，勾結與圖利關係良好的商戶，安插自己人在不適任官位，放任欺壓平民百姓作威作福等，政務方面簡直罄竹難書。

最令人髮指的，是樂園之家的兒童販賣姦淫事件。

民眾以爲慈善的育幼院，原來竟是孩童的地獄，所有人都不敢相信。

旁聽的遠征隊，包括歐里亞斯的每一個人，忽然就能夠接受與理解莫維的殘狠手段了。

因爲這些無恥的人渣確實犯下嚴重的死罪。

參與過樂園之家宴會，或者曾經協助過舉辦的，一律處死。

薩堤爾當然也不例外。但是等待他的，是穿刺之刑。

由茱蒂夫人那裡查出的名冊，會先抓獲關進監牢，安排陸續推上斷頭臺。至於今夜被莫維當場逮捕的那幾人，也就是企圖享用格提亞的這場宴會現行犯，其與會人士，皆獲得此特別刑罰。

穿刺，即是將犯人的身體，用一根末端削尖的木棒刺穿。

通常會是從肛門進入，由胸腔穿出，並且施刑後，將串著人體的木棍立於地面，對領地民眾展示。

這是帝國最殘酷刑罰之一，受刑者會遭受極大痛苦及恐怖後逐漸死亡，唯有犯下不可饒恕的罪孽才會被判此極刑。就連專業的處刑人世家，有的終其一生也沒執行過這個酷刑。

「哇啊……啊啊！這不可能……就算你是皇太子……誰！誰快幫我聯絡皇后……不要啊！我不要！」

薩堤爾無法接受這個結果，一開始還態度強硬，從莫維眼裡看見自己絕對不會有赦免希望以後就僅能崩潰大喊企圖討饒。

然而，這些對莫維來說都沒有用。

隔日的午夜十二點，代理領主薩堤爾以及當晚其餘數名男子，在眾目睽睽下，被當場處刑。

儘管這是帝國明文寫在法律裡的刑罰，不過眼睜睜目睹是另一回事。在場心理承載能力較弱的，忍不住轉過頭去，即使是守衛邊防前線的伊斯特騎士團，面對這樣的場景，也是臉色凝重。

唯獨莫維，面帶微笑地觀賞一切。

甚至笑得瞇起眼睛，幾乎讓人看不見那一抹詭異的紫。

刑後，薩堤爾全身赤裸，奄奄一息，在徹底死透之前，軀體連著那長長的木棍，彷彿燒烤的肉串，置於公爵府前方，墜落的血珠滴滴答答地落入塵土，宣告著罪惡的代價。

當格提亞清醒來時，看見的，就是這幅可怕的景象。

他……想起來了。

上一次，伊斯特公爵也是遭到公開處死。

當斷頭臺砍掉公爵的頭以後，就被扔進馬糞桶中，所有路過的人都可以吐一口唾沫，從那些民眾恨之入骨的眼神裡，他知道這人絕不無辜，甚至太過輕鬆地死去。

現在看起來，原來是因爲這樣，那時據說附近有兩間房子被燒毀了，爲了湮滅證據，那一定就是樂園之家，當時莫維沒有告訴他細節，處刑時，他亦無親眼目睹過程。

曾經高高在上的貴族，如今卻猶若遭到宰殺的豬。

然而，這才是格提亞所認識的莫維。

當他覺得一個人該死，他不僅會毫不猶豫地剝奪對方生命，就連人的尊嚴也不會讓對方擁有。

站在窗邊，格提亞披著絲質被單。最後的記憶，是莫維闖進宴會，後面發生的事情，他完全不曉得，什麼也不知道。

腦海裡，好像有非常零碎的印象，卻無論如何想不起來完整的畫面。

忽然間感覺到視線，他順著望過去，結果和樓下廣場裡的莫維四目交會。佇立在所有人前方的他，正抬眼朝向這個房間的窗口。

格提亞一怔，下意識地後退躲避。

回過神來，他也不曉得自己爲何要如此。可能是他僅記得莫維出現，可是之後的情況卻是一片空白，所以他還沒想好要如何應對。

他就站在房間裡，陷入自己的思緒。

片刻，有人來敲門了。

「奉尊貴的皇太子命令，我們前來服侍閣下洗浴更衣。」門外是三名侍從，尊敬禮貌地說道。

格提亞愣住。

看來，莫維是知道他醒了。他低頭看向自己身上的衣服，不僅凌亂，而且也相當不得體。

侍從沒得到回應，便又問道：

「請問，可以進去嗎？」

「啊。」格提亞遲疑了一會兒，側過身將門完全打開。然後才發現，外面還站著遠征隊員在幫他守門。

「我們就先下去了。」那兩名年輕騎士，從侍從那裡已得到可以撤開的命令。守了一天一夜，終於結束任務。

「好。」格提亞僅能說道。每次組成的任務隊伍，隊員是會稍微有變動的，所以他不是每一個都很熟悉，雖然臉是認得的。

那兩人行禮後離開了。

侍格提亞轉過頭，三名侍從動作飛快，已經將衣物毛巾打理好，屏風也架好在澡盆旁，就等著水龍頭將浴盆放滿溫水。

帝國貴族的沐浴，就是一根手指也不用動，只要等著別人服務就好。格提亞在澡盆裝滿水後，向侍從道謝，然後便將他們請了出去。

待房間剩他自己一人，也確定關好了門，他才終於放鬆下來，解開自己衣物。

脫掉上衣的時候還好，不過，自從他清醒，一直感覺褲襠裡有種不大舒服的黏稠感。這使他有點難以接受。

他失去意識多久了？該不會是由於昏迷太深失禁？這樣的念頭在腦子裡轉過，但不是那種味道，顏色也不對。

他在魔塔長大，大部分時間身邊只有阿南刻。在十幾歲的階段，他發現偶爾自己身體會流出這種東西，和一般排泄不同的白稠色，他不曉得是什麼，沒人告訴過他，感覺沒有影響健康，他也就當作是人體的正常現象。

直到後來在書裡讀到相關文字。

應該是那顆糖果，導致他失去自控能力。

他理解了，同時也不願再想下去。

唯一能夠確定的，只有自己並未遭受傷害。因爲他身上沒有留下什麼不堪入目的痕跡，身體也無特別的疼痛。

除了頸間的擦傷。他不記得這是宴會裡造成的，那大概是莫維救他時留下的痕跡。

他想問問那些孩子怎麼了，儘管他相信米莉安殿下的計畫能夠成功，不過他還是想要確認。他得盡快整理好自己的儀容，畢竟，要和皇族交談，他這個樣子是不行的。

認眞地將自己清洗乾淨，然後換上侍從準備的服裝。

才剛弄好，侍者們就又過來了。

只見他們推著餐車魚貫進房，將餐點放置在窗邊的桌子上，有條不紊地擺設完畢，莫維也隨之踏入了房間。

「出去。」他對那些下人道。

侍者們行禮後退出，同時關上房門。

莫維沒有停留地走至落地窗旁的餐桌，然後相當隨意地坐下了。格提亞站在一旁。見到莫維，他想著有事要問：

「地下室的那些小孩……」

「米莉安會處理。」莫維拉開餐巾放置在長腿上，拿起刀叉。不過幾個準備用餐的簡單動作，他做起來既優雅又有氣質。

米莉安將樂園之家救出去的孩子安置好了，看來是眞的不具另外多餘的目的。現階段的伊斯特，已經沒有能夠與她婚配之人，他也知道米莉安將他推上檯面的理由是避免和皇后正面衝突。

「……那就好。」格提亞是信任皇女的。

「你睡了一整天，不餓嗎？」莫維用刀子切開盤中的肉，肉汁和血水一同流了出來。即使親見那種殘酷至極的刑罰，對莫維一點影響也沒有。格提亞其實不感到意外。他拉開椅子坐在莫維的對面。

「謝謝，你救了我。」他認眞說道。整理好心情後，他最想對莫維講的就是這句話。

「那不是我本來的目的。不過，托你的福。我在這段時間做了很多事，所以我餓了。」莫維一笑道，滿是嘲諷，然後用銀叉扠起肉塊，放進口裡。

不知是否錯覺，格提亞覺得語氣裡有種爲了找到他，費很多力氣的意思。應該是他想太多了，他不認爲莫維會積極地尋找自己。

「雖然我不知道發生什麼，不過，記得是你打開的門。」這是格提亞腦海裡最後的畫面。

莫維的動作停頓了一下。

「你不知道發生什麼？」將口中的食物咀嚼吞下，他抬起臉，微微地笑著問道。

格提亞總是不禁想到那濕掉的褲子。

「我什麼都不記得了。」或許那段記憶消失比較好。他這麼想著，桌面下握成拳頭的雙手有點出汗了。

「嗯……」莫維垂眸，繼續食用著面前的餐點。

他沒有再說話，格提亞也就讓這件事過去了。小孩平安，他也醒來了，雖然等待善後的事情肯定好多，不過目前，果然是得先吃飽肚子，不然沒有力氣。

就算選擇的食物不合時宜，莫維仍是正確的。

格提亞也厭倦自己總是體力不支了。都是因爲過去太依賴魔法的關係，原來沒有了魔法，他是一個這麼弱的人。

這樣的認知，他不得不接受。

就算打從出生起，所有人都說他是最強大的存在。那也已經過去了。

格提亞拿起竹籃裡的麵包，一口咬下，認眞地吃著。

「……你把伊斯特公爵處決了，麻煩會接踵而來。」皇帝和皇后，都不會放過這個機會。他相信莫維自己也清楚。

即使莫維身爲皇太子有裁決權，犯人也是現行遭到逮捕，這裡是皇后勢力的地盤，那一定會跟皇宮發生衝突。

莫維毫不在意。甚至也懶得解釋那不是眞正的伊斯特公爵，現在，整個情況變得複雜多了。

「我以爲你要說我用的手段太過血腥。」

「不。他是罪有應得。我也瞭解你的確會這麼做。」格提亞說道。

莫維瞇起眼睛，哼一聲笑道：

「有多瞭解？像是見過我這麼做那樣瞭解？」

格提亞又是愣住。不知道該怎麼回答，他只道：

「如果可以，我也會處決他。」雖然他會選擇其它方式就是了。

莫維食畢盤中肉排，將刀叉放下，用餐巾擦了擦嘴。

「我們的大魔法師，原來和外表不同，不是個心慈手軟之人。」

即使他如此明顯地譏刺，格提亞不介懷。他雙眼直視莫維，道：

「我不是。自有紀錄以來，魔法師就背負著責任，不僅是我，魔塔裡的魔法師，也沒有面對惡徒會手軟之人。」

莫維睇著他一會兒，隨後淡淡地道：

「這就是皇帝忌諱你們的原因之一吧。」

這還是莫維第一次提起這個話題，格提亞覺得有點訝異。他低著眼眸，思考了一下後應道：

「你說得對。」

好奇妙，他居然和莫維這麼平靜地談論這些。

這在以前，是從沒有發生過的。

伊斯特再度被莫維搞得天翻地覆。記憶裡的往事又一次重現，或許眼下這稍微不同的變化，能帶給自己一些安心與希望。

其實，和上一次，有個更不一樣的地方。

那就是時間提早了。

順序也不同。莫維結束佛瑞森的任務，應該是會回去首都，然後在二十歲後半，自己則接受皇帝命令由學院前往皇太子宮。接著，莫維偶爾仍會被派去清理巢穴，那時莫維也沒有每次帶著他，直到皇帝以莫維數次任務造成事故爲由，將莫維由首都驅離到伊斯特，從那時開始，他才算眞正意義上跟在莫維身旁。

現在，和以前相比，有些事情提早發生了數年。

一再地重演過去，令他不安；這麼大的變動，也使他忐忑。

餐桌上，格提亞沉默不語。莫維支著下巴，睇住他半晌，突然間就朝他的頸項伸出了手。

「……痛。」這是掐了他一下？格提亞回過神，按住自己頸側，露出一臉不解的表情。

那些被豬玀碰過的痕跡，這樣一弄，因為皮膚發紅給掩蓋過去了，但是依舊非常礙眼。莫維啓唇道：

「你喜歡用火的魔法？」

「……什麼？」格提亞不僅對他的行為，也對這個突兀的提問一頭霧水。

莫維往後靠向椅背，慢條斯理地道：

「你用火焰，燒了宴會廳。而且是藉由我的魔力。」他的表情不能再更和善地說：「這就是你不記得的事。」

格提亞睜大雙眼，片刻，才總算能道：

「我……用了你的魔力？」這是怎麼回事？他又是如何辦到的？

一個人身體裡的魔力，在一般情況下，是不可能供給別人使用的。就算同是艾爾弗一族也不行。

除非像是艾爾弗的幸運符那樣，將能量儲存在物品中。

但是目前尚未能夠完全掌握魔法的莫維，當然無法構成那樣的條件。

莫維注視著他，沉聲問：

「刻有名字的魔法陣，到底有什麼作用？」

格提亞抬起頭。他曉得，這個疑問，莫維遲早會問的，不過他難以解釋胸前的魔法陣從何而來。

「那是，端看署名的人將什麼魔法附加在上面。」他可以給出的僅有這一個答案。他沒有說謊。

莫維聞言，低笑了一下。

「那麼，你胸前的，有著我名字的魔法陣，具備什麼魔法？」

格提亞眼也不眨了。因爲他聽懂了莫維的意思。

不會的，爲什麼？

「你是說，我是透過這個魔法陣，用了你的魔力？」他不覺抬起手，撫上自己心臟的位置。

那個時候，他僅是想要離開皇宮，所以答應莫維在胸前刻下這個，儘管圖形與文字都異常繁複難辨，他以爲只是用來監視他的而已。雖然之後，他察覺到自己有時候好像也能透過此陣感應到莫維，反正他本來就不能違抗，所以就算探究又有什麼意義？

接著發生太多事情，他也沒有餘裕。

他根本就不曉得有什麼作用。是他昏沉之際，不自覺地試圖像以前那樣使用魔法，在危急時刻強烈的念想，致使啓動了魔法陣？

他陷入思緒而不明所以的表情，莫維都看在眼裡。

「所以我，刻下我的名字，賦予魔法陣什麼能力？」他問著格提亞。

「……我不知道。」格提亞誠實回答。這是莫維用學得的魔法知識創造出來獨一無二的魔法陣，還設計得特別複雜，彷彿不想讓人看透，他不是莫維，不會曉得莫維當時怎麼想的。「……你刻下的。」忽然，他重複一次，總算會意過來。

莫維一笑。

「當然是我刻下的。那是我的名字，不是嗎？」

唯有本人，才能做到。格提亞也非常清楚。

如果莫維接受這個事實，他還是不明白莫維到底是怎麼想的。

「……是的。」格提亞沒有閃躲莫維的目光。不論如何，他只能誠實。「不管你信或者不信，我想要幫你。」他說。

莫維又是凝視著他。這次安靜好長一段時間。格提亞並不畏怯，從頭到尾都是直接面對的態度。

莫維長指輕輕敲著椅子扶手。

「你知道你掉進溪裡時，我在想什麼嗎？」

又轉變話題了。格提亞微頓，雖然疑惑這個突如其來的問題，依舊低頭思考了一下，啓唇回答道：

「不。我不知道。」他以爲這件事，對莫維而言，沒有提的價值。就是自己身爲下屬負起責任護衛他罷了，這在皇室看來絕不稀奇。

「你明明是老師，怎麼什麼都不知道？」莫維撇唇笑了。

就算是在學院時，格提亞也沒有莫維曾把他當成老師對待的印象。所以他眞的有點意外，正經地道：

「原來你有當我是老師。」這足夠使他驚訝了。

「哈哈！」莫維聞言，笑出了聲音。

他就是，笑得露出單邊的梨渦，彎起紫色的眼眸。

看上去超生氣的樣子。格提亞相當清楚，莫維的笑大部分時候，其實根本不是眞的在笑，只是他不懂這段對話哪裡惹怒莫維。

「……胸前的魔法陣，我是眞的不瞭解。」也許，是這個部分令莫維不高興。那時候，莫維才放他離開皇宮沒多久，隨後就發生政變，他根本沒有時間研究。「我答應你，我一定會想辦法弄清楚。」格提亞凝視著他說道。

自己的魔力居然可以掌控在他人手裡，以莫維的性格，當然不可能接受。目前所有關於魔法的知識，都只能來自於他與魔塔，這更增加他的嫌疑。莫維本來就不相信他，他不能讓莫維更加懷疑他了。

莫維聞言，收起笑容望住他。

「你總是……像認識我很久一樣。」他緩慢地道，彷彿隨口說著，用一種看不出什麼心思的表情。

格提亞又是安靜了幾秒鐘。

「我的確是認識你很久了。」

他說。

兩人四目相對，變得沉默了。誰也不移開視線，猶如在拉扯一般。

然後，莫維道：

「你對我不用敬稱，也是認識很久的習慣嗎？」

格提亞一怔。

「啊。」他是曾經用過敬稱的。

面對尊貴的皇太子殿下，他必須拿出該有的禮儀。可是他並非貴族，從小生活在魔塔，這種禮節對他來說，不像貴族那般幾乎是刻在血肉裡的反射動作，於是不知不覺的，他忘了。

什麼時候開始，他用和一般人講話的方式對待莫維，根本也沒有印象了。只是偶爾，他會意識到這個錯誤，不過莫維從未糾正過他，因為這樣的縱容，漸漸地，就變成了一種習慣。

當時，他覺得莫維能夠容忍，是由於莫維需要他。

直到莫維坐上帝位，他的價值已微乎其微，莫維依然沒有殺掉他。

甚至應他所願的，放他離開。

此時此刻，自己就坐在莫維的對面。

格提亞凝視著眼前熟悉又陌生的俊美臉孔。

然而，面對現在的這個莫維，明知他尚未經歷過那一切，卻好想告訴他，不要再做出那個選擇。但是，自己到底該怎麼說？

就在這個時候，忽然有人來到房間外面。

「啓稟皇太子殿下，皇帝陛下命令您即刻趕回首都。」

是皇宮的傳令使者。

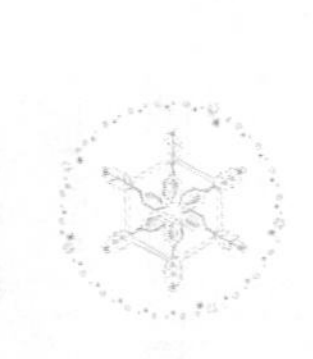

從伊斯特領地回到首都，慢則九日，快則五到七天。

端看趕路時能夠幾個晚上不睡。

莫維帶領的遠征隊大約是在第十三日傍晚抵達的。

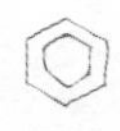

甚至，他在接到傳令使的命令後，還悠哉地在伊斯特停留休息。隊員們僅單純感覺整備時間充裕，路程閒適逍遙，比以往都還要慢上許多。

格提亞當然明白莫維是故意的，儘管在伊斯特造成如此大的風波，那速回令沒有帶給莫維任何壓力。

莫維一路上心情都相當好，像是想要親眼見識皇帝的表情那般愉悅。

在把皇后後盾的伊斯特公爵處死之後，他多半就興奮等待著。

即使慢上多日抵達，不過當他們抵達首都時，卻又被告知要等明天一早才能入宮面帝。這是皇帝給的下馬威，用意在表明即使你再囂張，終究還是得聽皇帝的話。

還好莫維對這種小手段不大在意，這在他眼裡，就是屬於軟弱無力的一種回擊。

於是，遠征隊就地解散。

完成佛瑞森的任務，在伊斯特也幫忙處理不法情事，等待著這些年輕騎士的，不是同等規模的讚揚及賞賜，而是很可能遭受連坐處罰的結果。

就算年紀輕不夠世故，就算遲鈍，到這個階段，也該發現到，皇帝有意針對皇太子。

原本跟著皇太子，是想要出人頭地的，原來卻是站錯位置。除去比較聰敏早就察覺的那幾位，接下來還會有多少人願意繼續跟隨莫維？

格提亞跟在莫維身後，回到皇太子宮。

「尊貴的主人，歡迎回家。」即使已經很晚了，管家沙克斯依然筆挺地在門口迎接他的主人。「格提亞閣下，也歡迎您回來。」他道。

雖然這不是他真正的住所，不過，是個懷念的地方。以前是，現在也是。

「我回來了。」格提亞對他道。

沙克斯露出微笑，眼睛兩旁的皺紋深深彎起。

格提亞眞的太累了。他是魔法師，所以從未鍛鍊過身體，體力本來就很普通，加上體型的弱勢，還比一般人再差點。失去魔力後，好像更加明顯了，可能是源自於體內原有的能量消失了的關係。

這晚，他好幾次在浴缸裡睡著，因為身旁沒人服侍，是稍微吃了水才醒過來。迷迷糊糊地穿好衣服，眞的好想馬上倒進床鋪裡大睡一場，不過，他偏過頭望著一牆之隔的莫維房間。

他能夠推論明天皇帝會下達什麼命令，或許應該要先告訴莫維？

這麼想著，有人敲了門。

格提亞起身開啓房門，就見頭髮濕漉漉的莫維站在廊上。

「我要進去。」莫維穿著寬鬆的乾淨上衣，前襟繫繩隨意開著，露出結實胸膛，一手抬起靠著門框，居高臨下地睇著他。

不知不覺，莫維已經高出他這麼多了。格提亞看著他，那種和以前重疊的樣子，令他有些發怔了。

莫維見他動也不動，只是看著自己的臉，遂一手按住他的肩膀推開，逕自踏入房間，道：

「把門關上。」

格提亞這才回神過來，他將門關妥，結果莫維只是站在他身後，也就是在門口附近，並未在房間內坐下，應是不打算久留。

「明天，我要怎麼做？」莫維垂著眼睛，啓唇問道。

在安靜的夜裡，他的嗓音有一種低沉的清澈。

就在前一刻，自己本來也想去找莫維的，他們在想一樣的事。儘管如此，莫維的眼神，讓格提亞有種被審視的感覺。

「做你想做的就好。」這是眞心的建議。

畢竟，莫維又不是那種會乖乖聽話的人。如果不合他意，他絕對還是我行我素，那麼告訴他怎麼做其實一點意義都沒有，他自己一定也很清楚這件事。

所以，還特地過來提出問題，果然是在試探。

莫維瞇起眼眸。目前爲止，格提亞願意說出來的都完全準確。

他雖然不擔心明日與皇帝的見面，不過，就是想從格提亞這邊得到回應，或許，他是想再次地驗證格提亞曉得多少。

他並非真的想知道答案，因爲不管怎樣他都可以讓皇帝不舒服。

只是關於格提亞，他要一再地確認。

莫維睇著他。視線從格提亞那雙漆黑的眼瞳，沿著臉部輪廓往下到清瘦明顯的鎖骨，被掩蓋在衣襟底下的，是那個魔法陣。

「爲什麼？」他出聲，像在自問。

「咦？」沒頭沒腦的，格提亞一臉疑惑。

莫維未回答他，僅是沉默地注視著他，很久很久。

自己到底要如何對待面前這個人？有生以來，從沒如此搖擺不定過。

格提亞總是令他煩躁。

「算了。」莫維忽然間伸手越過他，打開了門。

格提亞見他一下子不講話，就要走出去，道：

「明天我也會去皇宮，不會有事的。」

這是給予保證，還是給予保護？莫維看了他一眼，在反手關門前，一句話也不再說。

翌日。

莫維一大早就進宮，格提亞的馬車就跟在他的後面。

不過，被請進議事堂的，僅有他一人。

莫維佇立在紅廳中央，兩旁是帝國貴族大臣，前方坐在殿上的，就是皇帝克洛諾斯，以及難得出席的皇后拉托娜。她似乎氣極了，狠狠瞪視莫維，緊握著后位扶手，她彎曲的十指隱約地發抖著。

莫維根本沒有看她一眼。他只是注視著皇帝。

這個，生理上的親生父親，比起上一次見到，看起來似乎又年輕了一點。

莫維進到這個地方，既沒行禮，也沒開口講話，就僅是挺拔隨興地站著。

「偉大又尊貴的皇帝陛下，皇太子在伊斯特領地做出如此衝動之事，教眾人譁然，還請陛下定奪。」右邊一個侯爵率先出聲，雖然不敢提莫維無禮，不過反正大家也都知道皇太子什麼德行，直接進入重點比較快。

「是啊！」有人立刻附和。

皇后拉托娜一拍后椅扶手，噙著淚怒道：

「你……你竟敢用那麼殘忍的方式……再怎麼說，那也是公爵家族！」

她一出聲，左右兩邊的貴族彷彿得到靠山，登時此起彼落地指責。

「眞的，太過分了！」

「那個刑罰，建國以來，就沒執行過幾次，更別提近一百年甚至都沒人記得了，進步的時代根本不應該如此，實在是無比血腥。」

「伊斯特公爵眞的這麼罪無可逭嗎？若是他表現出悔意，難道不應該給他機會？」

屎。

莫維安靜地聽著他們七嘴八舌的臺詞，雖然語調還算生動，不過演技眞的像是狗屎。

他相當清楚，這些人的腦袋在想些什麼。貴族一方面是想討好皇后，幫皇后達成目的，當然也有皇后陣營的暗樁在煽動輿論；可另外一方面，倘若貴爲公爵都會遭此處刑，那麼他們可以說是人人自危，當然要爲了保護自己未來不會有此下場而發聲。

「說完了沒？」在雜音發揮告一個段落後，莫維微微一笑問道。

「什……」

包括皇后，在場人士對他的傲慢都是一陣錯愕。

雖然他們一直都曉得他是這樣，不過，做出那樣的事情，站在這裡，接受這麼多人的責難，他居然仍舊不當作一回事。

莫維慢條斯理地從懷中拿出一份文件舉高。

「這是伊斯特領地資深官員阿爾傑．戴維斯署名的正式官方報告。」穿刺之刑執行後第三日，愛德華的父親趕回領地了，以最快的速度釐清來龍去脈，徹夜調查做出處罰，同時親筆寫下這份文件。

裡面記載了伊斯特發生的事件，從起因到結果，從輪廓到細節，全都清清楚楚。能夠在這麼短的時間瞭解透澈，那是因爲阿爾傑由於大兒子查思泰入獄之事，暗中在跟進，所以他自己手上也掌握一部分事實，只是妻子的問題使他分身乏術，再者，他一名子爵，如果沒有百分百的把握，也難對公爵府提出質疑。

他的努力終究沒有白費，這幫助他能夠迅速明白所有狀況。

在梳理事件過後，他立刻收尾。那晚被卡瓦基特叫來後遭控制在公爵府裡的走後門騎士，每個都必須接受程度不等的處置。輕則剝奪家產趕出領地，重則承受鞭刑或其它身體刑，最後同樣也是沒收財產逐出伊斯特。

同時，無正當理由遭受牢獄之災的騎士當即釋放。

至於那個隊長迪克，傷口感染不願截肢，早就病重，看來已活不了多久。

騎士團還需重新整頓，不過到此暫且告一段落。

這些，全都寫在文件裡面。

「這……」眾人在傳閱過後，面面相覷。

「你，覺得做出這些無恥犯行的渣滓，只要有悔意，就可以饒恕？」莫維問向剛才發言要給機會的貴族。極其愉快地邀請道：「或者，你來朗讀犯罪的內容細節，就在這裡各位重新評判？」

「呃我、我……」對方結結巴巴，說不出話。若是把姦淫殘殺兒童這等下賤醜事大聲唸出來，誰都抬不起頭，對皇后而言更是絕對的恥辱。

莫維微側過臉，看向另一人，露出單邊梨渦笑道：

「還有你，我是以帝國法律來處置的，你是在指責，帝國法律裡有那麼血腥的刑罰？」

「那個……」在皇帝陛下面前質疑帝國法律，這是多麼大逆不道之事。

莫維的笑容不能再更迷人，抬起眼看向殿上。

「所以，我做錯什麼了？」

相較於克洛諾斯的面無表情，拉托娜則是因憤怒而滿臉通紅。

娘家親戚犯下如此不容於世的可憎罪行，她毫無顏面，即使他們當場被架上斷頭臺，她不應該也不會求情。然而為什麼，卻是莫維這個她視為障礙的皇太子揭發，甚至以極刑處理，讓本就丟光臉的她，於此惱羞成怒到極點。

她不能容忍！這個孩子在她的面前，驕傲至極且無禮。

本來北方佛瑞森伯爵，已經呈上皇太子拯救土地的報告，他不應該就那樣成功的！因為她所得到的消息是北方土地不可能恢復了，沒想到，那只會破壞的魔力，居然也能守護。

原以為莫維會立即返回首都邀功，沒想到卻無預警地繞去東部，甚至做出那些事情！誰都曉得伊斯特跟皇后家族有關，如今出現這等醜聞，這樣下去，莫維的名聲會愈來愈提高，她的兒子科托斯則離帝位更加遙遠了。

人類就該有人類的樣子，可此時站立在此的，根本是一個怪物！

儘管拉托娜氣得五官扭曲，但是就算她貴為皇后，一個女人的地位，是不可能對皇太子做出處罰的。

「陛下！」於是，她轉過頭，向她的丈夫，也就是一國之帝尋求幫助。

即便莫維是克洛諾斯親生的孩子，那她也是克洛諾斯的愛妻，是枕邊人。拉托娜認為自己還是有話語權的。

而且莫維，一直是個令人不高興，不舒服的孩子。

既奇怪，又不祥。

就見克洛諾斯垂著雙眼，看向莫維。

莫維沉默地回視。在這個帝國裡，唯一能夠在高處往下看他的，只有皇帝。

克洛諾斯總算出聲道：

「我聽說，伊斯特騎士團因此瓦解了。」他的嗓音有點古怪，說不上來的，總之就是和過去不大一樣。「東部領地和鄰國接壤，是重要的防衛基地，如今失去最重要的屏障，你打算怎麼辦？」他質問。

莫維對這刁難，僅是露出相當輕鬆的笑容。

「這個問題的意思是，由我來決定嗎？」

「你明知不是如此。」克洛諾斯的語調明顯冷怒，臉上表情卻無比僵硬，彷彿抹了層黏土那般不自然。

莫維就是，繼續笑了一下。

「那是什麼意思？」

「你！」克洛諾斯對他的不敬忍耐到極限，打從他一進來就沒有行禮，到現在這個態度。他必須樹立威嚴！然而，宛如突然感覺到什麼，他抬起左手按住了口唇。

那不像是一般的遮蓋，或者掩飾情緒，僅只是單純地壓著皮膚。

克洛諾斯倏地就變了臉色。

「陛下？」離他最近的拉托娜首先感到不對勁。

克洛諾斯明顯呼吸幾次，急促地調整氣息，旋即道：

「既然東部邊界有所缺乏，那麼始作俑者的你，就去那邊守衛國土。你應該能夠輕易辦到吧？」說話的時候，他的手不曾放下，就是按著臉頰兩側。

「這、陛下！」拉托娜顯然對如此決定不滿意，認為處置太過輕微。

即使這是一個沒壓期限的命令。也就是說，皇帝不讓他回來，他就只能待在邊疆。

可是這對皇后來說不具意義，一旦皇帝老死，那麼莫維自然就得歸來登帝。她要的，不是這麼簡單的東西。

克洛諾斯彷彿是在趕著什麼似的，道：

「就這樣了，到此為止。」

他起身，顫巍巍地行至殿後。

那裡有聖神教的祭司攙扶。莫維冷淡地注視著這一切。

這一連串言行有些突兀，讓留在議事廳堂裡的貴族與官員不知所措。

皇后拉托娜再不高興，也僅能就這樣結束。她憤恨地瞪了莫維一眼，很快地跟了過去。

「等等我，陛下！」

殿上的帝后座位空了。一時間，整個紅廳的氣氛教人快要窒息。

這難受的感覺不包括莫維就是了，因為是他造成此等場面的。

他也沒浪費時間，直接轉過身就準備離開，只是走到一半忽然又停住腳步。

「今天，我非常盡興。」他露出單邊梨渦，笑著對眾人說道。

這不過是剛開始而已。他會在皇室和貴族高枕無憂，自以為美滿的時候，狠狠摧毀這一切。

所有人都偏過頭，生怕被他記住長相。最後窩囊地聽著他俐落的腳步聲，祈禱他盡快離去。

莫維步出議事廳，在長廊上，經過接待室。

格提亞坐在裡面。穿著正式服裝，佩戴著象徵大魔法師的胸針，安靜地等待皇帝接見。

莫維瞥視越過，沒有停留地走離。

回到皇太子宮，已經傍晚了。

他用過餐，沐浴結束，來到書房。要去伊斯特，那有些事情得要安排。

坐在桌案前，再抬起眼來時，窗外已是漆黑一片。

時鐘的指針顯示將近午夜。於是他放下筆，離開書房準備回去寢室，然而，格提亞還未回來。

莫維因此沒有進去自己的臥室，而是在經過格提亞房前確認過這件事，下樓走出建築，去到庭園裡的溫室。

他坐在西側，一個可以看清楚大門口的地方。

午夜過去沒多久，一輛馬車打破寂靜，停在皇太子宮前。瘦削的身影從車上下來，在進門後，小跑步了起來。

莫維收回視線，看向頂端的光球。

片刻，溫室裡有其他人進來了。

是格提亞。

他呼吸有點喘，慢慢地走過去，站在莫維前面道：

「我回來了。」

莫維轉動眼眸，睇著他。

「你爲什麼知道我會在這裡？」

稍微這樣跑一下，格提亞的臉頰就明顯泛紅。他道：

「我看到的。」剛剛經過時，下意識望了一眼。莫維會來觀察這個光球，在這裡很正常。

莫維一副冷淡的表情。

「所以，你找我做什麼？」他問。

「今天我沒見到皇帝陛下，雖然等了很久，最後他並未接見我。」他在接待室裡，侍從時不時地進來關心，也送上茶水點心，所以不是遭到冷落，有種雖然想讓他面見，到最後還是沒有辦法，不得以才讓他離開的感覺。「……我想說的就是這些。」他道。

莫維聞言，依舊有點冷漠地道：

「爲什麼？」

「咦？」

「爲什麼要和我說？」莫維就是看著他。

格提亞道：

「因爲你會在意。」上一次坦白自己和皇帝有關，他就生氣了。那還是在他已經猜到的情況下。

莫維沒有說話。隨即，低首笑出聲音。

「哈！」

雖然疑惑有什麼好笑的，不過格提亞一直都是認眞的。認爲自己已經報備過，應該就不會有事。

「你果然要去伊斯特？」他問。聽到離開紅廳的大臣們說的。

在上一次，莫維也被貶至東部。理由是數次任務造成重大傷亡，因此被皇帝送往伊斯特雪藏。儘管理由變化了，卻又重新得到相同的走向。

「怎麼？」莫維抬起眼眸。

「我會和你去，我的行李很簡單就能整理好。」格提亞道。他也沒有什麼太多的東西。「希望你能信任我。」他會反覆重複地讓莫維確認。

以前，他沒有能夠做到，那也是因爲他沒嘗試過，這次他會在自己所及程度內盡量做到最好，這樣或許就能稍微進步一點。

聽到他那麼說，莫維注視著他。當然，他被皇帝下令發配邊疆的消息，當時在皇宮的格提亞，是非常容易得知的，準備行李，也可能僅是隨口說的。

可是，格提亞一定是早已曉得了。

從在學院朝自己飛奔而來，之後發生的所有事情，全都是由於格提亞早就知道了。

就像已經歷過一次了那樣。

莫維一雙紫眸直望著他。

四周變得無聲，夜晚，總有種寧謐的氣氛。雖然格提亞更習慣獨處與安靜，但是一直被看著沒有交談，則令人有點困惑。

很晚了。早已超過就寢時間，於是他後移一步，想著差不多要回房了。

正當他準備開口提議時，莫維忽然傾身一把抓住他的手臂。

「魔法陣，你不是說要想辦法弄清楚？」莫維動作強硬。

格提亞聞言，好半晌沒能反應過來。

「……現在？」他沒想到莫維這麼急，不過又好像是合理的。不管怎麼說，這對莫維而言都是切身之事。

「現在怎麼了？」莫維反問。

「沒有。」格提亞搖頭。其實，自己也好奇，從莫維說那個魔法陣能借用他的魔力。所以即使夜深，還是打起精神。「你想要怎麼做？」首先得知道這點。

「難道不是你來告訴我？」莫維仍是抓著他的手說。

這個魔法陣刻的是莫維的名字，當然唯有莫維本人才是最瞭解。只是，現在這個尚未無法掌握魔力的莫維應該是沒辦法的。

不過，上次魔力轉移時，眼前的莫維是親身經歷者，會有幫助。

「我不記得當時的事，所以還是你來。不論你想怎麼試。我會配合你。」而且，格提亞不認爲莫維會把主導權遞給別人。

莫維終於站起身。如今，他的體態，對於格提亞來說，已經開始具有明顯的壓迫感了。反之在莫維的眼裡，格提亞現在，光是膀臂，也像是隨便一折就會脆弱地斷掉。

他瞇起眼睛，笑了。

「那麼，首先必須這麼做。」他先是放開格提亞，跟著抬起手，抓住格提亞的衣領，然後往旁邊用力地一扯！

就聽啪啪幾道聲響，格提亞上衣縫線因爲這力道被扯壞斷裂，釦子也同時噴飛。那白皙單薄的胸膛，登時露出來一大半。

有那麼幾秒鐘，格提亞說不出話，也無法做出任何動作。他就是，感到錯愕。不過也很快地理解。閉了閉眼，他道：

「的確，這樣才看得清楚魔法陣。」直接跟他講，他會解開釦子，不需要這樣。

莫維笑得像在惡作劇。下一瞬間，他收起笑容，眼神變得極爲專注。

「你試著使用魔法。」他對格提亞說道：「用我身上的魔力。」

格提亞點頭。後退讓出空間，凝神驅動魔力，施展魔法。

就像一直以來做的那樣。

然而，無風的溫室裡，僅有他們身旁的花草，稍微動了一下。

莫維擺出相當無語的表情。

「……我再試一次。」格提亞是眞的不會。所有的魔法師，都是用自己的魔力，那就像是血肉的一部分。所以，他也只會用自己的魔力。「那個時候，我是怎麼做的？」又一次失敗後，他抬頭問莫維。

那是他想知道的事。莫維睇著格提亞，並不感覺格提亞在說謊，現在就連懷疑都有點懶了。自己是開始相信格提亞了？

不，沒那麼容易。莫維在心裡否認，馬上找出一個理由，那就是自己稍微能夠掌控力量了，格提亞對他來說，逐漸地不具威脅。

就算格提亞能夠動用他的魔力也一樣。當時應該是一種本能，格提亞在那一刻，眞心想除掉那些豬玀。

思及那個情景，在他眼前的格提亞，衣衫不整的模樣和當時重疊了。儘管當他衝進去宴會時，格提亞露出的皮膚甚至還比現在更少，莫維就是突然感覺一陣強烈的莫名不悅。

就算那些東西，已經一塊塊爛掉在公爵府前了。

格提亞忽然感覺到他的眼神變了，隱隱有種狂躁之感。正欲開口講話，就聽莫維道：

「我認爲，你需要的是強烈的念想。」語畢，莫維從腰間抽出隨身小刀。

「什——」格提亞睜大眼睛。

只見莫維毫不猶豫地抬起手，將刀刃刺往自己心臟的位置。

這極短的一瞬，格提亞意識到，自己無法像在溪谷那樣衝過去伸出手阻止，他毫無辦法，因爲這個距離，他站的位置，無論如何也來不及。

莫維的死亡，他親眼見到的血腥頭顱，在他懷裡的氣味和重量都還是那麼鮮明。格提亞的腦子，在這個刹那間，一片空白。

他僅知道一件事。

那就是不可以。

不會再讓這種事情再發生了。

絕對不行。

就聽得「鏘」的一個尖銳聲響，莫維的短刀從手中飛掉，用力撞在溫室的玻璃上，留下一道裂痕。

莫維毫髮無傷，垂眼凝視著站在自己面前的格提亞。

難以抹滅的記憶，給格提亞帶來應激反應，他垂首喘著氣，不覺按住胸口，也是這個時候，他見到自己身上的魔法陣正在旋轉，同時微微地發光。

現在的他是清醒的。他能夠感覺到，自己剛才確實施展魔法，而且使用的不是自己的魔力。

體內殘留的能量他十分熟悉。是莫維的。

「成功了。」

聽見莫維這麼說，格提亞抬起臉來。看見莫維臉上愉悅的笑意。

他頓時理解了。莫維是用這種方式，逼出他的反應。可是，莫維是眞的刺向自己的胸口，絲毫沒有遲疑，倘若他失敗，莫維肯定會受到極大傷害。

莫維認爲他會成功。

不對，是讓他一定得做到。格提亞渾身都是冷汗。

「你……」

果然，是「救他」。莫維再一次確認了。

「我不是問過你，當你掉進溪裡時，我在想什麼？」他朝著格提亞的方向前傾，聲音溫柔地道：「我在想，我居然完全不會用來保護的魔法。你要幫我，就教我能夠保護自己的魔法。老師。」

他說，笑彎著美麗的眼眸。

隔日一大早，皇帝親自批下的命令就送到了。

鑑於邊界防衛的重要性，皇太子莫維必須即刻啓程出發前往伊斯特。

縱然他得離開首都。就讓皇帝得意，之後再摔個粉身碎骨，那更令人愉快。

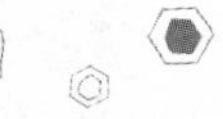

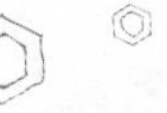

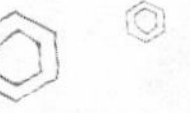

管家沙克斯在此之前一無所知，因此感到相當震驚，不過也是以最快速度整備一切。他深知莫維不喜歡囉唆，僅攜帶了最必要的行李。

並且，他自請要求帶著他去。府邸裡所有的僕人都可以待著，維持皇太子宮的運作，唯獨他，一定得跟去。

莫維沒有反對。正確地說，他什麼都無所謂。

就讓皇帝得意，之後再摔個粉身碎骨，那更令人愉快。

比起能夠簡單處理的皇太子宮，遠征隊這裡反倒比較複雜。

重新集結起來的隊伍，失去以往的傲氣。

因爲他們都沒辦法再跟隨莫維了。即使是歐里亞斯也一樣。

貴族的家族，就是一個包袱。當你成爲其中的一員，就得背負那個姓氏所帶來的重量。

沃克家總是中立的。以前是如此，現在也不會改變。

歐里亞斯自願隨著皇太子進行多次任務，已經是違背家族的立場，就算那可以當作是爲國家盡力睜一隻眼閉一隻眼帶過，現在皇太子明顯就是被皇帝貶去邊疆，歐里亞斯不能再以左右手的身分一同前往。

倘若他那麼做，就是在宣告，沃克家族已歸皇太子這一派系。

沃克家族僅忠誠於國家。

「我……覺得很羞愧。」列隊站在莫維面前，歐里亞斯沉重地說道。

因爲他身不由己，必須遵從家族的命令。他現在等同，拋棄曾經共同出征的長官。他身後的海頓，保羅以及迪森，幾乎每個人都低著頭。

「你只是要說這個嗎？」莫維騎在馬上，沒有特別的情緒，或者說，他是相當輕鬆的狀態。「說完了就讓開，我要走了。」他道。

歐里亞斯一愣，隨即露出苦笑。

和莫維相處的這些日子，讓他們多少瞭解這位尊貴的皇太子。其實每個人都知道，對皇太子來說，遠征隊裡的隊員，並不是什麼特殊的存在，也從未被看做自己人。

大家都是想要追隨那個比誰都強大的背影，就算他根本不回頭。與他並肩作戰就能夠提升自己，今天在這裡站著，也僅是由於他們太弱了。

弱到無法再前進，必須止步於此。

只有具備足夠力量的人，才可以繼續跟著皇太子前行。

不，或許他在伊斯特對命令遲疑的那一次，就已經失去資格了。歐里亞斯看向格提亞，道：

「保重了，格提亞老師。」

最初倒轉時光的時候，格提亞感覺自己是非常孤獨的。以前，他鮮少和別人交流，直到留在莫維身邊，他所聞所見所知的，都唯有莫維一人；然而重新再次經歷，那個他認識很久的莫維，只剩下陌生的眼神與態度，徒留他獨自面對現實。

現在，除了莫維，還有遠征隊的這些孩子，以及其他許許多多曾經與他產生緣分之人。

格提亞用那慣常的平靜嗓音，對隊員道：

「以後，還是會見面的。」所以，抬起頭來。

挺直著背脊，他們每一個人，這次都活著，也成長了，如此就已足夠。

站在後面的海頓，保羅和迪森，有些忍不住情緒，鼻頭都紅了。

歐里亞斯領著隊伍，朝旁邊退開一大步，朗聲道：

「立正！」隊員們整齊劃一，做出相同的動作。「敬禮！」他喊著，所有人將左手橫在胸前。

莫維一扯轠繩，越過隊伍面前，身上的披風飄揚。格提亞，則也騎著馬，跟在他的後面。

在遠征隊的目送下，他們啓程前往伊斯特。

從首都出發的這條路，對莫維或者格提亞來說都已經熟悉了。如果只是騎馬的話，最慢九天就可以到，不過這次他們還有一輛馬車，上面是沙克斯和兩位侍者以及行李，其實沙克斯整理的東西不僅這些，不過由於時間匆忙，因此其它的部分會再請府內的隨從寄出。

這一路上，雖然搭著馬車，對年長的沙克斯來說，還是夠折騰了。

然而莫維未曾放慢速度，他的認知裡就沒有體貼照顧他人這回事。所幸不管莫維再怎麼不關心他人，馬車行走的速度也是有限的，最後在第十一天，他們回到伊斯特領地，由西勒尼的長子在公爵府接待他們。

「參見尊貴的皇太子殿下，大魔法師閣下。我是西勒尼．道內之子，安納普．道內。」十三歲的少年，看起來甚至都還沒開始發育，在阿爾傑．戴維斯的陪伴下，於伊斯特公爵府前迎接。

領地動盪之際，阿爾傑寫信報告來龍去脈，安納普便立刻離開學校趕回來了。目前，他已辦好父親的喪禮，也在阿爾傑的輔佐下，處理他叔叔薩堤爾貪汙及荒淫無度搞出來的爛攤子。

清查所有帳目只是剛開始，賄賂的官員和商家，私相授受的官位，遭受阻礙的正當商業活動，無故增加的稅金，該訂正的錯誤堆積如山。

不過在那之前，最優先的是樂園之家的孩子。

他們都已經先看過醫生，檢查過身體，安置在保障安全的地方。裡面有好幾個小孩有嚴重恐慌的狀況，晚上也經常做惡夢，這都需要時間。安納普和阿爾傑討論過，保護機構及學校，一定要趕快建設起來給孩子們，雖然不能無恥地說恢復到正常生活，因為他們所經歷的，是記憶中永遠不會消失的傷痛，可是至少，要給他們一個安穩過日子的環境。

安納普知道自己必須扛下責任。父親過世，他就是現任的伊斯特公爵，待皇宮簽署文件，就會正式對外發布宣告。

「很抱歉，伊斯特目前正處於重新整頓的狀態，請諒解如此簡單設宴。」晚餐時，安納普以主人的身分發言，對莫維道：「今晚邀請的賓客，也僅有殿下停留於伊斯特時接觸過的人，希望合乎殿下心意。」在知道皇太子會來伊斯特以後，他先做了功課，從阿爾傑那裡聽說皇太子在貴族圈內，一直都不是喜歡社交的性格，可是沒有陪伴的客人也不妥，所以才這樣安排。

格提亞坐在莫維的旁邊，他看了下周圍，出席的有戴維斯家族的阿爾傑，愛德華，以及伊斯特騎士團的卡瓦基特。不過他可能礙於平民身分，並未入座，只是站在一側護衛。

「不用那麼費心。」莫維手中拿著紅酒杯，輕輕搖了搖。「設宴款待殺了薩堤爾的我，是不是太勉強？」他笑。

阿爾傑聞言，表情有點驚訝，旋即不禁看向安納普。至於安納普，沉痛地閉了下眼。

「不……雖然他是我親叔叔，也是有罪，殿下是依法處置。」當他回到家鄉，第一眼所見到的，是府邸前已經認不出是什麼東西的，薩堤爾腐爛的屍身。那惡臭的肉塊，幾乎就要從木棍掉落。

他很明白，這是叔叔自己種下的因果。可即使如此，他們仍是血親，所以他將薩堤爾埋葬了，由於薩堤爾惡貫滿盈已被家族除名，因此不是在家族的墓地，而是埋在某個陽光明媚的山丘。冀希那片天空，能夠讓這不堪的靈魂安息。

「你這麼說，眞是太好了。」莫維就像是出現在舞臺上突兀的觀眾，俊美的臉上有著迷人笑容。「我討厭愁雲慘霧的。」他道。

安納普和阿爾傑聽到他的這番發言，根本不知要如何反應。

結果，是格提亞出聲了。

「我能否去看看那些孩子？」

阿爾傑先回過神，道：

「當然可以，閣下。那就……愛德華，你明天一早帶格提亞大人去吧。」

「啊？喔！好的，沒有問題！」忽然被點名，愛德華趕忙回答。他覺得自己坐在這裡格格不入，整個人始終戰戰兢兢的，面前的餐點根本食不下嚥。

氣氛這麼糟糕的晚宴，快點結束就好了。他都快要反胃了。

「那不是正好。」莫維放下手中酒杯，根本沒喝一口。「我們在離開這裡的時候，順道繞過去即可。」杯中紅色酒液映照著他完美的臉。

「離開這裡？」安納普疑惑。

阿爾傑也是相同的反應。

「殿下，公爵府已經整理好房間，隨時可以長住。」他稟告道。

有種忽然搞錯什麼的感覺。皇太子殿下一行人，被派駐伊斯特，難道不是住在此處嗎？畢竟整個伊斯特領地，沒有比公爵府更適合的地方了。

而且，他不認爲皇太子會由於客氣之類的理由讓他們在別的府邸安置。還是或許，皇太子並不想住主人是別人的房子？所以故意在施壓？不過就算皇太子要他們讓出主屋，他們也只能答應。

「嗯？我會住，不過就住今晚。」莫維手肘靠在桌面，雙手在下巴交疊，這不是一個皇室或貴族的餐桌禮儀。他笑道：「然後，我會前往帝國最東部的邊界要塞，艾恩之城。」

此言一出，除了莫維自己和格提亞，在場的所有人都非常驚訝。

不論是哪個國家，在與鄰國接壤的地區，尤其是曾經歷戰爭的兩國，那裡的生活都不會是安全舒適繁榮的。

強盛如雷蒙格頓帝國也不例外。

雷蒙格頓擁有天然地形作爲屏障，因此四周僅有兩個方位與鄰國相連，然而，這兩個鄰國，也是和帝國戰爭史最長久的國家。

那些殘餘的焰硝，至今也在邊界不散，隨時有重新燃起的可能。

所以，伊斯特的地位才會如此重要。他們必須守住國界。

「我還以為，殿下……」安納普畢竟年紀還輕，下意識地便要說出自己的想法。是阿爾傑用眼神提醒他，他才趕緊住了口。

「以為我只需要做個樣子，待在公爵府消耗時間嗎？」莫維倒是展現難得一見的親切替他講完。

安納普稚氣的臉頰漲紅，不知所措。

格提亞一點也沒察覺對話的尷尬，開口道：

「我們的目的地是艾恩，因為陛下說了是到伊斯特守衛邊界。」他平鋪直敘地說明，比較擔心公爵府誤以為他們要作客準備太多，其實是住一晚而已。

所有人想的都是一樣的。雖然陛下這麼說，不過身為貴族，成年從軍都是做個樣子，現在可是貨眞價實的皇室成員！會眞的親自到前線的更是少之又少，除了戰爭時期記載在帝國史裡面的名字，至少將近三百年都沒有直系皇族願意到那種地方了，更別提是長駐。

隨侍在旁的管家威廉，是阿爾傑從自家帶來幫忙的，畢竟公爵府將薩堤爾時期的下人全都辭退了。威廉想起剛才想要幫忙與皇太子隨行的沙克斯先生，把行李安放妥當，當時沙克斯先生就和善地告知他不需要這麼麻煩，原來，是這個原因！

「到艾恩需要半天的時間，殿下一行路上的物資就在公爵府補足吧。」阿爾傑是在場年紀最大，行事最成熟，資歷也最豐富的官員，因此他替安納普做出最適當發言。

「啊。」安納普反應過來，跟著道：「是的。我會吩咐下去。」

「感謝。」格提亞禮貌說道。

「這就是我們到這裡暫做停留的理由。」莫維道。也是公爵府本來就該做的，眞不知道在謝什麼。他站起身，皮笑肉不笑地說：「我吃飽了。」他轉身直接離席。

一旁的威廉連忙跟上去帶路。

「殿下，您的房間請往這邊走。」

雖然大家都你看我，我看你，不過格提亞是十分習慣莫維這樣的。

他對愛德華說道：

「明天拜託你了。」

「呃……好的。」愛德華難得有種使命感，一臉認眞。

在公爵府的這晚，也是唯有的一晚，就如此毫無波瀾度過了。

翌日中午，才剛過午餐時間，沙克斯就已經和馬伕在公爵府前等候著。他們沒有卸下行李，僅拿取過夜必要的部分，所以能夠這麼快。

「我的大兒子查思泰，目前正在艾恩。他已復職伊斯特騎士團副團長的身分，有什麼事情都可以找他。」阿爾傑對沙克斯說道。艾恩目前是正統伊斯特騎士團在駐守，不夠的人數他們正在加緊補足，皇太子忽然去到那裡，可能會引起一些疑問，他摸不大清皇太子的脾氣，沒辦法當面建議，還好沙克斯看起來是適合溝通的管道。

「我知道了。謝謝閣下。」沙克斯微笑，年邁的臉龐彎起層層笑紋。

片刻，安納普跟在莫維和格提亞後面，出來送行。

「尊貴的皇太子殿下，大魔法師閣下，我會祈禱各位一路順風。」他認眞地行禮。

莫維上馬，沒說什麼走了；至於格提亞，則是對眾人點頭致意。

愛德華的馬車就在前方等著，從公爵府到艾恩，路上即會經過樂園之家小孩的庇護所。他不敢在莫維前面領路，等莫維經過了，來到格提亞旁邊。

「離這裡不遠，很快就到了。」他對格提亞說道。

「好。」格提亞應道。

約莫二十分鐘，他們來到一處庭園。在格提亞的示意下，沒有太過接近，就停在遠處望著。

庭園占地遼闊，有大片花園及草地，滿是樹木與各種花朵，中央是兩層樓的大房子。在自然的環境裡，有著溫馨的氛圍。

「能夠這麼快安置好所有人，聽說是得到幫助了。」愛德華道。這是他父親報告的時候提到的，不過沒有講明是哪位。

那大概，是皇女殿下。格提亞看向那片綠茵草地，有好幾個小孩坐在樹下休息，也有慢慢地散步的。

全部，都沐浴在陽光之中。

格提亞的視線，找到洛洛和茜茜的身影。茜茜還是黏著洛洛，走一走以後，兩人並肩而坐，看起來就像一對親生兄妹。

「……那些消失的孩子，對他們解釋了？」他問。

「啊……那個。」愛德華待在公爵府的這段時間，也協助整理事情。其中，就是清查樂園之家的名冊。「據我父親所說，森林的遺體和骸骨還在一一確認當中，等告一段落，就會告訴他們了。」他有點沉重地說。

薩堤爾成爲代理領主的最初，或許是還有點顧慮和害怕的，所以並未如此明目張膽地作惡。他是從一些類似偷稅的小事，漸漸地，慢慢地，膽子愈來愈大，當他發現沒有人能夠奈何他以後，他爲所欲爲，甚至在這種可怕的傲慢之下失去人性。

經過調查，宴會大約是他成爲代理領主的第二年開始的。沉睡在地底的那些幼小遺體，有很多已經只剩下骨頭了，辨識起來需要加大規模，以及更多時間。

在告知眞相那一天前，不管是現在這些孩子，或是挖掘事實的他們，都需要心理準備。

「……我知道了。」格提亞輕聲道。

「呃，你要過去和大家說說話嗎？」愛德華問。他從事件調查那裡知道，原來格提亞被關在一起過，那會提出過來關心是非常合理的，這裡面應該有認識的小孩。

「不。」格提亞搖頭，道：「和那些事有關的人事物，都應該徹底消失在他們的世界。」

「啊……我明白。」愛德華理解地點頭。

「我該走了。」格提亞轉過臉，對愛德華說：「我得趕緊追上去了。」因爲莫維沒有停留等他，正繼續往艾恩的方向前進。

「喔、嗯！」愛德華站在馬車旁邊，抬頭看著騎在馬上的格提亞。

誰能想到他當初光是上馬這個動作就學了好久。愛德華那個時候雖然僅是旁觀，不過這件事如今讓他印象變得深刻。

「辛苦你了。謝謝你。」格提亞道。從愛德華對事件的掌握程度，可以知曉愛德華這段日子，一定在混亂的公爵府裡辛苦幫忙處理。

「哪裡……有什麼辛苦的。」愛德華是頭一回，如此認眞地想要做好一件事。那些失去生命的小孩太可憐了，他明明也是貴族，對領地內的惡行渾然不覺，對街上的無賴也視而不見，現在他唯一能做的，也只剩這個。

格提亞看見他眼裡的不甘心，和當初在風鳴谷那個驚慌失措的少年，已經截然不同了。無論是誰，一旦下定決心，都是會有所成長的。

「再見。」格提亞沒有再耽擱，向他道別。

愛德華在他身後，一直揮著手，直到看不見他的身影。

格提亞雙手拉著韁繩，壓低身體。雖然他不擅長騎快馬，不過也必須硬著頭皮了。幸好，在太陽西下前，他追到了莫維。

應該是因爲沙克斯的馬車，延遲莫維的速度。格提亞這麼想著，就見沙克斯對他眨了眨眼，總算可以一起抵達艾恩，他吁出一口長氣。

莫維聽到馬蹄聲接近，就曉得格提亞已經在後面了。他對那些孩子沒有興趣，但是也並未阻止格提亞。

「駕！」他雙腿一夾馬腹，加快速度。

他們不打算多做休息，直接趕路。終於在深夜，抵達了艾恩。

伊斯特領地之所以會成爲武器輸出地區，就是由於這裡盛產鐵礦。其中，作爲與鄰國最接近，就座落在國界的艾恩，被譽爲鋼鐵的城堡。

意指，如鋼鐵般無堅不催。

凌晨前的黑夜裡，前方有一座高聳的軍事堡壘巍峨佇立在邊界，旁邊是綿延到地平線那端的防衛長城，城牆上被無數支火把照耀得視野通明，即使一隻小蟲飛過，都能夠看得清清楚楚。

映襯著背景無邊無際的幽暗夜空，令人震撼。

堡壘前的廣場，有人筆挺地站列在那裡。

「見過尊貴的皇太子殿下，敬禮！」最前方的男人，朗聲呼喊，劃破寧靜的空氣。

「是！」跟隨著的，是鞋跟碰撞的立正聲響。

數十名伊斯特騎士團員，全副武裝列隊迎接，展現出來的動作及呼喊，都像是複製般整齊劃一。

為首的男人約四十歲，他出列至莫維跟前，道：

「我是伊斯特騎士團團長，丹．費根鮑姆。很抱歉，由於需要站崗與夜晚巡守，不是所有團員在此，如有失禮之處，還請殿下海涵。」

無論是威嚴的氣質，或者戰士的儀態，丹都和迪克那地痞流氓截然不同。

莫維騎在馬上，視線向下看著。

他沒有說話。

丹於是道：

「在下立刻安排房間給殿下一行人休息。查思泰！」他不卑不亢，不曾糾結莫維的沉默，俐落地下達命令。

莫維意義不明地笑了一下，隨即下馬。格提亞則是早就站在馬旁，也將馬匹交給上前的年輕騎士。

隊伍裡面出來一名青年，見著和愛德華有些神似，應該就是愛德華的大哥，戴維斯家族的長子查思泰了。

在他們回去首都的這段時間，騎士團整頓得相當迅速。不僅團長回來了，連被關在

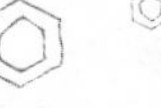
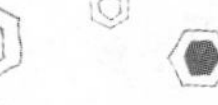
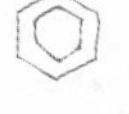

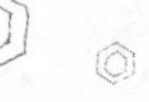

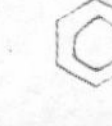

冤牢裡的團員，也在最短時間歸復原有職位。

「殿下，諸位，請跟我走。」查思泰在前方帶路。

沙克斯和帶來的兩個侍從，則開始卸下行李。

格提亞跟著莫維，進入面前這座恢弘的軍事防衛城堡。然而，他其實不感到陌生。

儘管眼中的建築一如他記憶裡的那樣，不過在接近時，他還是昂起臉來，感受那屹立萬丈的氣勢。

城堡裡面也是相當明亮，查思泰道：

「爲防衛敵人，所以建物裡面路線十分複雜，就像一個寬闊的迷宮，有些地區還設置陷阱，請務必跟緊我。」

莫維終於出聲，緩慢地道：

「陷阱，是會弄死，還是弄成殘廢的那種？」在空蕩的長廊，他的問題陰森又詭異。

儘管他是笑著問的。查思泰客氣地回應道：

「比較重要的幾處，用的是幾乎無法活命的機關。不過也有更多地方，是以抓獲爲主。」如果能夠從戰俘口中得到情報，那是利多。

這段對話之間，他們走過好幾條交叉的走廊。牆面以及門板，還有火把，從進來以後就僅看得見這三種東西，而且全部都長得一樣，所以每條經過的路，都會有種已走過的錯覺。

「嗯……」莫維似乎感覺相當有趣，轉動著那雙紫色眼眸，注視周圍。「……原來如此。」然後，他說。

「什麼？」查思泰回頭詢問。

莫維眼角微彎，並不解釋。

只有格提亞知道，莫維已經看出來，這個迷宮做了記號。

答案是門磚。

這座艾恩城堡裡，每一扇門的上方，有不同數目的門磚，以某種規律，像是密碼般，標示出樓層及所在方位。上一次，以前的莫維，也是才來這裡就看出端倪了。

明明一定得要在這裡生活的人才知道，莫維就是能在短時間解出答案。

這不僅僅是莫維敏銳過於他人。從學院裡的成績來看，莫維無疑是個非常聰慧的學生，只要經過學習，沒有任何問題難得了他，他甚至能夠在其基礎上舉一反三。

然而，莫維卻不單是聰明。

憑靠自己得到成就的人，大約可以粗糙地分成兩種。一是天才，一是努力。

莫維是最可怕的那種。他是一個懂得努力的天才。

自小，他在皇宮的期間，已經把皇家圖書館所有的書都看完了。全都記在腦海中，那些書裡應該有寫到，這種軍事堡壘擁有僅自己人看得懂的記號，即使敵人闖進，也不會馬上發現。

所以莫維能夠看穿，是他天生的靈敏，也是由於博覽群書。

格提亞看著前方，接下來轉個彎，就到他們住的房間了。

途經拐角時，查思泰忽然開口道：

「聽家父轉述，我和其他團員能夠離開大牢，以及團長可以復職，都是殿下公正處理的緣故。所以，請容我以私人的身分，在此表達感謝。」站停在房間門口，他單膝下跪行禮。

莫維瞧著他。

「讓公爵府陷入瓦解狀態，也值得感謝？」他微笑著問。

查思泰聞言，依舊保持著儀態，也沒有任何多餘反應。

莫維不再理會他，直接進入寢室。

查思泰站直身，表情變都沒變，禮貌地對格提亞道：

「閣下的房間在這裡。」他伸手比著莫維對面的那道門。「等下我會請沙克斯先生過來，我們這裡都是騎士，沒幾位隨從，而且才剛剛接到信鴿知道殿下一行要來，雖然大概準備了下，不過還是有沙克斯先生在你們會更方便一點。」說完，他告退了。

格提亞看著他離開的背影，接著也開門進去自己的房間。

屋裡就是簡單的擺設，跟皇太子宮那種奢華是絕對不能比較的，不過相當明亮乾淨，一旁的凳子擺著毛巾和可以清潔身體的熱水。

現在都還沒天亮，半夜突然得到通知要準備這些，肯定是累人的。以前，也是這樣。

在艾恩和騎士團初接觸，莫維就是給人相當不妙的感覺。

格提亞在心裡嘆息，脫掉外衣後，簡單地梳洗一下，才沾床就睡著了。

騎馬消耗體力，他們還晚上趕路。

這是非常合理的結果。格提亞就像是失去意識那般，等到再度睜開眼睛，窗外已大亮。

「格提亞閣下您醒了嗎？我是否可以進去？」

門外是沙克斯的聲音。大概是已先服侍過莫維，然後來叫他了。

「好的。」格提亞揉揉眼睛，坐起身來。

他有點迷糊，沒有完全清醒，不過還是換好衣服，將毛巾放進沙克斯拿來的水盆裡打濕，準備簡單地盥洗。

「您肚子餓了嗎？再等等就午餐時間了，看您是要先……」

「午餐？」格提亞忽然從毛巾內抬起臉。

沙克斯道：

「是呀，再過沒多久就要午餐了。」所以這個時間有點尷尬呢。到底是要吃早餐還是要等午餐呢？

「──我有事。」格提亞將毛巾一放，立刻就衝出房門。

沙克斯連問他什麼事都來不及。

格提亞一路奔跑，沒有猶豫，也不會迷路。就是直接奔出堡壘，然後來到此地最大的露天訓練場。

他喘著氣，心臟激烈地跳動。前方不遠處，莫維身著便服，手持木劍佇立在場中央。

格提亞知道發生什麼事。

來到這裡的第一個早上，莫維幾乎打敗騎士團的所有人。

幾乎。

雷蒙格頓帝國的騎士，一生僅認一個主人。

當然，這不是寫在什麼騎士精神裡面的規章，只是，忠誠這兩個字，本就是騎士最崇高的品德。

歷史上因此愚忠的騎士，也從沒有少過。

所以，對於伊斯特騎士團來說，他們所忠誠的對象就是伊斯特公爵，以前是西勒尼，在經歷本人過世和兒子繼承爵位以後，騎士團鞠躬盡瘁的對象變成了安納普。

騎士當然也擁有正義的心。

處死薩堤爾這件事，他們是認同與接受的立場。薩堤爾不是眞正的公爵，卻用公爵的頭銜做盡壞事，罪惡滔天。

他們的主人是安納普，擁有道內這個姓氏，也正統繼承的少年。

不會是皇太子莫維。

儘管，他們都是帝國人，也會聽從帝國的命令。可是，若兩方衝突，必須要做出抉擇，他們毋庸置疑會選擇安納普。騎士們的忠誠，有一部分來自於前線遭遇的危險，天高皇帝遠的皇室，和領地裡照顧他們的領主，會更爲信任相近的對象，本來就是人之常情。

也因此，領主掌有兵權，威脅到皇帝的事情屢見不鮮。皇帝也由於要牽制這些手握軍力的貴族，必須謹愼展開各種權謀。

騎士們通常都有極重的責任心，行爲正直紳士，更重要的，他們互相信賴且關係緊密。

因爲彼此都是在戰場上的同伴。

所以，當莫維來到這裡，首先就會破壞平衡。

伊斯特領地，也就是道內家族，是皇后親戚這方的人。即便薩堤爾非人作爲再罄竹難書，他也已經付出代價結束了，雖然不曉得安納普會不會繼續明顯偏向皇后，無論如何，這裡都不是能夠徹底臣服莫維的地盤。

不過，莫維的理論很簡單。

要讓戰士低頭，首先就是戰勝他們。

「呃啊！」騎士尤金，今年二十七歲，進入自小崇拜的伊斯特騎士團已六年有餘，他雖不像團長或副團長那般武力強大，可是經歷這些年歲的磨練，他也算是騎士團裡不錯的高手了。

可是，皇太子看起來相當從容地打倒了他。

尤金半跪在地，按著自己肩膀，疼痛使得他滿頭大汗。看著四周，到處都是敗下陣的團員，坐在地上撫著傷處呻吟。啊，在那邊不遠處地面上的，是剛才他被打掉的木劍。

難道是他沒有用全力嗎？

一開始，皇太子來訓練場說要和他們過招，大家都是互望著。做皇室成員的對手，一不小心就會搞出大事，但是又不能拒絕命令。所以，他們派出裡面最年輕資歷最淺，劍術普通，甚至還沒到前線練過膽的年輕人。

最後那小可憐摀住口鼻，流著鼻血，可以說是立刻被皇太子打趴在地。

看來皇太子下手還挺重的，那不能再讓得更多了。接下來，第二個第三個，都算是具備中堅實力的騎士，遇到普通狀況完全可以獨自漂亮處理的兩位，也以幾乎相同的速度被擊敗。

是不是不應該放水？眾人如此想著，不過面對皇太子，多少還是有所顧忌，顯得畏首畏尾的。

就在這個時候，皇太子笑了。

「伊斯特騎士團，就這？」他揚起的嘴角，有著好看的梨渦和弧度，以及像是錯覺一般的嘲諷。

就算皇太子或許不是在取笑，他們也絕不能讓伊斯特騎士團蒙羞。

更何況，他們正在洗刷先前的汙名，從谷底向上攀爬。

所以後面連續幾位，都是動眞格的了。

即使如此，也奈何不了莫維半點。

他甚至沒有使用魔法。於是每個人都逐漸訝異，皇太子莫維的劍術。

他們不可以傷害皇太子殿下，也不應該輸得如此難看。

就在此時，查思泰站出來了。

身爲子爵家長男的查思泰，會進入伊斯特騎士團，僅是因爲他愛著自己的家鄉，想要用自己的力量來守護。

還有，他夠強。

戴維斯家幾代都是文職官員，唯有查思泰，從小便展現武術的天賦。儘管如此，身爲必須承接爵位的長子，弟弟愛德華各方面成長又都不如預期，他很清楚知道自己在騎士團的日子是有限的。

因此，他無時無刻都以騎士團身分爲榮耀，甚至最快對代理領主的所作所爲提出諫言，結果卻是被打入大牢。如今，騎士團正式重新振作的時候，更不可以再次被擊垮。

查思泰手裡握著木劍，站立在莫維面前。

忽然，眞的就是一瞬間而已，原本帶笑的莫維，散發出一種令人不寒而慄的氛圍。

查思泰僅來得及舉起持劍的手阻擋，接著就是木劍互擊的震動導致他虎口發麻。剛才就一眨眼，莫維的木劍已削到他的耳邊。

查思泰很久沒有這種背脊流下冷汗的感受了。剛才若是他稍有遲疑，皇太子的木劍就會打上他的太陽穴，使他暫時性昏迷。

沒有給他思考的時間，莫維的木劍一橫，眼看就要劃過查思泰的脖子。查思泰一個後退，站穩後，開始轉守爲攻。

剛才他旁觀的時候，皇太子對戰其他人，沒有這般狠勁，即使不留情，也是以打掉劍爲主。現在卻招招瞄準致命處，這應該是皇太子判斷他的劍術在其他人之上，所以程度也提升了。

換句話說，剛剛就是在玩而已。

此刻才是來眞的。

莫維揮劍的速度極快，查思泰必須全神貫注，不敢稍有分心。

查思泰不愧是副團長，沒有像其他人那樣迅速敗下陣，不過，雖然還算有來有往，可是明顯地查思泰更爲費力，不像莫維那樣還有餘裕。

團長丹．費根鮑姆，在一邊觀察許久，終於有所動作。

「查思泰，後退！」

查思泰聞言，向後躍出一大步。莫維的劍，正直指著他的臉部。

丹一個箭步跨進戰局，同時揚劍擋掉朝查思泰而去的攻擊，取代成爲莫維的對手。喊道：

「失禮了！殿下。」

他的行動，無疑地讓皇太子莫維更爲愉悅。因爲皇太子的笑容加深了。

也許就是想逼出他，跟這裡最強的人對打；又或者具有打敗他的自信。無論皇太子覺得有趣的原因是什麼，丹都覺得自己沒有探討的必要。

他該做的，就是在此取得勝利！

丹朝著莫維的體幹揮劍，他認爲，光是讓皇太子掉劍是不夠的，也做不到。帝國的劍術以斬擊為主，斬擊這個動作揮動幅度較大，難兼顧速度，可是皇太子不同，他能夠迅速地揮劍。

原因在於他揮出去的劍不會再收回，是順著方向進行下一次的斬擊。可以如此辦到的理由是他幾乎不做格擋的動作，僅利用劍上的十字護手巧妙地做到同時攻防。

這種劍術他見過。就是帝國最強劍士世家，沃克家族。

丹有和沃克交手過的經驗，加上本身的實力，和莫維的對招十分精彩。旁邊的人都要看呆了。

這是莫維和巴力學習劍術後，首次眞正地感到棋逢對手。

米莉安的那個騎士，雖然也是相當優秀，可是貴族的護衛騎士和邊境武裝騎士，是完全兩種概念。

護衛騎士首重保護，在遇敵時考慮的是主人的安全，以及有沒有機會活抓對方得到更多情報；至於必須站上戰場的邊境騎士，面對的是你死我活的環境，一個猶豫就可能死去，因此攻擊必須極端地強勢與果斷。

這就足以使莫維露出笑容。他想要的，只有這種對打。

距離死亡最近的比試。

不過，對於丹來說，就不是這樣了。他眼前的不是敵國軍人，而是皇室，還是帝國的皇太子。

就算丹已做好準備才決定下場，皇太子的態度卻讓人捉摸不定。

他究竟是想對打，知道騎士團程度；還是想逞威風，給他們下馬威。又或者，想在這裡，製造出能夠對皇后問責的紛爭。

畢竟，他們是被稱為最強防線的伊斯特，是皇后的家鄉，皇后的後盾。

丹對付著莫維狠戾的劍招，在心裡評斷要如何收場。皇太子是擁有皇室姓氏及血緣，未來繼承帝位的人，也是比皇后還要尊貴的存在。

倘若在此真的發生什麼，皇太子是完全有資格向皇后追究的。

皇后與皇太子雖然表面不曾有過衝突，可是明眼人都曉得他們不合。因為皇后想要將親生兒子科托斯推上帝位，皇太子就是最大障礙；皇后所表現出來的明顯意圖，皇太子肯定也感到不適。

原本這種皇室的爭權離他們邊境騎士團很遠的，即使被稱作皇后的後盾，至今也沒真的遭捲入鬥爭過，誰知道，就在伊斯特最不穩定的時候，危機如此突然地降臨了。

「你太不專心了。」

突然間，丹聽到莫維聲音帶笑地這般說著。

下一秒鐘，破空聲襲來，原本只攻致命處的劍身，猛地就要擊中自己的手臂。丹在這一瞬間，必須決定他要不要接受這種結束，以及是否同意所有人都敗下的局面。

他會廢掉一隻手，不過，全敗是不可能！

丹完全不閃避攻擊，即刻朝莫維的肩膀揮劍，完全是同歸於盡的打法。他要在體幹上造成一個不會喪命的傷害，維持伊斯特的尊嚴。

雖然是用木劍，這個力道，無論莫維或是丹，肯定會骨碎。然而，有一道人影，闖入練武場，就在此時橫插在兩人之中！

「停下。」

丹看得很清楚，擋在他們間的，是跟著皇太子殿下來到伊斯特的大魔法師，在他魯莽出現在眼前的時候，皇太子的劍甚至比那聲制止還稍快一些便停了。除非早有預料，否則絕不可能做到。

而且，皇太子還微抬起另一手做好準備，防止他這邊來不及收回力道。丹硬生生止住，長劍差一點就要碰到莫維伸過來阻擋的膀臂。

莫維確實是先瞥見格提亞忽然在訓練場旁現身。他一邊應付丹的劍招，一邊思考著剛才那一眼裡，格提亞的肢體動作是什麼意思，於是他預先設想過後做出了反應。

儘管如此，周邊的騎士們，包括查思泰，都沒能在第一時間察覺。雖然也是由於他們和格提亞不熟悉，丹還是認爲在場所有騎士團員都需要重新鍛鍊對環境的觀察與掌控。

更可怕的是皇太子，在凌厲對招途中，還能夠注意到。

「很危險的，老師。」莫維劍尖朝地，站直身體，擺出休息的姿態。

爲什麼突然開始喊他老師了。格提亞感覺相當突兀，是一種想忽略都沒辦法的怪異，可是，這不是現在的重點。

「是我失禮。不過，對招應適可而止，你也明白騎士們不可能對你拚盡全力。」格提亞對莫維道。

不管怎麼說，他都是皇太子。帝國僅次於皇帝的存在。

「嗯？所以我不就是在逼著他們使出全力？」莫維大方承認。

誠實地說出自己的壞心眼，不代表就是美德。格提亞知道莫維是故意的。

「就到此爲止。如何？」他同時問著旁邊的丹。

以丹的立場，這當然是眼下最適切的結果。事實上他不接受又能怎麼著？繼續比下去？直到更糟糕的狀況出現？

「恪遵閣下意願。」丹行禮致意。

雖然他是大魔法師，可他爲平民出身。格提亞聽說伊斯特騎士團有一部分人是平民家庭，其中不包含團長丹．費根鮑姆。

「團長多禮了。」這裡的人，似乎對魔法師是友善的。

在這對魔法逐漸產生懷疑和不信任的帝國裡，還是有人不那麼想。

伊斯特是長期待在前線的騎士，傳承下來的，和魔法師並肩作戰的輝煌歷史，是不會改變的。

丹向莫維敬軍禮，再朝格提亞點了個頭，轉身喝道：

「都給我站好了！你們需要重新訓練！」

「是！」

雖然說也有騎士團尚在整頓的原因存在，不過這樣的戰力確實不如以往，還有，原以爲皇太子僅有身懷魔力這一點特別，結果實際比想像中的更爲驚人。團長丹也從這場比試獲取到所需要的資訊。

望著團長帶領大家一旁列隊，格提亞總算稍微放心。回過頭，見到莫維站在他身後。

正好，他想確認一下自己的猜想。

「你先看到我了？」否則不會停手那麼快。

「我就是想了一下，你大概要做什麼。」莫維笑容裡有點殺氣。畢竟剛才若是有個閃失，這麼弱不禁風的身體就會倒地不起了。

儘管感覺到莫維的不悅，格提亞還是認眞道：

「這裡是伊斯特騎士團的駐地，也就是他們的大本營，你如果太過分，要在這邊過日子會變得困難。」就算他是皇太子。

上一次，莫維打敗了全部的騎士。

甚至在最後，打斷了團長的手。

團長很強，卻有顧忌，莫維看準這點。在莫維的認知裡，不用盡全力導致最壞結果那也是自己選的，當時同樣用的是對練時使用的木劍，骨頭碎裂的程度需要一個月方能完全痊癒。

雖然莫維在第一天就將所有人踩在腳下立於頂端，可是每雙仰望的眼睛都是充滿怨恨的。這次若是在用酷刑賜死公爵家人後，又來到伊斯特騎士團重挫士氣，那更是不可收拾。

他們的確在艾恩留下來了，不過這次，需要以不同的方式。

「嗯……原來如此。」莫維漫不經心地回應一句。

他絕對是懂的，莫維不是個做事不思考的人。但是他喜歡選擇他自己的方式，不過，他現在也接受其它的意見。

變得聽話了。格提亞有點不大適應。

「你聽我講的？」他問。

「爲什麼不？你不是要幫我？」莫維垂眸睇著他，一副人畜無害的樣子。

格提亞聞言，陷入自己的思考。隨即又昂起臉，問：

「你眞的會聽我的？」他不禁上前一步，想要確認。「你能相信我？」他墨黑色的眼睛，亮燦燦的。

莫維總是對他充滿懷疑。即便是配合他，也都沒有打從心裡信賴過他。直到最後一刻，莫維都仍在防範著他的背叛。

雖然，莫維的地位與環境，讓他養成如此多疑的性格，太容易信任他人確實會使莫維落入災難，保持高度警戒才是正確的，可是格提亞依然希望，莫維能夠就那麼信他一次。

即使只有一次也好。

……這個人，總是讓他感覺不愉快。莫維注視著格提亞的眼睛，原本還是遊刃有餘的心情，一下子變得糟糕至極。

明明那黑色瞳仁映著他的臉，卻永遠像是在看另一個人。

令人惱火。

「……當然，我相信你。」

莫維說道。他笑得瞇起眼睛，甚至看不見那抹紫。

格提亞的表情，凝結住了。

這句話，這個態度，就像以前一樣。

在唯有他記得的那個過去，他和莫維第一次來到艾恩，在莫維擊碎團長手臂後，整個艾恩城都沒有站在他們這邊的人。

當時的莫維，也是這樣對他說的。然而，格提亞心裡清楚。

那是謊言。

「修補邊境之牆？」

莫維挑高眉毛，睇著格提亞身後那一望無際的灰色牆面。

「沒錯，就是這個。」格提亞抬起手，輕按在石磚上。「邊境之牆原本都有魔法加固，可是由於魔法師的減少，後期重新搭建的部分就只是普通的磚牆而已。」當然石牆本就可以阻擋敵人，使用魔法，是使其變得更加堅固，更不容易被摧毀。

「不就是因爲牆破了，才重新搭建？」莫維一臉微笑地嘲諷。牆既然會破就表示魔法加固沒什麼效用。

格提亞當然聽得懂他的意思。

「那是加固，並不是完全不會被攻破。但是，如果堅固的圍牆能夠拖延更多時間，對情況會更加有利。」格提亞停了下，又道：「你不是想要學習保護的魔法？」這裡正好。

艾恩堡壘是邊防的最後要塞，無論以前還是現在，皇帝將莫維送過來都僅有一個原因。就是增加莫維使用魔法的機會。

即使現在戰爭停歇了，鄰國的敵人依舊會引起小規模的紛爭，伊斯特騎士團，亦基本上都是在莫維的對立面。沒有人是他的伙伴，他要獨自處理狀況，就有機會動用魔力。

皇帝是把莫維扔到一個孤立無援，四周皆敵的環境。

格提亞回憶起那個時候，自己只是旁觀者身分。現在，莫維一樣要在這裡使用魔法，但是自己會教他從不同的方式開始。

莫維皺了下的眉頭，又舒張開來。

「我會做的。既然來到這裡，就做該做的事。」他笑著露出單邊梨渦。

格提亞明白了，莫維是想要從他身上獲取什麼，所以開始喚他老師，並非真的尊敬他，是藉此施加壓力，令得他必須毫無保留地傳授。其實，就算莫維不這麼做，他也是如此準備的。

與最一開始相比，莫維現在更明確強烈地想要由他這裡得到關於魔法的一切。

在艾恩，莫維也需要能夠站在同一邊的幫手，畢竟，騎士團不是莫維的人。雖然不曉得莫維這種讓人不舒服的配合模樣，會持續到什麼時候，說不定等一下就要翻臉了，不過格提亞還是把握機會。

「你應該記得，課堂上學過的魔法陣，關於改變物體本質的那個。」魔法陣的構造是圖形與文字，必須牢記每一個細節，只要在心裡浮現，就可以驅使魔力建構出來。規模愈大的魔法陣則愈複雜。改變物體本質的，對莫維來說，應該是輕而易舉。

「嗯。」莫維將手掌貼著牆，腦海裡出現那個魔法陣的樣子，體內的魔力幾乎是同時間受到驅動。

就見他掌心發出光芒，格提亞馬上察覺到輸出太過強烈，於是伸出手按住他的臂膀，道：

「不要那麼大，再收一些，我會幫你的。」

莫維瞇起眼睛，感覺如同血管流遍全身的魔力軌跡，原本爆衝亂闖的力道，忽然間就減緩下來了。因爲格提亞的牽引。

比之前都還要更快速，那表示自己徹底習慣了。

「嘖。」這不是會令他愉快的事情。

隨著格提亞的引導，原本莫維要單手貫穿牆面的氣勢獲得控制。

「再收緊一點。」格提亞低聲道，眼神專注。

忽然間，塵土些微飛揚，空氣震動了下，一個帶有光芒的魔法陣，印在了石磚上。彷彿活著似的，在發光數秒後，遂消失了。

「這是成功了？」莫維收回手。雖然在課堂上學過，不過實際做起來是另一回事。

格提亞轉過頭，露出單純的表情，道：

「成功了，你做得很好。」

明明長得像孩子，又擺出老師的嘴臉，用對待小孩的方式對待他。莫維垂著眼眸，他總算發現，站在他的旁邊，格提亞已經連他的肩膀都達不到了。

「如果是你來做，能做到什麼程度？」他啓唇問。

格提亞聞言，沒有絲毫猶豫，回答道：

「一次。我一次就能加固全部的牆面。」這對他來說，是相當容易的。

邊境起了風，將格提亞身上的衣服吹得一飄一飄的。

那種，輕描淡寫卻不容質疑的實力，使得莫維生出極強的較量心理。

他隱隱咬著牙，笑道：

「但是我做不到，對吧？」論魔法實力，莫維不會對格提亞多疑。要能坐上帝國大魔法師位置的人，絕對不是簡單的。

「是目前做不到而已。」格提亞糾正他的說法，慢慢地道：「你在對付魔獸時，已經學會初步控制魔力的方法了，修補邊境之牆，就是下一步更細緻的訓練。你一定可以做好，你的能力足夠和我比肩。」他說。

一般而言，足夠比肩不是什麼鼓勵之詞。那表示做得再好，也只是到一樣的程度，可是由格提亞來講，這個意義是完全不同的。

因爲格提亞本身就是現階段帝國最強，應該也是這個世界最強的魔法師。

格提亞雖然具有自己很強的概念，卻從沒有表現出驕傲瞧不起人的那一面，果然還是性格的緣故。莫維睇著他，不知道魔塔是怎麼教育的，不過皇室總是告訴皇族，擁有雷蒙格頓姓氏，就是至高無上的人，所以，格提亞這種處事，他並不欣賞。有地位的人，就應該表現出相對應的高度。

莫維道：「如果你在皇宮，應該誰都可以欺負你。」就連最低等的下人也行。

雖然不曉得是要表達什麼意思，但大概不是什麼好話。格提亞不去在意，他很習慣莫維這種夾槍帶棍的言行。

「我準備在一個月內，將每一面邊境之牆全部用魔法重新加固。」格提亞說出他的計畫。

「一個月……」莫維低喃，旋即露出清爽的笑意，友善提問：「你知道邊境之牆有多長嗎？」

「我知道。」格提亞點頭。幾乎是九分之一的東部邊境長度。「但是，對你來說不是難事。」他相當確定地道。

上一次，在伊斯特邊境的這段日子，是莫維成長的關鍵。

莫維注視著格提亞。

那種莫名的深信態度，也像是對著另一個人的。開始注意到了以後，才發現，原來一直都是這樣。莫維冷笑一聲，道：

「半個月。我會半個月完成。」

格提亞怔住。儘管不瞭解理由，不過他道：

「那立刻繼續練習。」莫維自己能夠積極，真是太好了。

不，他也不是要這個反應。莫維沉默，只是，這些確實他必須都得學會。習慣立於主導的地位，如今有種被拉著走的感覺，就算是和自己目的一致，依然教他不愉快。

不過，最使他不悅的，還是屬伊斯特騎士團的那些視線了。

莫維掃視著周圍。

打從他和格提亞站在這裡，附近騎士的目光，就沒離開過他們。甚至，遠方城堡的頂端，也有著眼睛。

格提亞還在認真地想要教會他，莫維的眼角餘光，已經瞥向遠處的艾恩城堡高塔。

「……殿下在邊境之牆那裡做什麼？」塔內，丹·費根鮑姆站在窗邊，背著雙手詢問。

查思泰站在一旁，道：

「早上，大魔法師格提亞大人，過來詢問是否能夠用魔法加固邊境之牆，得到我的允許後，就跟殿下一直在那裡。」

對邊境之牆施以魔法，這件事，原本就是自古以來的需求，這是協助防衛的一環，只是在魔法師減少的如今，變得不大容易了。以大魔法師的地位，其實根本不用問過他們，格提亞此舉展現自己的禮貌。

皇太子殿下也是有魔力的。丹首先想到的是這個。

「看起來，像是皇太子殿下正在學習。」他注視著下面說道。

「的確是如此。」查思泰回應。就現場的騎士剛才用手勢報告，他們的對話也是類似的內容。

「我記得，殿下是在學院上學的。」丹回想。他們離首都較遠，關於這類型的消息傳遞亦較慢，而且有時不確定是否爲眞，畢竟本就是閒話，傳著傳著或許就變了。

「是的。格提亞大人是殿下的老師。」查思泰因爲弟弟愛德華的緣故，有稍微掌握到兩人的訊息。

「是嗎？」丹的雙眼焦點放在格提亞身上。「皇太子殿下，在聽老師的話？」自己說出來都覺得十分荒謬。

就他們外人看來，皇宮幾乎是將皇太子視爲不受控的野獸，想用鐵鍊與枷鎖拴住他，以前小時候沒有做到，在皇太子成年之後，更沒辦法做到了。

「這就不大確定了。」查思泰覺得還必須觀察。

忽然間，丹感覺到視線，正好對上莫維向上抬起的雙眼。這麼遠的距離，應該是看不清楚的。

「……殿下已經理解城堡內的記號了？」他未主動移開目光，僅是繼續問著查思泰。

「似乎是的。他沒有迷路，也沒有問路。」查思泰回報。

皇宮圖書館裡，大概有著關於艾恩城堡紀錄的書冊，所以皇太子殿下能在最快速度理出頭緒不怎麼讓他們驚訝。

「但是，那位大魔法師，是在城堡內使用魔法了嗎？」丹問。

查思泰道：

「不，無人目擊過，城堡內也沒反應。」這座古老的城堡，在落成最初，就已被魔法加持過。

這是座魔法的城堡，會對魔法產生反應。至於是什麼樣的反應，他們不是那麼清楚，原因是，在魔法師銳減的現今，他們都不曾親眼見識過。倒是有些老前輩偶會口耳相傳，卻又說得神神祕祕，似乎也丟失一些訊息，總之就是讓他們自己去體會。

可這些都不是重點。

「那麼爲什麼，大魔法師這麼熟悉城堡內部的路線？」丹陷入沉思。

從昨天到現在，皇太子和大魔法師，兩人經常是分開行動的。尤其先前在練武場，早晨皇太子先是一人出現，大魔法師是後面才衝過來。

如果皇太子和老師先講了自己破解的暗號，那也是說得通。但是總覺得不大對勁。

比起這個，還有更加麻煩的事。丹終於移開目光，轉而注視自己桌上的一封信件。那封信上，有著皇后專屬的封蠟。

伊斯特公爵，這個屬於道內家族的爵位，和皇后是遠親。當然他們騎士團相當清楚這層關係，前任公爵西勒尼和皇后間，都僅是正常的往來，所以也聽說皇后想將皇女米莉安嫁過來，更加鞏固緊密彼此的實質維繫。不過這當然都在代理領主的惡行下告吹了。

現任公爵僅有十三歲，或許是由於如此，以往從不曾收過皇后信件的騎士團，迎來這封跳過公爵且直接指名騎士團團長的書信。

丹眉頭緊皺。

他們這種邊境騎士，只負責守衛國界，避免處於政治風暴中心。這封信他又不得不收。

「信件裡寫了什麼嗎？」查思泰見他表情不好，便開口詢問。

「我還沒看。」不過大致猜得到。丹道：「你有什麼意見？」他很看重查思泰，把他當成下一任團長在培養。

查思泰其實也大概推測得出來信的內容，大概就是擔心伊斯特騎士團會朝向皇太子，提醒他們效忠的是伊斯特公爵。

「我覺得，沒有什麼好煩惱的。」查思泰道。

丹聞言一頓，隨即哈哈一聲笑出來。

「你說得對。該做什麼，就做什麼，的確不需要煩惱。」他坐下來，用拆信刀劃開信封，提筆回信。

他們伊斯特騎士團，追隨的唯有伊斯特公爵，而騎士團的責任，就是嚴守邊界，以後也不會改變。

丹將回好的信蠟封，交給查思泰。

「我現在就拿去寄出。」查思泰行過禮，離開團長辦公室。

在艾恩城堡門口交給驛馬，他目送離去。

對了，今天有新的騎士團員要來了。

每一年，騎士團都會固定徵召新血。這次由於代理領主的緣故，騎士團損失了一批人，儘管願意回來的回來了，但也有不願意的。

有些是在獄中產生病痛無法根除，也因此難以復職，薩提爾當然不會善待階下囚，實際上身體受到損傷的，都已報請公爵府從優撫卹；有些承受太多屈辱，年紀剛好也大了，遭遇這段變故認爲該是告老還鄉的時候。

總之有各式各樣的理由，像他這種在牢裡撐下來沒事的，反而是少數。

那也是他足夠年輕，體質和心理堅強。即使如此，他也仍是休養了一段時間。

也因此，今年需要招攬更多的人。

「……卡瓦基特！」查思泰喚。

卡瓦基特正在廣場核對新進騎士名冊，聽見聲音回過頭。

「副團長。」

「嗯。」查思泰邊走向他邊應道。「這些就是新的見習騎士？」他掃向列隊的年輕人。

「是啊。」卡瓦基特正點名點到一半，回答後繼續下去：「接下來是愛德華……咦？」

查思泰也在這個時候，發現隊伍裡舉手的那個人。他瞪著眼睛，幫卡瓦基特唸完整。

「愛德華．戴維斯？」

他的弟弟。

來到艾恩之城的第七天。

莫維每天都在邊境之牆進行加固，他學得非常快，漸漸地，不需要介入魔力軌跡進行幫助了，而且單次加固的面積也逐漸擴大。

一點也沒有令人意外。

看起來是可以達到目標的半個月內。格提亞注視著自己面前盤子的食物，認眞地思考接下來該做的事。

他獨自坐在大餐廳的角落位置，倒不是因爲人多或什麼，就是單純地習慣不受人注意的邊角，他在學院的辦公室也是位於相當偏僻的區域。雖然在此用餐的騎士時不時地盯著他瞧，不過他毫無所覺。

「老師！」

一聲呼喚讓他醒過神。他抬起眼睛，看見意想不到的人。

「愛德華？」還穿著騎士團服？

「嘿。」愛德華端著自己的餐食，高興地坐在格提亞對面。「是不是嚇你一跳？」他笑嘻嘻地道。

格提亞眨了下眼。

「你……」

「我通過騎士團的初級測試了。」愛德華說道，雖然也是由於今年擴增徵召人數擠進的，他還是有點小得意。「這是見習騎士的制服。他們說只要人在艾恩，就得每天都穿著騎士制服，這是個絕對必須遵守的傳統。」他指著身上。

「原來如此。確實有點不一樣。」格提亞道。乍看之下和正式騎士服很像，有些細節不同，像是領口的線條，不變的僅有手臂上繡著的騎士團紋章。

「你……你會覺得我在這裡很奇怪嗎？」愛德華猶豫了下提問。

「為什麼？」格提亞聽到他這麼說不大明白，真心道：「能有認識的人，我覺得很好。」

愛德華聞言，先是低下頭，然後開心地笑了笑。

「老師你也見過我那麼難看的樣子，其實我家人不贊成我來，他們覺得我做不到。」可是，他一定要試試！

因為先前發生的事情，讓他感到羞恥。

父親身為公爵府輔佐官，平日還要為母親的病情奔波；哥哥在騎士團，遭受冤罪而入獄，自己同樣身為戴維斯家族的一員，卻每天逃避現實，什麼忙都沒幫上。

他不能再這樣下去了。歷經這種巨大變故，痛定思痛後，他下定決心跟隨兄長，於是報考騎士團，也算是對過去風鳴谷討伐隊的一個反省。那時候，他甚至差點拖後腿了。

他會喊格提亞老師，就是想像當時的同伴們一樣。

格提亞望著他雙手指間的新繭。

「在學院的時候，我的課堂，不論是否真心喜歡魔法，我都願意讓他們進來教室。」

他緩慢說道。只要他們肯坐在位子上，說不定有一天，就會忽然對魔法眞的感到興趣。

人是會改變的。不論多麼一無是處的人，也能夠變成截然不同的存在。

就像他自己，他從沒想過會爲誰使用禁術；就像莫維，那麼傲慢的人，也不應該以那種方式結束。

沒有什麼不可能的。

格提亞每當回憶起過往，就會出神。

愛德華未察覺到他的異樣，自顧自地道：

「如果大家也能像老師一樣歡迎我就好了，我是眞的想要當騎士的！老師，你知道初試要做什麼嗎？那些基礎的體能測驗眞的是累死我了，不過我努力鍛鍊，咬著牙硬是撐了過來……」

從他們到艾恩之城，莫維的一切起居有沙克斯和侍從處理，雖然城堡猶如迷宮，申請帶路即可，這些日子沙克斯他們已經差不多要熟悉路線了，光是要認路和服侍莫維就很忙了，格提亞自覺不是什麼尊貴的身分，所以也不想麻煩他人，他總是在大餐廳吃飯，自己打理自己，和所有騎士團的成員相同。

因爲他不能去大澡堂，所以是自己搬熱水在房裡沐浴。不過即使他如此平易近人，騎士團裡，沒有任何人接近格提亞。

格提亞本來在學院裡就獨來獨往，不會特別寂寞。只是，可以感覺騎士團還是和他們保持距離。

現在，有了一個愛德華。

「希望你能成功。」格提亞眞誠祝福他。

愛德華有點傻里傻氣的。

「謝謝。」

上一次，在艾恩之城，直到最後，騎士團也未接納他和莫維。

但是人是會改變的，什麼都是可能的。

應該喪生在風鳴谷的愛德華，如今坐在他的面前。

伊斯特騎士團，也會不一樣的。

儘管目前的關鍵，都還是與過去相同，不過，他能夠確實感受到，細節與過程變化了。最重要的是提早了很多。

他必須要更謹慎，擺脫那個不想要的結局。

自這日開始，愛德華經常在餐廳找格提亞說話，有時候聊天氣，有時候提訓練的辛苦，某天忽然一臉開心地說母親的病情好轉了，應該是先前兄長入獄積鬱成疾，一切回歸正常後，細心調養就漸漸恢復了。

格提亞看著他的笑容，雖然自己不曾有過類似的經歷，也感染到他的喜悅。

只是，始終沒有見過查思泰出現在愛德華身邊。

稍微遲鈍。

「你哥哥沒來看你？」這日，格提亞直率地開口問了。

「欸？」愛德華正在喝湯，險些嗆到。「咳、咳咳。啊……也就老師你會問我。」他抹抹嘴。記得以前聽歐里亞斯他們提過，格提亞不怎麼社交，因此在某些人情世故方面稍微遲鈍。

「是不能問的？」格提亞睜眼。那又是爲什麼？

「不，問倒是可以問，就是一般都會覺得這個問題讓氣氛尷尬而不想問。」愛德華道，旋即覺得自己這般說明有點搞笑。

「尷尬？」格提亞還是不懂。他們是兄弟，是家人，難不成其實感情不好？這是他唯一能想到的理由了。

愛德華放下湯匙。

「我哥明明是副團長，但是我到這裡後，他卻一句話也沒對我說過，一般人都會避開這個話題。」他乾笑兩聲解釋，然後道：「我之前講了我家人都不贊成我來騎士團吧，那也包括我大哥。」說他做不到的，其實也是哥哥。

由於他一直以來混吃等死的表現。父母擔憂他的身體和心理都承受不住騎士團嚴格的鍛鍊，是出於關心的反對。

可是哥哥查思泰卻不同。

查思泰是斷定以他的能力，絕對不可能做到。大概還怕他丟臉，連帶丟戴維斯家的臉和副團長的臉，最後他一定會令人失望，所以，才對他如此冷淡。

由於副團長本人的冷落，所以他在這裡也沒什麼可以說話的對象，大家都會避開他。因爲如此他才總是找上格提亞。

這樣，就不會有孤立無援的感覺。

格提亞見他眼神愈來愈落寞，於是說道：

「但是你努力了。」

「咦？」愛德華抬起臉，然後握住拳。「當然！我超努力的！」他大聲說。

「這樣就夠了。」格提亞單純地說道。

家族的榮譽或別人的評論，是身爲貴族之子的愛德華，時常都會經歷的。比起被說一事無成，只會玩樂，都好過認眞做了什麼後別人失望。

貴族子弟很多都是無所事事，整天享福揮霍的，又不單單是他。相對的，能夠活出成就，眞正做出一番事業的青年貴族，當然不是那麼的多。

像他哥哥這樣，年紀輕輕就成爲享負盛名的騎士團副團長，並且功勛顯赫的，就是較少的那一邊。

而他，僅是和大部分的人都一樣而已。

他總是覺得自己會做不好，所以就乾脆不要做，反正大家都相同，如此輕鬆多了。

原來他，即使做出決定來到這裡，現在依舊是感到膽怯的。

「……謝謝你，老師。」愛德華複雜地笑了一下。

不要害怕失敗，因為他努力過了。從今天開始，就這樣告訴自己吧。

格提亞不完全瞭解他心裡的想法，但是，老師這個稱呼，他以為離開學院以後，就再也不會聽見了。

如果還有機會，他想要更積極地和學生交流。

這天晚上，他坐在桌前，回憶著過去的事情，天一下子就黑了。

由於他僅能在深夜不打擾他人的時候取熱水沐浴，所以時間正好。

先去了趟塔頂，再回到房間內好好地將自己洗個乾淨，他頭髮濕漉漉的，穿著輕便的衣褲，來回大澡堂數次將用過的水倒掉。

「你倒是很熟悉，對這個城堡。」

莫維的聲音忽然在背後響起，格提亞轉身，差點就撞進莫維胸膛。

「啊。」他剛才在哪？自己怎麼沒看見？格提亞張著眼睛。

他是曉得，莫維沒事的時候，就在城堡裡面走動。應該是想確認暗號和路徑，因為過去也是如此。

這種，一不小心就會走錯路的建築，莫維絕不會讓自己有犯錯的機會。

莫維睇視著他的反應，道：

「這幾天在城堡裡，我都和你分開行動，不過我看你，對這個迷宮般的地方，熟悉得像是在這裡住了很久。」

格提亞聞言，道：

「你想聽我說什麼？」總是，一直在向他試探和確認某些事情。「我的確在這裡住了很久。」這句話，他是看著莫維眼睛說的。

自從他掉進溪裡，然後他們在伊斯特重逢，莫維的態度變了。

在宴會因藥物失去意識的那晚，到底發生什麼？格提亞總感覺他們有過對話，可是怎麼也想不起來。

反正從那時候開始似乎就有點不同了。

莫維微仰起輪廓優美的下頷，用一貫低垂的視線，注視著格提亞那張認真的面容。他從上到下，將格提亞全身都審視了一趟。

「你去澡堂，不怕讓人家看見這個？」他伸手稍微挑開格提亞的衣領。

繫繩沒有綁緊的領口，可以瞥見些許魔法陣的邊緣。即便對魔法不瞭解，只要識字就知道那上面寫著皇太子莫維的名字，因此一直以來就是也得避免普通人看見。

魔法陣的旁邊，則有一顆痣，不是全黑的，帶點棕色。類似的痣，在後腰部，左臀部，以及腳踝都有。

由於格提亞的皮膚偏白，所以非常明顯。

衣物所遮掩的地方，他全部清楚是什麼樣子。

原因是，他曾經鉅細靡遺地檢查過格提亞整副身軀。

儘管當時他只覺得在自己面前的是個無意識的肉塊，現在卻好像有哪裡不一樣了。盯著格提亞脖子曾經被他粗魯弄破皮的那處，現在已經沒留下什麼痕跡了，莫維不覺咬緊了後牙，臉頰出現筋。

格提亞對他內心的思路一無所覺。

不過，這個輕佻的動作，就是在轉移話題。格提亞道：

「我是去搬熱水。」當然也有他不習慣與他人共浴的原因。

莫維聞言，放鬆了牙關，微微一笑，道：

「對了，遠征隊的時候，你也是這樣。就像個大小姐。」

格提亞難得地皺眉。為什麼不是大少爺？因為莫維自己在帳篷裡泡澡是大少爺？關在魔塔到二十一歲，幾乎不曾和外界接觸，他還是聽得懂莫維是在挖苦。他在莫維身邊的日子可不是假的。

他不懂的是為什麼不用男性形容他。

「但是這個……是什麼？」莫維伸出長指，從格提亞的後領邊緣摸出一條繩子，並且將之勾到衣服外面。他笑道：「我從來沒在你身上見過，是今天才出現的。」

這條格提亞掛在脖子上的細繩，末端綁著一支亮晃晃的鑰匙。

原來被發現了，前面的小動作是在讓他放鬆警惕而已。格提亞的肌膚稍微被莫維指尖碰到，引起微妙的戰慄。

他不多想，從莫維手裡拉回繩子，將那把鑰匙重新放進自己衣襟裡。

「這是很重要的東西。」是他剛才去城堡最高的塔尖拿到的，還由於這樣弄髒了衣褲，比平常更晚洗澡。

雖然艾恩戒備森嚴，不過他身爲大魔法師，位階更高，他和守夜的騎士誠實說明自己要去那裡檢查一下，找個東西，完全沒有隱瞞形跡的坦蕩態度讓他過關。更何況那個屋頂，伊斯特騎士應該認爲，裡面僅有灰塵。

所以，他幾乎是沒遇到什麼阻礙就取得這把鑲嵌在塔尖的鑰匙。

「我是在問你，它的作用是什麼，以及你爲什麼要拿著它？」莫維臉上雖然依舊帶笑，眼神卻變得不悅了。

格提亞望著他，半晌，問道：

「如果我告訴你，你會配合我？」

「……什麼？」莫維瞇起眼睛。

格提亞總是如此。不害怕他，不對他低頭，在他身邊，一無所懼地堅持誰都不曉得理由的目的。

「如果不能配合，那我沒有講的必要。」格提亞是眞心這樣認爲。語畢便越過他，走向自己房間。「……很晚了，早點休息。晚安。」進房前他還是覺得該說點話。

正當他要關上房門時，莫維卻一把抓住門板推開。

「那麼，我從你那裡搶過來，就不需要配合你了。」他跨一大步，踏進格提亞的房間。

格提亞十分平靜，毫無任何意外或嚇到的感受，莫維的性格就是如此，這表示不打算輕易就讓他繞過去。他在心裡嘆了口氣，乾脆讓莫維進來，並且關好門，這樣兩人才能夠密談。

格提亞在心裡整理了下，應該要怎麼說才好。

「你這幾日都是單獨行動，我想你有自己的事情要做……」他是這麼揣測的，直到剛才爲止。「你是在觀察我？」在走廊上，莫維的第一句話，是說他很熟悉這個城堡，格提亞因此明白了。

莫維自己雖看出記號，不過也需要在城堡裡進行確認，至於管家沙克斯有人帶路，唯有格提亞，從第一天起就對這個城堡內部瞭如指掌。

「我是。」莫維不帶情緒地大方承認。

格提亞聞言，道：

「果然。」以後的每一次，他都還是會確認的。如果不多疑，那就不是莫維了。

這種瞭解他的語氣，都要聽膩了。莫維的紫眸裡映著他的臉。

「那把鑰匙，是做什麼的？」他問著格提亞。

格提亞絕非要隱瞞他，單純是思考後認為沒有什麼講的必要，尤其在清楚莫維根本不會幫忙的情況下。但是現在他知道自己只能說出來，否則莫維不會輕易放他走了。

「三天後開始進行最後的騎士考試，會發生意外，就是那個時候用的。」雖然和過去那次相比，從伊斯特到艾恩的事件提早發生數年，不過，所有該進行的事情仍舊，就譬如早上愛德華和他分享剛公布的見習騎士試驗。

上一次，莫維也同樣被貶至艾恩，而且就是在他們抵達數日後進行正式騎士選拔。

「什麼意外？」雖然莫維不怎麼關心騎士考試。

格提亞搖頭。

「我不知道細節。」因為那個時候，他在邊境之牆的最北邊，正準備要進行大規模的加固。

當他回來艾恩的時候，就看到距離城堡不遠的一塊廣闊區域，地面爆炸被燒得焦黑。那是個很不自然的圓形範圍，約莫有一個小型村落的規模。

現場活著的伊斯特騎士團成員，臉上表情莫不憤怒驚恐。因為那片焦土裡，有差不多十三位見習與正式騎士。

全部都被燒得屍骨無存。

據聞那天，敵國發動襲擊，莫維使用魔法，當場敵無不分全部炸個粉碎。

沒有人知道是什麼樣的敵人，理由是目擊者全部死亡。除了莫維。

然而莫維並不解釋。他說，他只是做了該做的事情。就這樣，沒有任何交代。大概就是從那個時候開始，他們和伊斯特騎士團之間的裂痕，再也不可能塡補。

當時他從灰燼內感覺到魔法的痕跡，不是屬於莫維的。是一種不曾接觸過且有點奇異的。

在後來的日子裡，才終於曉得，原來那是敵國的「神力」。

爲此，他必須擁有這把鑰匙。即使不曉得細節，或許也不一定會發生，畢竟年份不對，可是若是有這個，就應該足以應付。

儘管格提亞一臉認眞，給出的回答卻不能使人滿意。有時候，莫維覺得他言行矛盾，表現得好像明白一切，但又不是什麼事情都透澈瞭解。

可是，至今爲止發生的事情，確實都由於格提亞參與其中，起到非常關鍵的作用。

「你到底是誠實，還是在欺騙？」或是，兩者都有？

面對這個質問，格提亞想也沒想，道：

「我不會欺騙你。」這絕非容易做到的事。但是，「即便是謊言，也不會對你說一句。」他想要莫維的信任。

爲此，他絕不能對莫維說謊。

這不是格提亞第一次對他表達這樣的態度。可是，格提亞眞摯的眼神與態度，究竟是給誰的？莫維的心裡，又是一陣不愉快。

格提亞在他面前，總是有種極與極的展現。並非完全坦露自己，卻又像毫無保留；雖然對他十分實誠，那副模樣卻經常使他莫名煩躁。

他究竟想要格提亞如何，大概，連他自己也道不清楚。

現在，格提亞表明忠誠的對象，真的是他嗎？

那雙直視的黑色瞳眸裡，看的到底是誰。

他自己，又爲什麼要在意這個。

「殿下？殿下──」

門外傳來沙克斯的呼喚聲，格提亞打開房門。

「在這裡。」他道。

「格提亞大人？殿下。」沙克斯剛好站在門口，見著兩人便行禮。已是就寢的時間了，他習慣做最後一次確認，結果沒想到殿下不在房間。本來還懷疑自己難道是走錯地方了，明明這些天來已經記得路的，幸好不是。「殿下，差不多該休息了，還是您要繼續和格提亞大人談論要事？那我去沏一壺茶可好？」氣氛似乎有點微妙，因此他出聲詢問。

「謝謝，不過不用，我要睡了。」回答的卻是格提亞。「……你也去睡，這樣才會快點長高。」他看著莫維，完全就是長輩口吻。

他所知道的事情已經都說了，天色亦晚。他是真的那麼想才講的，晚睡本來就不利於生長。

沙克斯差點就噗哧一聲笑出來了。常有人好奇他跟著不祥的皇太子這麼久，有什麼奇怪的事發生嗎？他覺得現在這個敢和殿下如此對話的年輕人就是。

他偷眼瞧著莫維，可惜角度關係，看不到表情。

「……三天，我等著看。」莫維僅是這麼道，走出格提亞房間。

格提亞總算鬆一口氣，他是真的好累。

將門重新關上，他移動到床沿，然後一頭倒下。

糟糕。體力消失得比他想像中的迅速，才這麼想著，他馬上就失去意識。

彷彿記憶整個被抹去一段，等他張開眼睛時，已經日上三竿了。接下來的日子，他也是整天都昏昏欲睡的。

再撐一下，格提亞告訴自己。終於到了見習騎士考試的這天。

「你還好吧？老師。你最近都看起來很累啊。」早上，在餐廳裡的時候，愛德華還忍不住關心他。

「沒事。」格提亞讓自己打起精神。「你今天要參加最後的考試，祝你成功。」他真心地道。

愛德華聞言，挺直了背脊。

「我會努力的！」

爲了戴維斯家族，也爲了他自己。

深夜，格提亞站在訓練場不遠處，目送著這些年輕人離開城堡。

這個考試從凌晨開始，總共會進行一天一夜。

所以，接下來，也就是試驗期間，他必須在莫維身邊寸步不離，避免過去的慘劇再次發生。

「……你是來這裡睡覺的？」午後的練武場，莫維自行鍛鍊，原因是格提亞暫停了邊境之牆的加固，說要留在城堡。他也很快地發現，今天格提亞一直待在他能看到的範圍。

更正確地說，從白天開始，格提亞的視線幾乎沒有離開過他。

他對別人的目光相當敏銳，雖然他通常都無視。格提亞的反常使他不得不產生注意。

不過好幾次，格提亞稍微閉上了眼睛。

「我醒著。」他否認道。他是很累，可是沒有睡著。

「……騎士考試開始了。」莫維當然沒有忘記這件事。他長劍的劍尖指向地面，事不關己地道：「我很期待。因爲最近實在太無聊了。」關於魔法的練習，他已經學會了，也膩了。

那個牆怎麼樣都無所謂，對他來說沒有用了。

「即將而來的，絕非是什麼有趣的事。」格提亞直視莫維的雙眼，道：「但是我會阻止，不讓最壞的情況發生。」

莫維睇著他。

已經好幾次了。格提亞這樣看他的時候，總是好像因為和他有關，然而，無論是在佛瑞森，或者在伊斯特，每一件事情的中心都是格提亞。

那是由於格提亞所言的，會阻止，不讓最壞的情況發生。所以，格提亞介入導致發展變化與終止，才會成為每次事件的核心。

那麼，那些被格提亞轉移承受的風暴，原本該是發生在誰的身上？或是，本來又會發生什麼？

「但是，我討厭無趣。」莫維這純粹就是在刁難格提亞而已。

格提亞聞言，想了一下。他凝視著莫維，道：

「你確實一直有點欺世亂俗的。」這句話，帶著他一些個人情緒。莫維最後做出那種選擇，他覺得莫維當時也許騙了他。

他待在莫維身邊，不是為了看莫維走向毀滅。

那長久相處的日子，在格提亞心裡，已經認為彼此建立起某種連繫。由結果來論，莫維不那麼想，是他自己一廂情願。

聽到格提亞這麼說，莫維相當意外。格提亞總是出乎他預料。

然而，他此時又開始覺得格提亞對話的對象，其實根本就不是他。莫維瞇起紫眸。

「我不記得你可以評價我。」

格提亞忍不住抬手揉了下眼。

「這不是評價。是實話。」他依舊平靜地回答。

莫維又是注視著他。片刻，他朝向格提亞重新提起自己的劍，格提亞沒有半點反應和動作。

只要他現在揮劍，格提亞就會人頭落地，難道格提亞感覺不到危險，又或者，格提亞信任他。

還是，自己根本就沒有殺氣。突然間，莫維意識到，他手裡的長劍，仍是最初格提亞隨手遞給他的那把。

於是，他手腕一轉，劍尖用力揮向了旁邊的木樁。

現在的他，可以明確地感覺到，格提亞所做的這一切，全是因爲想保護一個人。

而那個人，就是他。

鏘的一聲！木樁被他砍成了兩半。

接著他不再與格提亞交談，繼續他的鍛鍊。不知經過多久，他昂首看向天空，時間在他專心一意的時候流逝，已經傍晚了。

他收起自己的劍，偏過臉見到格提亞仍在原來的位置上，頭還垂得好低。於是他走過去，道：

「今天就快要過完了，你所說的……」

本來，想要嘲諷幾句的。

豈料格提亞忽然整個人往前倒去，莫維在這一瞬間，腦子裡閃過的是格提亞落溪的畫面。當時他也僅是些微的遲疑，致使他再也抓不住格提亞。因此這次，他毫無考慮地伸出手來接住了格提亞垂下的頭，及時止住傾斜，沒讓格提亞整個人掉在地板上。

似曾相識的昏迷。在格提亞施展魔法過後，總是會有這種情形。

莫維馬上想到的，是格提亞過去每一次的耗盡體力，這兩天看起來確實精神不是很好，可是格提亞使用魔法了？不過，再仔細一看，格提亞閉著雙眸，安詳的臉蛋躺在他掌心裡，舒服自在。

果然就是睡著了。

不是之前那樣醒不過來的感覺，更像是單純累到睡了。

莫維有生以來，第一次，腦子似乎空白了一下子。

應該讓他就這樣倒在地上吃土。這麼想著，正準備抽手，忽然聽見城堡四處響起號角的聲音。

格提亞因此張開雙眼，同時迅速抬起頭來。

「……來了。」他圓睜一雙黑眸道。

莫維注視著他。

究竟是第幾次了，提前告知未來的格提亞。

或者說，是格提亞曾經有過的經歷。

格提亞沒有心思察覺莫維纏繞在他身上的視線，僅全神貫注地聽著騎士們喊道：

「怪物正在追擊見習騎士團！所有人戒備！」

怪物？是什麼怪物？如果是普通野獸，那麼一定不會這樣稱呼，雖然自己現在失去魔力，但是應該可以辨識那些是什麼生物，知道如何對付，不過，這個鑰匙就……

格提亞不覺抓住胸口，隔著衣服，將鑰匙握在手裡。

他飛快站起身，凝視著一旁的莫維，又一下子停住動作。

不行。他得待在莫維身邊。

他必須要立刻決定自己應該怎麼做。

此起彼落的號角聲響徹雲霄，遠方再度有人喊道：

「別讓怪物接近城堡！」

沒有猶豫的時間了。格提亞扯住莫維的袖子，甚至沒有空去注意他的表情，邁步快速朝外奔去，同時道：

「你跟我來。」

莫維和其他人，他兩邊都不會放棄。

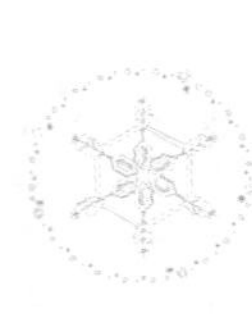

見習騎士的最後考試，簡單來說，就是在艾恩的全裝備行軍。

伊斯特雖然氣候還算舒適，不過艾恩之城這裡，由於地貌的緣故，在春夏季會造成多雨型態，他們這些見習騎士，就是要在這個季節，全副武裝，從邊境之牆的北端，用雙腳走回城堡。

這段路說遠不是非常遠，但也絕對不近，就是一天一夜的路程。途中還必須穿過一條河川與一大片森林，更重要的是，他們必須自己想辦法找東西來吃。

當然，可以省事忍著餓就好，不過，沒有食物，絕對沒有體力繼續。

見習騎士一行人，從半夜被馬車載送到邊境之牆的北方，然後開始往回走，已經過去好幾個小時了。

天空漸漸亮起，他們也感到勞累而放慢速度。

「我們該吃東西了吧？」

「啊？你在跟我說？是在命令我嗎？」

「不是，我沒那個意思，就是覺得肚子餓了……」

「我也餓了，大家都餓了吧。所以我們愈走愈慢了。」

「那是要怎麼辦？去打獵嗎？」

十幾個人七嘴八舌的，都由於疲勞造成心浮氣躁，一時沒有主意。

伊斯特騎士團的成員，大多數是貴族出身。邊境領地的貴族，和首都的還是有些不同的，他們從很久以前就明白自己的家族必須鎮守家鄉，後代也是受此教育，伊斯特騎士團擁有非常高尚的榮譽，所以即使危險，若是孩子想要加入，父母通常不容易阻止，這能夠爲整個家族帶來榮光與美談。

也由於是防衛重地，比起一般貴族，伊斯特的貴族會多生幾個孩子。如果家裡有兩個兒子，通常還是會留一個男孩在家裡。

因爲，要確保繼承人。

所以像是戴維斯家這樣，兩個孩子都加入騎士團的狀況，是相當少見的。

聽著大家快要吵起來了，愛德華道：

「那我們先找個地方休息，然後討論一下分工合作吧？」

去風鳴谷的時候，就是這麼做的。

此話一出，十數雙眼睛望向他。愛德華這時才感覺自己就這樣插入對話，是不是有些突兀。

「那就原地坐下？」有人這麼道。

愛德華聞言，連忙道：

「最好先找到水源，在有水的附近會比較方便。」這樣不用來來去去地提水。「我們不是會經過河川嗎？按照腳程，差不多該到了。」他說。

「對耶。」另一人從腰間掏出地圖和羅盤。「應該在那邊，再往前走就會看到了。」他指著方向。

「那我們先過去吧。」愛德華道。

沒有異議。他們遂開始移動，沒多久，果然看到一條河。

接著，按照愛德華的建議，他們自動自發地討論誰擅長打獵，那幾人組成一個小隊，他們帶著弓箭刀劍，先去找食材了。愛德華還提醒他們，要在路上的樹枝做記號，這樣才不會迷路。

留在原地的人也沒有閒著，開始組織剩下的工作。

打水，生火，撿柴來燒。識水性的，捲起褲管去河裡抓魚；對植物熟悉的，彎腰去找些野菇配菜。

過一會兒，狩獵組回來了。他們收穫四隻鳥，三隻兔子，以及一頭小鹿，加上抓的魚，足夠了。

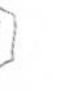

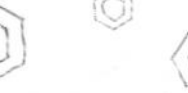

拔出腰間小刀開始處理，然後用河水清洗內臟，至此，每個人都覺得在水邊果然太好了。

在眾人開始火烤食物的時候，愛德華昂首望向天空。

「……你在看什麼？」坐在他對面的，名為夏佐的年輕人問道。

愛德華收回視線注視對方。記得這人是狩獵組的，聽他們說，夏佐是個神箭手來著，那四隻鳥都是他射下來的。

愛德華回答道：

「我在看天氣，似乎還不會下雨，暫且可以安心。」見夏佐一臉疑惑，他說明道：「我聽哥哥說過，艾恩的雨，總是又大又急，如果是這樣，也許會造成河川暴漲，如此一來，我們就得迅速撤離了。」希望頭上這個陽光，能夠持續到他們飽餐一頓。

夏佐又是看著他，半晌，才道：

「你和我聽說的不一樣。」

愛德華傻住。

「咦？」

這時，旁邊一個叫賴昂內爾的人，也加入話題：

「沒錯！我剛好也是這麼想的。愛德華．戴維斯，你和我在家裡聽說的不一樣！」他長得相當粗壯，嗓門也特別大。

因此，旁邊其他人，開始注意他們之間的對話。

「啊……」意外成為眾人焦點，愛德華不大習慣。「我大概可以猜到，你們聽說了些什麼，不過，那都是沒有錯的，是曾經發生過的事，只是我現在想要改變。」每天在街上像個乞丐，倒在骯髒巷弄的那段期間，其實他都知道別人是怎麼講他的。

像是沒用的小兒子，戴維斯家的恥辱。膽小，不爭氣，敗逃回家，這些全是他身上的標籤，他當作不曉得而已。

「那你，為什麼突然改變了？」夏佐問道。他的態度一直清清淡淡的，所以即使問題略微尖銳，也不怎麼惹人不快。

愛德華愣住，思考了一下，道：

「應該是我……終於明白自己該做些什麼了吧。」語畢，他露出尷尬的表情，感覺自己似乎不大適合說出這種帥氣的話。

夏佐和賴昂內爾兩人都望著他，這令他更是漲紅了臉。

「那不是挺好的嗎？」最後，是夏佐出聲，解除這差點無言的氣氛。

愛德華立刻在心裡認為夏佐是個好人。

「我也覺得挺好的！」賴昂內爾沒頭沒腦地接住話尾，然後道：「我還以為你會因為家裡出身，無視我們呢！」他剛就想說這個了，但是被夏佐講去別的話題，所以他自己再硬轉回來。

家裡爹媽在他出發來到艾恩時，就有提醒不要太靠近戴維斯輔佐官的那個小兒子，免得被白眼。完全沒有這回事嘛！賴昂內爾決定回家會和父母修正這個錯誤的印象。

愛德華聽他這麼說，又是一頓。

夏佐和賴昂內爾同樣皆是來自男爵世家，他們兩家的爵位，都差上戴維斯一截。如果是在以前，還沒經歷過風鳴谷討伐那時，從未去外面見識過的那個無知的他，確實曾經瞧不起更爲低階的貴族。

明明他自己家也不是多高級，僅因爲父親在公爵府做事他就仗勢欺人。

可是後來他知道了，爵位的高低根本無關緊要，有沒有實力才是最重要的。就例如他，不過是個廢物。

愛德華抿住嘴唇，一時不知該如何回應。

交談忽然停住，有了一陣子沉默。

「現在挺好就好了。不是嗎？」

愛德華抬起臉，打破安靜的依然還是夏佐。也仍舊輕描淡寫。

「對啊！我也覺得這樣很好！」賴昂內爾同樣胡亂接話。

「……哈哈。」愛德華忍不住笑了。

儘管家人都不支持，兄長也認爲他做不到，可是決定來到這裡，眞的是太好了。

他打從心底這麼認爲。

見習騎士團粗略地用過一頓野餐，很快地收拾，繼續前進。

剛離開河岸沒多久，就開始下雨了。眾人紛紛穿起披風，戴上帽子。

「我們運氣很不錯耶！」隊伍中有人這麼說道。因爲是吃完才開始下雨的。

即使天氣惡劣，不那麼順利，可是沒有人再那樣煩躁了。

方向感敏銳的人，走在最前方帶路，大家都沉著魚貫跟上。雨愈下愈大，銀藍色閃電劈開天空，響起震耳欲聾的雷聲，他們的鞋子都濕透了，腳步也沒有半點遲疑。

他們每個人，會在這裡，都已經具有一定的信念。

就這麼著，整個隊伍絲毫不受氣候影響，迅速往前推進。離開森林以後，像是脫出雲雨區，雨勢逐漸轉小，最後滴滴答答的，停了。

「耶！」在隊伍最後頭的賴昂內爾，不禁朝天空揮拳喊出一聲歡呼。

大家你看我，我看你，也都熱烈吶喊：

「太好了！」

愛德華當然也是相當高興的。他看向前方，艾恩城堡已經在他們的視野之內了。

現在是太陽就要下山的傍晚，應該在入夜前可以抵達。

就要成功的心情，使他特別地喜悅。

「不過，我聽說啊，其實到達城堡，還有隱藏的考驗呢。」

「啊？什麼考驗？」

「好像是行軍回去以後，在完全沒有休息的狀態下，和正規騎士團員對打的樣子。」

「我們怎麼可能打得贏！就算沒有行軍也打不贏啊！」

「據說只看對打的表現，輸贏不是重點。」

或許是城堡就在眼前，大家都稍微放鬆了，開始有一句沒一句地聊起來。

其中有人道：

「愛德華，你哥哥是副團長，你知道些什麼嗎？」

隊伍裡的愛德華聞言，一下子怔住了。

別說知道些什麼了，自從來到這裡，哥哥查思泰根本都沒有和他說過一句話。正當愛德華想辦法將這個問題自然繞過去的時候，隊伍停下了腳步。

「怎麼了？」大家疑惑，紛紛看向前面。

就見隊伍為首的見習騎士，拿著地圖和羅盤的雙手微微顫抖著。

他注視著路的那端，有一隻體型巨大的灰熊，四肢著地以野獸的姿態，惡狠狠地盯著他們。

「欸？」

見習騎士團當然不會如此容易被嚇到，他們臉上會有錯愕的反應，那是由於每個人想著的都是，這頭熊看起來十分奇怪。

他們面前的灰熊，不但比一般熊龐大許多，爪子也離奇地利長。更詭異的是牠的身體，顯現的不是毛皮光澤，而是宛如盔甲那樣的，金屬般的堅硬感。

愛德華腦子裡一瞬間閃過什麼，可是還來不及說出口，那熊就朝他們狂奔過來！

速度之凶猛快速，猶如獵豹。

這怎麼可能！

熊的動作，怎麼會如此快！

倉促中他們只來得及往後退兩步，甚至連武器都沒時間拔出，僅一剎那，灰熊就欺近至眼前。

鏗的一聲！

兩道黑影從旁邊衝出，並且同時揮劍砍向灰熊。

遭受攻擊的灰熊，頓時止住腳步。

愛德華定睛一瞧！那是伊斯特騎士團！

這兩名伊斯特騎士團的騎士，是一直暗中跟著見習騎士團的隨護者，避免這些年輕人發生意外。

雖然，他們沒有想過會是這樣的「意外」。兩人持劍站在灰熊前方阻擋，飛快地互望一眼，這頭熊，剛才那兩劍居然毫髮無傷，怎麼回事？

其中一名騎士當機立斷地喊道：

「快跑！朝城堡跑！」

最先回過神來的是夏佐。

「跑！」他重複著騎士的命令大喊道。

所有人解除身上多餘的裝備，只留下武器，同時即刻邁開雙腿跑向左側樹叢，要在植物掩護下繞過前方灰熊再朝城堡奔去。

就在此時，灰熊站立起來，像人類那樣抬起利爪，揮向騎士。

騎士直覺必須放棄對抗，於是滾地避開這一擊。那熊掌便拍向旁邊樹幹，一聲巨響，樹木的主幹像是被擊穿般中央裂開一個洞。

他們見狀一驚！這若是被碰到，一定內臟破裂當場死亡。

絕不能讓牠繼續猖狂！

兩個騎士不需要言語交流，非常有默契地一個攻上一個攻下。

他們可是訓練精良的伊斯特騎士團！

然而，劍身砍到的地方，不論是頭部還是腳部，都沒有造成一點傷害。甚至那個手感，就像是砍在了鋼鐵上面。

這可是熊啊！是生物！

即使有皮肉特別粗厚的野獸，也不可能如此。

眼前的灰熊流著口水，氣勢特別凶惡，亦長得不像平常所見的野熊。難道真的不是普通動物？

「……脖子！」

見習騎士團繞走的方向，突然傳來呼喊。

那是已經隨著隊伍逃離一段路，卻又折返回來的愛德華。

「你怎麼……說了快跑了！」騎士對他吼道。

這個情況無法保證弱者周全，灰熊再次揮舞雙掌，他們趕緊左右閃躲。

硬碰硬不是辦法，若是他們的劍先斷掉，那就糟糕了。

愛德華雙手圈在嘴旁，幾乎是用盡吃奶的力氣，大叫道：

「喉嚨是弱點！只有砍脖子才能殺死牠！」

爲什麼那個年輕人會知道呢？於此時此刻，這並不重要。

騎士立即互相交換一個眼神，一人躍起劈砍吸引熊的注意力，另一人毫不猶豫地橫刺向熊的脖子！

滋！劍尖總算穿進皮肉，登時鮮血狂噴。

愛德華見他們成功了，不禁喜悅地雙手握拳。豈料，下一秒，另一隻熊，緩慢地從那兩名騎士身後出現。

而且，看起來同樣地凶惡。

「這可……眞是意料之外啊。」

騎士飛快從腰間掏出一個鹿角，放在嘴邊朝天空吹響。

幾乎可以確定了，這不是什麼運氣不好遭遇野生動物。

絕對是計畫性的攻擊！

身為邊境守備的騎士團，他們必須果決地給出自己的判斷。否則等到事情難以收拾那就遲了，騎士們已經明白，這非單一事件，也就是說，可能還會有更多的熊，他們只有兩個人，要在體力耗盡前尋求增援。

「小子！快走！」發出警訊後，騎士再次要求愛德華盡快離開。

兩人很快地又開始聯合對付灰熊。

愛德華沒有躊躇，轉身就跑！

他又再次逃走了。這次是因為被別人視為累贅，可是，他同時也相當清楚，現在的他會拖後腿，他唯一能做的就是逃跑！

見習騎士的大家，也都是明白這個道理，所以才毫不猶豫地聽從指揮。

他如果耍性子，就跟在風鳴谷的時候一樣了。

所以，他要做好該做的事！

那就是避開戰場，保護好自己，不要成為他人需要費心照顧的廢物。

「呼、呼。」愛德華雙腳跨越矮叢，不停地向前跑著。

他心裡有不好的預感。那熊，太像風鳴谷的魔獸了，這樣的話，就絕對不會僅有幾隻而已。因為那個時候，最後魔獸可以說是傾巢而出了。

唰唰！草叢裡忽然傳來異聲，愛德華謹慎地放慢速度。

結果下一秒鐘，一頭像是狼的野獸跳了出來！

他緊急停住腳步！

那看起來是狼的動物，不管眼神或者姿態，以及流著口水餓極渴望血肉的樣子，都極似他在風鳴谷所見過的魔獸。

他就是意識到這點，所以才折返回去告知騎士。

因為現在，在這裡，似乎唯有他見過魔獸。雖然有些細微的地方不大一致，可是那種異常凶惡猙獰的態勢，完全相同。從騎士對戰的情形來看，他們不曉得弱點，巢穴與魔獸的事情，皇宮沒有全面通知防範嗎？那又是為什麼？

那頭熊攻向騎士的時候，看上去並無視野狹窄的缺陷，是熊進化了？這匹狼也一樣嗎？愛德華意識到自己正在用力思考突破困境，一下子冷靜了下來。

腦子不像之前那樣頹廢了，不過，眼下他可沒有想這些的時間。

愛德華滿頭大汗，從腰間拔出長劍。

這頭狼的目標已經鎖定他了，人類的雙腿絕對跑不贏野獸，背向牠逃離是不智的選擇，除了正面與牠戰鬥別無它法！

持劍的右手在發抖，愛德華用另外一隻手握住穩定。雖然為了加入騎士團，他認真地鍛鍊過體能，也努力地學習劍術，不過那畢竟都僅是一段不能說是很長的時間，他的經驗與火候遠遠不夠。

可惡！若是以前在家裡，和哥哥一起練習對打就好了。

這樣的話，他也一定能夠通過最後的隱藏測驗吧。

惡狼前腳踏著地，忽然間就衝向他！

「哈啊啊——」愛德華大吼一聲，雙手握緊劍柄，擺出迎擊架勢！

就在電光火石間，忽然有什麼東西飛來，射中那匹狼的眼睛，牠因此失去方向感偏離，同時緩下速度。

愛德華聚焦一看，插在惡狼右眼上的，是一支箭。

只聽樹木上方傳來夏佐的聲音：

「賴昂內爾！」

賴昂內爾從旁竄出，打橫抱著一段粗大的樹幹，朝那匹狼用力揮去。

「看——我——的！」他使勁大喝出聲！

那惡狼一下子就被擊飛出去。

夏佐從樹上一躍而下，愛德華呆在原地，傻傻地看著自己面前的二人。

「你……你們……」不是跟著大家先走了嗎？

夏佐見他表情就知道他在想什麼，道：

「是賴昂內爾說想等你。」雖然不知道他跑回去要做什麼，不過總覺得不放心。「這個直覺可眞是太準了。」是動物本能嗎？猩猩類的。

賴昂內爾喘出一口氣，擦了下汗。

「還好我們有留下來，對吧？」他笑。

「謝謝你們，不過……」就在愛德華說話的時候，那頭狼果然重新站穩了。「牠們，就是這些怪異的動物，對痛覺似乎非常無感，弱點只有喉嚨，不殺掉牠們，牠們便會攻擊到死掉爲止。」這是風鳴谷時，格提亞行前教他們的。

「原來如此。」賴昂內爾也拔了劍。

夏佐抽出揹在背後的箭矢搭上弓，瞄準前方那超出一般認知的狼。

「沒什麼好擔心的，我們這邊，可是有三個人。」他眼睛一瞇，迅疾地將狼的另一隻眼也射瞎。

同時，賴昂內爾與愛德華，雙雙奮勇衝上前，朝狼的脖子砍去！

連一聲嚎叫都來不及發出，幾乎被砍斷頭的惡狼應聲倒地。

狼頭噴出來的鮮血，染紅愛德華半邊鞋子。他氣喘吁吁，手終於不抖了。

「快……快跟上大家。我覺得不大對勁，還會有更多熊和狼出現的。」他對兩人這麼說道。

語畢，號角聲剛好響了起來。

一聲遞著一聲，由近至遠，去往城堡的方向。

這裡是邊防重地，本來邊境之牆每隔一段距離，就會有騎士巡邏和站崗哨，所以剛才那騎士吹響號角，通知最近距離的同伴。現在局勢擴大了，就得將緊急情況告知城堡那邊。

可是僅憑著號角，沒有辦法傳遞更詳細的事態。

愛德華朝旁邊的夏佐和賴內昂爾點了下頭示意，三個人邁開大步跑了起來。當然主堡那裡有皇太子和格提亞老師，即便發生什麼也不用擔心，但是這裡只有他知道該怎麼處理，所以他們必須盡快回去，要沿路告知大家發生什麼事，以及魔獸的弱點！

「——哇啊！」

「小心！」

才跑沒多久，就看到見習騎士部隊正在前方，隊形凌亂慌張，再接近一瞧，原來有一群狼將他們包圍住了！

夏佐見狀，立刻上前找到最高的樹，手腳並用俐落迅速地爬上去。他的箭，需要良好的視野！

愛德華和賴內昂爾腳步沒停，愛德華邊跑邊喊道：

「攻擊喉嚨！喉嚨是弱點！夏佐會射箭掩護你們的！」

「欸？」持劍抵抗狼群的眾人，因為突如其來的襲擊，以及面對詭異的生物，原本一時手足無措，陷入混亂，聞聲都重新凝聚精神。

「脖子是嗎？脖子……」有人馬上瞄準眼前狼頭，旁邊卻又突然竄出一頭朝他撲過去！「——啊！」他忍不住大叫的同時，滋的一聲！狼的左眼瞬間插上一支箭。

這人想也沒想，在狼中箭導致遲鈍的下一秒鐘，飛快舉劍劈向狼的脖子。和之前怎麼砍都砍不動完全不一樣，劍尖所及之處終於有肉的手感，他立刻咬牙加大力氣，鮮血登時從劃開的口子噴出！

「啊……脖子！砍得進去！」他馬上大吼通知身邊同伴。

大家都互望一眼，很快就幾人結成一組，分開斬殺狼群。即使他們不是正式騎士，可是，他們也都受過訓練！

「給我滾開！」賴內昂爾彎腰抱起一塊大石頭，用力吸口氣後，就朝狼群扔去。

愛德華看樹上的夏佐以及地面的賴內昂爾，雙雙都有效輔助，自己也馬上提劍加入團戰。雖然過程中有幾人受傷，不過狼也接連被順利斬殺，最後剩的兩三頭，變成見習騎士包圍牠們。

城堡那邊，號角聲沒有停過。愛德華見此地情況已經被掌握，便對夏佐和賴內昂爾說道：

「我要先一步回城堡，必須把我知道的情報告訴他們！」

「嗯。」夏佐與賴內昂爾兩人點頭，同時掩護愛德華離開。

「謝了！」愛德華不再猶豫，越過見習騎士團。

在風鳴谷的時候，他只有見到狼，可是，這次多了熊，而且經過剛才與見習騎士的激鬥，他再次確認了，牠們的視野都相當正常，沒有看不見旁邊的問題。就當作他雞婆也好，他要盡快回報！

正當愛德華努力朝城堡方向狂奔的時候，格提亞也扯著莫維的袖子來到城堡外面。

「不行！劍砍不進身體！」

「小心一點！牠們好像不會痛一樣！」

艾恩城堡周圍，闖進十數隻狼與熊，騎士們正在與其奮戰。

如果是普通的野生獸類，對他們伊斯特騎士團來說，根本不會造成威脅。然而，現在他們窮於應付。

查思泰正面對著兩頭灰熊，聽見旁邊同伴的回報，確認這些果然不是正常的動物。艾恩所在之地，常見叢林野生的猛獸出沒，可不曾是如此全體對人類發動奇襲的狀況！

這簡直像被什麼控制了一樣。連生物也變得不是原本的樣貌。

以騎士團的能力，雖然一時半刻還沒造成什麼重大傷害，不過倘若拖到體力耗盡，那就不一定了。

必須盡快解決。

這麼想著，一隻熊掌用力揮了下來，查思泰舉起劍身格擋。沉重的壓力令他屈膝，他咬著牙頂住，別說人與熊的力氣差別了，劍弄斷就不妙了。

「這些魔獸有弱點！是喉嚨！」

有人這麼呼喊著。

查思泰認出那是大魔法師格提亞的聲音，於是瞥視過去。就見一匹張牙舞爪的狼撲向格提亞，站在他身後的皇太子，僅是簡單地舉起劍對準狼頸，等待狼自己送上前被刺穿。

然後，血泉噴灑，皇太子一揮臂將狼甩出去，那騎士團怎麼都砍不進的猛獸，就這樣倒地。皇太子莫維，輕鬆地彷彿呼吸一般。

雖然在練武場已經見識過了，不過還是教人吃驚。查思泰一手持劍擋著自己眼前的熊，一手抽出腰間短刀，橫著捅進熊的脖子，原本惡狠狠的灰熊隨即躺在血泊之中。

查思泰一個反手，長劍刺進另一頭灰熊的頸項。

格提亞說的是眞話。

「大家都聽到了！砍脖子！」團長丹不在，那麼發號施令的就是他查思泰。「兩人隊形！」他厲聲喊道。

這是他們伊斯特騎士團，訓練時的用語。不同人數分別應用於不同狀況，這些野獸儘管凶狠，知道弱點以後，最多兩人一組即可解決。

騎士團聽命。

「是！」

所有人迅速俐落地整隊，即刻徹底執行。格提亞心裡佩服，不禁往前站了一些。

莫維一把抓著他的後領，道：

「後退一點，你想死嗎？」要不是自己出手，他早就被吃掉了。

「……太多了。」格提亞恍若未覺地喃語，直勾勾地看著面前的景象。

那些魔獸。彷彿源源不絕，殺死了一批後，又會有另一批湧進。

他不是懷疑騎士團的實力，只不過，人類的體能並非是無限的，終會有耗盡的一刻。

「老師！格提亞老師！」

聽到有人喚著自己，格提亞轉過頭，看見喊他的是愛德華。

而愛德華，坐在騎士團長丹的馬上。馬臀旁，還掛著一顆千瘡百孔的熊首。

「看來不用我多說了。」丹在掃視一周後道。

今晚他帶著幾名團員，沿著邊境之牆進行平常的巡邏，亦準備視察見習騎士團的回程進度，豈料途中聽到牆邊傳來的號角聲，同時間遭遇怪異的野獸，他進行一連串的攻擊沒有起到效用，結果忽然就聽到愛德華．戴維斯在旁邊大叫告知野獸的弱點。

當下他立即付諸實行，順利解決。他帶著愛德華馬上趕回城堡。

「目前城堡裡面人員七十九名，都仍可戰鬥；邊境之牆有傷者傳出，不過還未有大礙，另外原本遭受追擊的見習騎士團正由騎士帶回中。」查思泰看見丹出現，迅速上前報告。

這些都僅是粗略的情況，儘管他們伊斯特騎士團有一套自己的系統，會以號角長短排列聲來做分辨，不過所能傳達的還是有限。

丹跳下馬，沒有一絲多餘的動作。他從背後掏出一對斧頭，分別拿在雙手，沉聲道：

「不管有多少敵人，我們要做的就是殲滅。」

「是！」騎士們齊聲喊道。

丹加入戰況，在眨眼間用手中雙斧砍掉兩匹狼一頭熊的腦袋。

簡直所向披靡。

丹的現身，帶來莫大士氣。

「……原來如此。」莫維瞇起眼睛。看來，丹．費根鮑姆的慣用武器應該是斧頭，當時在訓練場，他沒有完全發揮自己眞正的力量。

丹展現自己身爲團長的實力，其他人也因此受到鼓舞，順利地收拾掉猛獸。

但是，無論除掉多少隻，都彷彿永無止境。

那個時候，莫維毀掉將近一個村莊的範圍，就是因爲這樣？數量多到必須只能大規模地毀滅。格提亞注視著面前的景況，細想自己所擁有的記憶。

如果是那樣的話，以目前情形，他們絕對無法輕鬆取勝。

「老師！」愛德華來到他身邊喚道。

格提亞回過神。他看著愛德華，然後拉住他的手腕，將從脖子上拿下的，一直握著的鑰匙放進愛德華的掌心裡。

「仔細聽我說，我有一件非常重要的事要交代給你。」

「咦？」愛德華愣住。

格提亞認真道：

「這可以幫助所有人，並且改變結果。」

愛德華聞言，張大了眼睛。

格提亞身後的莫維當然也聽到這段對話，不過他就是一副看好戲的表情而已。

附近的查思泰在殺掉一匹狼後，很快地上前道：

「閣下！我弟弟還不是正式的騎士，最好和其他見習騎士一樣退到安全的地方。」言下之意，他不希望弟弟去執行任務。

無論是出自於擔心，或者出自於對弟弟能力的不信任。

「副團長，這件事只有愛德華適合去做，我也相信他一定做得到。」格提亞這麼說，然後雙眼凝視著愛德華，道：「城堡最頂端的塔，那裡有一面牆，牆上有個鎖孔，你要去把這個鑰匙插入鎖孔。」這段時間，愛德華經常在午餐的時候和他聊天，所以他相當清楚，愛德華已經記住城堡裡的所有路線。

因爲愛德華每天都會走遍城堡裡每一個能走的角落。即使看不見的地方，愛德華也用他的方式默默努力了。

「牆……鎖孔……」面對即將承擔的重責大任，愛德華不是如同英雄那般馬上應允成爲託付對象，依舊產生迷惘。

這次並非由於單純的恐懼，而是對自己可能失敗造成錯誤所產生的躊躇。

「你去到那裡，鑰匙就會給你方向。記住，把鑰匙插進鎖孔。」格提亞沒有用言語特別鼓勵，或者重申對他的信任。

僅是用那雙墨黑的眼瞳，不加任何掩飾或夾帶多餘含意，就那樣純粹地看著愛德華。

愛德華心臟怦怦跳著。

「我、我知道了！」他用力地緊握手心裡的鑰匙。「我一定會做到的！」語畢，他轉身就奔向城堡。

格提亞對他的宣告毫不懷疑，見他離去，扯著莫維的衣袖。

「然後，我們要去找尋巢穴。」

莫維垂著眼眸。他發現自己在意，格提亞抓著別人的手，自己卻只有袖子。面對著格提亞黑燦燦的眼珠，他正在考慮要不要聽話。

就像知道他在想什麼似，格提亞又道：

「我明白你不在乎其他人，只是，你也討厭一直處於挨打的狀況。」

才這般說完，一頭熊撲過來，莫維看也沒看，舉劍打橫一揮！那熊首在瞬間落地，鮮血狂噴。

紅雨灑在天空，落在四周騎士團成員身上。

確實，不管這裡的人怎麼樣，莫維一點也不在意。但是，不停朝他襲擊的畜生，的確使他愈來愈不耐煩。

莫維面無表情半晌，隨即笑了。

「那就走吧，老師。」

他又陰陽怪氣了。格提亞明顯能感受到，不過願意聽話就好。

「嗯。」他應道。

巢穴一般都會在陰暗的地方，所以兩人脫離戰場，朝著森林的方向前進。

莫維直到這時，才啓唇道：

「那個鑰匙，跟魔法有關？那傢伙能用嗎？」鑰匙插進牆壁的鎖孔，那種形容，一聽就是啓動魔法。

格提亞看著前方，道：

「可以的，我已經將我的魔力附著在上面了。」體內那所剩無幾的魔力，他每天都一點一滴地傳遞包覆在那把鑰匙的表面。

原來是因爲這樣。莫維雖不關心格提亞，還是有注意到格提亞鑰匙不離身，以及這陣子的嗜睡。

「所以，那是什麼作用？」莫維始終旁觀，原因就是想知道答案。

這座邊境堡壘，究竟有什麼皇室紀錄沒有寫明的東西？

格提亞臉上是一副清澈的表情。

「艾恩之城，是魔法的城堡。」

他說。

在經過長久的戰爭，雷蒙格頓畫下國界的，那個魔法師被視爲無比偉大的年代，鋼鐵堡壘艾恩之城，是於那時，由艾爾弗本人幫忙建成的。

最初的幾年，與敵國的煙硝並未完全停止，也時常仍有小區域的戰爭，隨著時間，邊境漸漸變得穩定，這個過程，度過了幾百年。不知什麼時候開始，魔法師的數量減少了，也因此帝國沒有魔法師能夠前來邊境，而且，不再打仗了。

在這年復一年的日子裡，很自然地，就像是失落的記憶那般，那把代代相傳，卻再也沒使用過的鑰匙，用途也被遺忘了。

他們將它放在城堡最頂端的塔尖閣樓，是由於只記得它對非凡的力量會產生反應。要是使用魔法，鑰匙會綻放出比白天還刺眼的光芒。

整個城堡都會沐浴在其中，僅是如此而已，就已相當驚人。

因爲現在，已經沒什麼人記得或目睹過魔法了。

即使用嘴巴講，沒有魔法就不會發光；倘若發光了，那也不過是讓人哇的一聲發出讚嘆，就像個娛樂遊戲那般的價值。老騎士們告訴繼承者，讓他們自己去體會，就是這個原因。

現今的伊斯特騎士團，已經完全不依賴魔法了。

就算被兇猛的野獸包圍，他們甚至也沒想過請大魔法師馳援，每個人都專注地掃蕩自己面前的敵人。

這不但是由於伊斯特騎士團訓練精良，更是在這個世代，魔法師就像是幾乎不存在的虛幻記憶。

已經消失的，對戰場毫無任何意義。所以，他們沒想過，也想不起來。

對雷蒙格頓帝國大多數人而言，魔法師是一種傳說。

僅存在書本裡的，不應該會再出現的。

但是，還是有少部分的人，始終一直記得。

像是謹記祖先流傳的話語，佛瑞森的安娜；又或者，親眼見識過魔法，在心裡造成莫大震撼的愛德華。

他也曾經和其他人一樣，忘記了魔法師，可是現在不同了。

愛德華緊握住鑰匙，腳步絲毫沒有停留，一路奔至城堡的最頂端。高度和地面有一段距離了，號角聲以及打鬥聲，仍是清晰可聞。

一下子跑得這麼急，他滿頭大汗，氣喘吁吁，心臟彷彿要從耳朵裡跳出來了。縱然已經上氣不接下氣，他也全神專注在任務上。

最高的塔尖！他朝那個方向奔去。

儘管他不明白，格提亞所說的鑰匙會指引是什麼意思。

可是，他堅信不疑！

「……欸？」在路愈縮愈小，接近頂端的時候，他發現手裡的鑰匙發出亮光了。

而且，在他面前的一道牆，也散發同樣的微光。

愛德華迅速跑過去，果然看到那是一個鎖孔。

於是，他毫不猶豫地將鑰匙插進去。

就像格提亞讓他做的那樣。

這個瞬間，其實沒有什麼特別神奇的事情發生，只是聽得鑰匙貼合鎖孔響起喀嗟的一聲。

愛德華汗流浹背，大口大口地喘著氣，注視著那抹光芒，逐漸地向外蔓延與擴大，先是牆面，然後是天花板與地板，接著整個樓層都發出了光。

「……咦？」

而最爲明亮的，是他衣服上的，伊斯特騎士團的紋章。

「——怎麼回事？」距離城堡的遠處，卡瓦基特與幾名騎士，和野獸浴血奮戰。在黑夜裡，散發著驚人光輝的城堡，令他稍微分了神。

「後面！」同伴大喊提醒。

卡瓦基特回過身，立刻朝狼首上劈上一劍，不過因爲有些失準，所以沒解決掉牠。

眼見有頭熊朝另一名同伴撲去，卡瓦基特也叫道：

「小心！」

同伴聞聲，反應極快地避開。

就差那麼一點。無論是他，還是其他人。

他們離得太遠了。今晚他們輪到在邊境之牆站崗，號角聲響起以後，也按照命令組隊對抗猛獸。然而，不論怎麼砍也砍不完的數量，漸漸地使隊形變得凌亂，造成自顧不暇，顧他人也難的局面。

再加上體力的消耗，雖然目前還能處理，可以預見倘若情況不變，他們將會隨著時間流逝落爲下風。

「卡瓦基特！」

隨著這句嘶啞的大吼聲，卡瓦基特轉動眼珠，望見一隻熊掌朝自己的臉揮來。

這一瞬間，卡瓦基特感覺周遭彷彿變成慢動作一般。他想著，來不及擋，也來不及躲，這下子，大概半邊臉都會被抓扒掉吧，最糟糕的情況，或許腦袋會被刨開。

無論如何，他也要頑強地活下來。

因爲他是伊斯特騎士團！

卡瓦基特舉起了手臂，果然還是慢了一步。那灰黑色的尖銳利爪，就要重擊他的顏面——

作爲一名勇敢的騎士，他並沒有反射性地閉上眼睛。

所以他看見了。

那熊掌在距離他臉皮數公分時，他的面前憑空出現一個圓形的銀色魔法陣，就像最堅硬的盾牌一樣，將攻擊擋了下來！

「怎麼……」回事？卡瓦基特眞的傻住了。

然後他終於察覺到，自己所穿的騎士團制服，上面繡著的紋章正在發光。

在他附近的騎士，也因此情此景露出訝異的表情。

更讓他們吃驚的是，他們每個人衣服上的紋章都有銀光，而且每個人都有魔法陣盾牌保護。

艾恩之城，被稱作鋼鐵的城堡。

然而，伊斯特盛產鐵礦僅是一個後來的巧合。如鋼鐵般堅不可催，其實是指魔法的保護。

這整座城堡，就是艾爾弗給予戰士的禮物。

團長丹看著出現在所有人面前的魔法陣，哼了一聲。

「全員！好好利用這個掩護！盡快結束！」

「是！」

有了保護的魔法陣，他們不用再擔心猛獸的攻擊，只需要斬殺就好！

那就變得非常容易。

這就是爲什麼，魔法師數量曾經最多的雷蒙格頓如此強盛。擁有魔法師，就必定戰無不勝，不過，他人也別想得到如此驚人的力量。

在森林裡的莫維，望著城堡的方向。

因爲那邊就像白天一樣光亮。

他轉回頭，則睇見格提亞的雙眼，在這個眉月高掛的夜晚，變成七彩的顏色。

「所以，那邊的是你的傑作？」莫維明知故問。

格提亞搖頭。

「嚴格來說不是，我只是貢獻了渺小的魔力。」用來開啓那個機關。

艾爾弗留下的遺物皆是如此，即使僅有最微薄的魔力，也能夠啓動魔法陣。

就像是，已經預見久遠的未來，艾爾弗一族不但會減少，魔力也會減弱那般。所以必須爲後世，留下他能力所及的幫助。

莫維睇視著他。

格提亞總是讓他感覺奇怪與不適。原本在學院低調到近乎透明的老師，忽然間積極地接近他，說著自己失去絕大部分的魔力，情況又經常因他個人而有不可思議的發展。

以爲他應該是這樣，沒想到是那樣。莫維非常不喜歡這種無法掌握的感覺。

更別提格提亞身上有著他記憶裡沒有，卻確實是他本人留下的痕跡。

令人煩躁。

莫維數不清自己到底是第幾次有這種心情了。

「那把鑰匙的功用，究竟是什麼？」他問。也特別討厭自己這種無知的立場。

艾恩堡壘是建國最初的產物，也就是魔法師艾爾弗還在的時候所建造的，整座城堡充滿魔力，能夠自行運轉，這種模式，亦不會給目前的他造成負擔。格提亞道：

「那個鑰匙，可以啓動守護的魔法陣，在所有擁有騎士團紋章的人身上，建構魔法的盾牌。」戰爭的時候，非常需要這樣的魔法，然而和平久了，卻被遺忘了。

就像他們魔法師一樣，不被需要了。

「騎士團紋章……嗎？」那就是他們兩人身上沒有了。莫維一探手抓住格提亞的衣領，將他扯到自己懷裡，避開一頭惡狼的襲擊，同時出手揮劍割開牠的頸項。

「……謝謝。」格提亞微吃一驚，因爲他根本沒察覺到有狼，不過一如以往地不怎麼害怕。

「如果沒有我，你要怎麼辦？我看你是眞的想死。」莫維發現了。不論是在佛瑞森，在伊斯特，或者此時在艾恩，格提亞好像一點也不關心自己的生命，做事情從沒考慮過自己會如何。

雖然他本身也沒有比格提亞好多少，不過在目的達到之前，他會瘋狂地在危險邊緣試探，卻不打算輕易喪命。他得活著，即使這世界沒有什麼美好的事，可光是想像著以後能夠摧毀令他不愉快的一切，就足夠使他繼續留下。

但是格提亞不同。

格提亞明明對他有所執著，又那麼不在意自己的性命。

「我……」格提亞一時無言以對。

他只是還不習慣。因爲他原本是那麼地強大，這裡所有的凶猛野獸，他曾經能夠在一瞬間使牠們消失。他就是，一直忘記那已經是過去的自己了。

他當然不想死。他得確認莫維好好活著。

彷彿在回應他內心的想法，莫維道：

「如果你要幫我的話，死了可沒辦法幫。」他冷淡地睇著格提亞。

莫維說的這個話，就是純粹的，因爲他還能利用而已。格提亞一怔，忽地有陣夜風吹來，拂亂了他的髮，將他的披風揚起。

格提亞嘴角微動，露出一個離笑容還有些差距的淺薄笑意。

「嗯，你說得沒錯。」重新回到莫維身邊，再次面對這些久遠的記憶，他始終覺得自己是獨立於外的一個人。

在這個世界裡，就只有他，是個特別怪異且不應該的存在。

即便他想改變什麼，最後得到的結果，卻與過去大同小異。他是成功了，還是沒成功，其實他自己也不曉得，唯一能做的，僅有祈禱那些細節的變化，能夠在最後，給莫維帶來不一樣的結局。

他要活著。和莫維一起。

不舒服。每次看著格提亞，莫維就是如此的感受。他乾脆撇開眼睛，道：

「雖然你說要找巢穴，不過我看起來，好像沒有那種東西。」他們騎著馬，已經離開好一段距離了，儘管那種和魔物極爲類似的猛獸一直出現，可是始終未曾感覺到巢穴的存在。

巢穴是一種高濃度的能量集合體，擁有魔力的他們，是能夠比普通人更容易察覺到的。

「沒錯，這裡沒有。」格提亞望向遠處說道。

猛獸的數量攻勢，直到黎明劃破黑夜才結束，當然，伊斯特騎士團亦與其廝殺到天亮。雖然每個人都筋疲力盡，可是在魔法陣的保護之下，奇蹟似的都僅有輕傷。

見習騎士團也順利回到城堡，沒有缺少一人。格提亞聽到消息的時候，有種難以形容的心情，和風鳴谷那時一樣的。那本來應該被捲入莫維的魔法死去的十三個人，他們是誰並不重要，重要的是，他們這次活了下來。

「出太陽了。」騎士們遙望著日出，終於可以坐下休息一番。

稍微喘口氣，他們很快重新整裝，負責哨崗的，駐守城堡的，以及每輪巡邏的，全數回到位置，其他的人除了整理環境，也收集部分野獸的屍體，準備釐清事件緣由。

於是，正午時分，團長丹以及副團長查思泰，與莫維跟格提亞，四人同時出現在騎士團會議室。

「是『神力』。」格提亞發言。他是唯一瞭解情況的人。「這異常凶猛的野獸，是由敵國的『神力』所製造出來的。」他平靜地道。這是他確認巢穴不存在的推論。

「你說……神力？」丹面色凝重。

那種，普通人沒有的特別力量，並非雷蒙格頓帝國獨有。鄰近敵國也有類似魔法師的存在，他們將這種能力稱為「神力」。

意即，神所賜予的。

這對雷蒙格頓帝國來說，是非常大逆不道的說法。因為神就是神，人是不可能像神那樣的。所以，人所擁有的，絕不會被視為神之能。

「他們能用神……他們可以將野獸變成這樣？」查思泰確認問道。

格提亞點頭。

「是的。另外一提，帝國內也有相似的情況發生。」

「也是神力？」丹瞪大眼睛。那不就代表敵國入侵到內部了？

「不，是帝國內殘存的古老魔力造成的。」

至此，格提亞確定他們果然完全不曉得此事。

但是，這很奇怪。

那樣危險的事件，就算必須隱瞞群眾是能夠理解的，但是國家的士兵不應該一無所知。邊疆尤其重要，如果對此不具認識，遇到了無法處理，會使守衛的任務大亂甚至瓦解。

若是昨晚，沒有愛德華，沒有格提亞，那麼他們一定損傷慘重。思及此，丹嚴肅道：

「我必須向你道謝，大魔法師閣下。」若不是啓動魔法陣，他們所有人都捱不到天亮。

這一代的伊斯特騎士，不，或者說這一代的所有士兵，大概都不曾有過與魔法師共同作戰的經驗，那些只是歷史書裡描繪的畫面，就連想像也很難具體。但是今天，已經在騎士腦海裡逐漸淡忘的魔法師形象，又再度立體了起來。

格提亞聞言不知該怎麼反應。他幾乎不曾被人如此正式感謝。

「是愛德華的功勞，這個表揚屬於他。」他是眞的這麼認爲。「雖然這次很危急，不過這種粗暴的襲擊，應該不會再有了。」他道。

「爲什麼？」還不能說是產生信任，不過丹仍舊請教。

因爲上次就是這樣的。之後在艾恩的日子，再也沒有遭遇過。格提亞不覺望向莫維。若不是自己親眼見識，他也不曉得莫維當初毀掉一個村莊的大小，原來是這個緣故。

「總之我是這麼認爲的。」他僅能這樣回答。

「是嗎？」丹因此沉吟。

就在對話稍微中斷的時候，莫維出聲了。

「我想回去休息了。」

查思泰聞言，便道：

「那殿下就先……」

莫維抓住格提亞手臂，微笑對著丹和查思泰道：

「他和我一起。」

但是事情還沒講完。

「……我知道了。」最後，丹放棄選擇硬碰硬。反正和格提亞有的是機會交談，惹惱性格陰晴不定的皇太子殿下則不是好事。

莫維就這樣，帶著格提亞走出會議室。

雖然格提亞其實沒有特別疲倦，不過如果莫維要帶走他，他最好是跟著。他覺得莫維這個行爲似乎是有什麼原因。

在長廊上，莫維放開了格提亞，兩人朝房間的方向步行，一路安靜。

直到格提亞打開自己房門，莫維也跟著踏入。

莫維道：

「你好像有話要跟我說。」他反手關上門。

現在，在這裡，只有他們兩個人。他要第一個聽到，再決定要不要讓別人也知道。

原來他看出來了。格提亞沉默了一會兒，然後開始緩慢地說道：

「伊斯特是重要的東部領地，爲什麼代理領主能夠隻手遮天數年，而陛下沒有介入？帝國內的魔獸，更像是刻意被隱瞞了，伊斯特騎士團才會一無所知。」他抬起眼睛，看著莫維的瞳眸，一字一句，細緻地分析，「陛下不是一個能夠容忍領主不受控制的人，這不是他的作風。所以，我認爲，陛下是缺乏心力去管了。」以前，他和莫維來到艾恩生活的這段時間，也完全沒有皇帝陛下的消息。

就彷彿，陛下正在忙著什麼，根本無暇理會他們。

皇帝克洛諾斯，是一個控制欲望十足強烈的統治者，他習慣掌控一切，儘管帝國土地遼闊，可是不論再偏僻的領地他都不會放過。一旦貴族產生不應該有的念頭，往上報告者能得到可觀的賞賜，查證屬實當事人則會被他處決，整個家族也遭到肅清。

他最在意的，就是不聽話。所以創造出人人都可監視的氛圍，用以製造恐懼，令得貴族們僅能服從，在如此高壓的治理方式之下，領主不敢造次，遵守所有命令，就不會有麻煩找上門。

比起薩提爾所做的惡行，皇帝會更在意薩提爾沒有向上告知便直接代理領主這件事情。那些殘酷的罪惡不會使薩提爾人頭落地，對皇帝有所隱瞞才會。

因此，伊斯特領地發生的事情十分奇怪。皇帝將他們扔到邊疆後，再也不曾投來關注，也是不應該發生的。

「所以？」莫維歪著頭，一副不覺得這是什麼重要情報的態度。他當然也察覺到不尋常的地方，但是，那都無所謂。「反正最後只要殺了他就好。」他微笑著說道。

這是他首次，在格提亞面前表達自己的目的。

格提亞整個人停住動作。

如果自己有二心，莫維就有可能被舉報。倘若他現在將此事告訴皇帝，那麼會是皇帝除掉莫維最好的藉口。

莫維的表情，像是相當明白一樣。

這又是另一次的測試？這個賭注太大了。格提亞心情一下子平靜下來。

「我不確定皇帝想要做什麼。」上一次，在他弄清楚皇帝真正的目的之前，莫維就已經將皇帝殺了。

「那你能確定什麼？」莫維依舊一臉笑意地問。

紫色的眼睛美麗不可方物。可是，過於美的東西，通常都帶著毒性。

格提亞直視著他說道：

「我能確定，你可以救所有的人，只要你願意。」

莫維不禁笑出了聲音。

「如果我不願意呢？」

格提亞並非在問他的意願，而是以此爲前提。

「從現在開始，你留在艾恩的五年內，要將所有魔法學會，我會教你的。」這個，就是莫維喊他老師所要的。

比在學院，比在遠征那段時間，都還要強烈學會魔法的欲望。

莫維曾經親口對他講過自己討厭輸。極度地討厭。

這不是莫維對變強有走火入魔執著的主因，但也是原因之一。

聞言，莫維眼角一抽。

這種精確的說法，就宛如他曾經待在這裡五年之久那樣。

「三年。」他的眼神瞬間變得凌厲起來，道：「我會在三年之內全部學會。」

格提亞與莫維四目相對，距離近到能在他的眼裡看見自己。

「……伊斯特騎士團。你非常清楚，他們是不會眞心臣服於你的。」因爲莫維是個聰明的人。格提亞問：「如果他們站在你的對立面，那你會怎麼做？」

這是一個明確且帶有指標性的問題。莫維仔細地觀察格提亞臉上每一處可能會洩漏情緒的地方。

但是不容易。因爲那是張慣於淡薄的臉孔。

「你覺得我會怎麼做？」莫維彎起眼眸，總是用問題回答問題。

格提亞不曾移開視線。

「我覺得你……會殺光他們。」他道。

上一次，將十三位騎士燒成灰燼的莫維，在數月後公開處決了伊斯特公爵。就算當時，伊斯特騎士團由於公爵的惡行對此表示沉默，但是，從來到此處打敗幾乎所有人開始，莫維的所作所爲，由伊斯特騎士團看來，每一件事，都像是夾帶著挑釁的成分。

莫維停留在伊斯特的一千多個日子，沒有產生任何和他人的連繫，始終僅有與騎士團之間的那條鴻溝。

因此，以團長丹．費根鮑姆，及副團長查思泰．戴維斯爲首的騎士團，毫無猶豫地在五年後奉命討伐皇太子莫維。

而莫維，會在過程中親手奪去他們生命。

以前，他爲保護魔塔，服從皇帝命令，後來，他逐漸察覺，自己所做的都是無濟於事。當時的皇帝不會放棄對魔塔的敵視與掌控，所以他心底深處，其實希望莫維能夠推翻皇帝，在他認識莫維那麼久以後，覺得莫維可以做到。

而且莫維，或許會看在他的份上，放過魔塔。

所以，他將已知的魔法全部教給莫維，幫助莫維登上帝位。

結果如他所願。除了最後莫維選擇死亡以外。

現在，他則依照自己的意志所爲。

比起最一開始的初衷，他現在想要做的更多。直到現在他才明白，自己原本可以拯救的人事物數也數不清，他不會傲慢地認爲這些都能全部做到，但是此時在眼前的，他再也無法當作看不到。格提亞不希望伊斯特奉命討伐莫維的未來再度出現，可是目前爲止，就算重來一遍，有些事情的結果卻不論如何都沒有改變。

他不僅要阻止壞事發生，也得讓該發生的進行下去。這些，他所累積起來的，只有一點不同的每一步，究竟能否走向另一個方向。

他根本不知道。

可是，他必須去做。

莫維聽到他這麼說，眼眸略微閃了一閃。格提亞問這個問題的模樣，就像之前的每一次。那種彷彿曾經，已見識過一次的表情。

好像，不再需要反覆證明了。

「嗯，很像我會做的事。」

莫維道，就是笑了一下。

「克洛諾斯．雷蒙格頓，在神明與帝國子民的見證之下，將成為雷蒙格頓帝國的下一任皇帝。」

恢弘的挑高大禮堂內，這幾句話的餘音不停地環繞著。

站在克洛諾斯面前的，有三位長者。分別是聖神教教皇，最高法官，以及帝國目前歷史最為悠久的公爵。

他們分別代表著神明，司法，以及貴族，三方的認同。

其中，又以站在中間的教皇最為重要。因為教皇手中捧著的皇冠在此時被賦予神權，以神的名義見證，為帝國的皇帝加冕。

教皇將至高無上的皇冠戴在克洛諾斯頭上，貴族遞上權杖，法官遞出羊皮證書。

克洛諾斯轉身面對著貴族以及教徒，還有在皇宮外頭觀禮的民眾。帝國曆九百三十七年，他成為了皇帝。

禮堂響起如雷的掌聲，白色的鴿子朝晴空飛翔而去。天邊頓時響起悠遠的歌聲，同時灑下晶瑩璀璨，由寶石磨碎的彩色砂粒。

這如夢似幻的場景，是由帝國大魔法師的魔法形成的。

雷蒙格頓帝國之所以強大，就是因爲魔法。

耗時一整天，冗長的典禮結束。明天還有舞不停的宴會，不過克洛諾斯卻趕往皇宮內部，理由是他還有其它重要事情要做。

他來到衛兵鎭守的寢室外頭，雙手推門而入。

只見床上囚著一名年輕女子。儘管處境相當狼狽，女子依舊極爲美麗出塵，並且擁有普通人類沒有的紫色眼眸，奇異得教人吃驚。

特殊顏色的眼睛，這是擁有魔力之人的象徵。

不過，皇宮裡外都有禁止使用魔法的圖陣。

因此就算女子嘴裡被綁著布條，手腳遭到鐵鍊捆鎖，還有那雙滿是憤恨的紫眸，幾乎要出血般瞪視著他，他也一點都不感到害怕。

克洛諾斯脫掉自己的衣服，全身赤裸，一步步走向床鋪。

「嗯──咿──」女子窮盡力氣，四肢不停地掙扎，撞著床板，激動地發出聲音。

房間外頭，長廊上的守衛僅是盡責地將門關上。

闔起門以後，什麼都聽不到。

曾幾何時，歷史書裡和帝國並肩作戰的魔法師，成爲強大帝國的唯一威脅。皇室必須誕下具有魔力的後代，這樣才能與大魔法師抗衡。

這是克洛諾斯懂事後就一直被叮囑的，生為皇室成員，最重要的任務。

「——我才不要！」葛蕾絲．雷蒙格頓，帝國第一皇女，克洛諾斯的姊姊。就算生長在皇家，卻有著自由奔放的性格，這來自她天生的聰慧與敏銳。「我想跟喜歡的人結婚，生下有愛的孩子，才不要變成生魔法師的工具。」她說。

葛蕾絲翠綠色的眼眸，摻雜了一點淡金色。

那是因為，她擁有非常微弱的魔力。

弱到幾乎沒有用處。

擁有魔力的血脈，會由於與普通人通婚導致愈來愈減弱，而且這是一個不可逆的過程。即使帝國想盡辦法，如今皇室裡，也已經沒有人能夠使用魔法了。

「可是，大家都說，這代的皇室再不出生魔力足夠的小孩，會危及父皇的政權。」克洛諾斯在椅子上坐得筆挺，看著姊姊跑進花園裡愉快地轉圈，裙襬不時還沾到泥土。

「笨蛋！」葛蕾絲罵他一句，旋即舞到他的面前，板起臉孔嚴肅道：「魔法師很強，那種強不是我們普通人類可以對付的，所以和他們繼續維持友好才是正確的，反正他們遲早會被自然淘汰。而且，他們不像對權力有興趣啊，為什麼要故意破壞彼此的關係呢。」

現在沒有興趣，說不定哪一天會有啊。克洛諾斯在心裡回應，那是母親過世前說的。人心是最無法控制的存在，雖然從小整個族群教育相同環境相同，和這些相同的人們出生就生活在一起，那也不代表未來不會出現一個特別的例外。

葛蕾絲不怎麼想要繼續談下去，跑去逗弄旁邊嬰兒床裡的一對雙胞胎。克洛諾斯注視著那才剛出生沒兩個月的小皇子。

是葛蕾絲和他的異母弟弟。

他與葛蕾絲是同一個母親，至於雙胞胎的生母，也就是現任皇后，產後導致身體變得虛弱前往別處休養了。就跟生下葛蕾絲和他的母后一樣，那時候母后移居它地，兩年便病歿了。

當然，這對雙子也和他一樣毫無魔力。

這一年，葛蕾絲十四歲，他十二歲。皇帝仍未冊立皇太子，原因是，克洛諾斯並不符合皇帝的喜好。

若是葛蕾絲是男孩子就好了。克洛諾斯親耳聽父皇這麼說過。

「——我不接受！」

葛蕾絲十五歲的生日宴會，父皇突然宣布她的結婚人選。葛蕾絲顧及皇室顏面，直到晚宴結束後才向父親表達抗議。

「這件事由不得妳。」皇帝當時一臉怒意。坐在帝國權力最高的位置，他雖然曾經期待葛蕾絲，欣喜她難得的聰敏，可是她畢竟是女孩子，沒有繼承的可能，再者魔力的展現也使人失望，那麼，就只能為家族貢獻別的功能。

「為什麼！你都不跟我商量，連一句話也沒提過！我這個第一皇女到底是什麼？雷蒙格頓家的母豬嗎？」葛蕾絲平常相當講道理，但是一旦發生爭執，或她覺得不公平，她就會變得比誰都尖銳。

皇帝站起身，「啪」的一聲，用力打了她一巴掌。

這個耳光，使得葛蕾絲站不穩，踉蹌地臥倒在地毯上。她撫著自己被打的地方，很快抬起了頭，眼神並未屈服。

「侍衛！把皇女帶下去！將她軟禁在房間裡！」皇帝生氣地喊道。

葛蕾絲被人架起時，還不放棄地道：

「我不接受！我不接受！」

當時，克洛諾斯在門外偷看，見姊姊要被帶出來了，趕緊跑到一邊躲起來。

那個晚上，那條鋪著昂貴地毯的長廊，迴盪著姊姊不甘心的哭吼聲。

姊姊的婚禮很快就舉辦了，快到教人疑惑。

一般貴族舉行婚禮，就算再小的家族，少說也要準備三個月以上，更何況是皇室，沒個半年一年的怎麼恰當。可是第一皇女葛蕾絲的婚禮，是在她過完生日的一個月。

在婚宴上，克洛諾斯想站到姊姊身邊，畢竟自從那晚以後他就再也沒見過葛蕾絲。皇帝卻下令任何人未經允許都不得靠近葛蕾絲。

因此姊姊的身旁僅有兩位侍女，以及那個克洛諾斯一點也不熟悉的新郎。新郎是某個貴族，幾乎是可以稱作叔叔的年紀，體型圓胖，長得有點油膩。克洛諾斯聽到旁人說像是一朵鮮花插在牛糞上。

至於他的姊姊，美麗的葛蕾絲。與以往活力有朝氣的模樣完全不同，她雙眼無神地望向前方，就連和民眾揮手，也是身旁的侍女扶著才能做出動作。

由於是喜事，大家都笑著，開心極了。

婚禮這天，他甚至都沒能和姊姊說到一句話。

再次見到姊姊葛蕾絲，已經是他十八歲的夏天。

「克洛諾斯！我真的是沒辦法了，求你幫幫我！」姊姊披頭散髮，在一個雨夜，出現在皇子宮外。

他將姊姊帶進屋內，這才發現姊姊濕透的披風下挺著個大肚子。

「發生什麼事了？」他問，倒了一杯溫水給她。

葛蕾絲雙手接過，大口大口地灌下，完全沒有昔日美麗皇女的風範，她身上穿的衣物甚至粗糙到刺痛克洛諾斯的皮膚。

葛蕾絲舔了下乾裂的嘴唇，道：

「他們……他們殺了我的愛人……就要來找我了。」她昂起臉，抓著克洛諾斯的手臂，眼神裡有無助，有驚恐，還有不甘心以及憤怒。

愛人。姊姊結婚的第二年，逃走了，雖然很快被抓回來，她也又再逃跑。她的那個丈夫，自婚禮後沒有再出現過，姊姊的問題全是皇室在處理，這些都是非常機密的醜聞，他知道的是父皇下令封鎖消息，因此儘管民眾對第一皇女婚後的生活好奇，不過嫁去的領地離首都遙遠，久而久之沒什麼消息，大家也就不怎麼關心。

去年，他聽說姊夫已經辭世。只說是病了，沒說是什麼病。

然後姊姊，又再度失蹤了。

所以現在，她口中的那個愛人，肯定不是死去的姊夫。

「姊姊，妳還是聽話回去吧。」克洛諾斯勸告。父皇的性格，絕不會善罷甘休的。

「不行！」葛蕾絲反應非常大，厲聲拒絕。「你根本不知道他們對我做了什麼！爲了讓我生出具有魔力的小孩，父皇用我在做魔力的實驗！」她翻開衣袖，一雙膀臂布滿沒見過的魔法陣，甚至還有打針的痕跡。

「……我知道。」克洛諾斯看著她，說道。

葛蕾絲一時間無法反應，睜大眼睛。

「什麼？」

克洛諾斯道：

「我知道父親拿你們做實驗，姊夫也是由於這樣死了，妳懷孕逃走到鄉下，投靠那個妳很久以前認識的畫家，這些我都是知曉的。」窗外有一些騷動，他起身道：「啊，他們來接妳了。」

葛蕾絲簡直不敢置信。

她從小最疼愛的弟弟，卻背叛她。

「克洛諾斯！」她怒吼著。一瞬間明白情況，她沒有絲毫猶豫和遲疑，當機立斷轉身就跑。

爲什麼總是逃走呢？實在太不優雅了。克洛諾斯看著她的背影。

「所以，誰教妳罵我笨蛋。」

他從容地走出接待廳，結果聽到一陣淒厲的哀嚎，然後是東西滾落的聲響。他往聲源看過去，見到姊姊葛蕾絲失足跌落樓梯。

因爲那雙濕透的、貧窮的布鞋，在大理石上一點都不防滑。

「人在哪裡！」皇帝帶著侍衛剛好闖進。

克洛諾斯站在二樓，指著樓下道：

「她摔下去了。」

就見皇帝飛快接近倒在地上的葛蕾絲。葛蕾絲的頭部已經滲出大片血跡。

「快叫醫生！」他大吼。

外面下著驟雨，皇室醫師很快地趕到了。

葛蕾絲被移至當時皇子宮的一處寢室，醫師沒有任何耽擱，馬上進行救治。可惜，在檢查過皇女的傷勢過後，醫師擦著額頭的汗水，道：

「偉大且尊貴無比的皇帝陛下。皇女殿下頭上的傷口太大，太嚴重，恐怕……恐怕熬不過今晚。」

克洛諾斯覺得這不用醫生也能看出來。姊姊頭殼都有點變形，已經奄奄一息了。

皇帝繃緊臉孔，神色陰沉。

「那肚子裡的孩子呢？」他極其冷酷地問道：「現在是否能將胎兒剖出。我要活的！」

皇室醫師先是震驚，隨即收拾自己不小心洩漏的表情，低頭道：

「理……理論上可行。但要搶在皇女……斷氣之前。」每一個字，都帶著顫抖。

「那就快！」皇帝在椅子上坐下，沒有打算出去。

當然，站在皇帝身後的克洛諾斯也一樣。

「……是。」皇室醫師滿頭大汗，拿出醫箱裡的消毒工具。

克洛諾斯見狀，道：

「不用那些了吧。」姊姊都這個樣子了，不必擔心感染。「你得快點，否則姊姊就要死了。」他毫無感情地說。

皇室醫師臉色蒼白，拿起布條綁在臉上遮住口鼻，也遮掩表情。簡略那些消毒步驟，他戰慄地剖開皇女的肚子。

或許是葛蕾絲身體的本能反應，她四肢抽動了一下。

醫師仔細地切開一層又一層的皮肉組織，鮮紅的血液從葛蕾絲下腹部湧出，流滿整張床鋪，終於取出胎兒。胎兒呈現紫色，沒有任何動靜，醫師馬上施以急救。

可是沒有用，胎兒依舊像個怪異的玩具，不會動也不會哭。

「陛下，恐怕在皇女跌下樓梯時，胎兒也受到衝擊，當場死亡了。」醫師說明道，聲音充滿不安與恐懼。

克洛諾斯睇著皇帝擱在椅子扶手上，那捏到指骨泛白的拳頭。於是他弓身在父親耳邊道：

「父皇，請別擔心，我一定會達成您的願望。」

皇帝聞言，登時怒不可遏，站起來反手連打克洛諾斯兩個耳光！

「廢物！沒用的東西！」他大發雷霆，厲聲斥道：「讓你留著人，等我過來！就這麼點小事你也辦不好！」

克洛諾斯臉頰火辣辣地疼，甚至被打出鼻血。

「……對不起，是我的錯。」他低頭說道。

「你最好真如你所說的！能夠達成！」皇帝怒喝，一甩身上披風，頭也不回走了。

留下滿目瘡痍的血腥現場，不知所措的皇室醫師，以及臉頰紅腫瘀血的克洛諾斯。

葛蕾絲的喪禮，莊嚴隆重地舉辦了。失去如此傑出的皇女，幾乎是舉國悲痛。由於皇室弔喪，原本不打算再拖的冊立皇太子之事，被延至三年後。

到了克洛諾斯二十一歲，已是被授予軍階，並且完成許多任務的年紀。大臣們則由於雙胞胎皇子在文武方面的優異表現，產生對葛蕾絲的移情作用，紛紛認為立皇太子一事，可以等雙胞胎長大也不遲。

然後，那年的冬天，雙胞胎中的弟弟因為馬車意外死了。

同乘一輛馬車的哥哥雖未當場殞命，卻也腦部受傷，像株植物那般僅能睜著眼睛躺在床上，除了呼吸以外什麼都不會做了。

唯一的目擊證人，變成廢物了；比他優秀的存在，也都消失了。

克洛諾斯的繼承之路，已經沒有任何阻礙。

他順利得到皇太子的頭銜。皇帝考慮到克洛諾斯未來將會繼位，不能有所差錯，對葛蕾絲進行的實驗是行不通的，那是用在夫妻兩人身上的方法，當時葛蕾絲的丈夫就承受不住死了，不能再冒險。

所以，克洛諾斯明確地瞭解，自己最快的途徑，就是找擁有足夠強盛魔力的女性來配種。

然而，不是想像中那麼容易。

擁有魔力之人的數量逐年在減少，即使皇室將魔塔裡的居民造冊監視，現階段也不宜從那裡抓人進宮。

魔塔，對皇室來說，是個煩人的存在。

不過從祖父那代開始，帝國允許對魔法有研究興趣的人，可以前往魔塔定居，那裡現在已經不全是艾爾弗一族了。

儘管魔塔環境封閉，其實沒有特別排外，只是皇室禁止外人任意造訪罷了，現在有限度地開放了。

這麼做的理由，是在準備人質。

就如可憐的葛蕾絲曾經說過的，魔法師很強，強得不是普通人能夠對付，即使魔塔因久遠以前與皇室的緣分而站在一起，誰曉得哪天會顛覆帝國，總是會有意外。

可是魔塔的人數正在減少，那麼帝國能夠談判的籌碼就會愈來愈少。

他們往魔塔塞人，那些人會成爲魔塔的住民，魔塔的一分子。這些人僅是憧憬魔法及魔法師，沒有特別的力量，還有那些魔力很弱的族人，都可以說是手無寸鐵的普通人。

魔塔雖然是個小聚落，可是他們非常保護自己人。就算他們很強，也會爲保全所有魔塔人不願反抗。

帝國的大魔法師猶如銬上枷鎖，因此遭受箝制，爲此對皇室言聽計從。

包括協助魔力的實驗。

最終，在他要三十歲時，總算找到了適合的人選。

那位女性，名爲美狄亞。是帝國偏僻村莊的一戶人家女兒，也是久遠以前流落在外的艾爾弗一族後裔。

艾爾弗一族，是用來稱呼天生具有魔力的人們。在帝國建國初期，有幾批族人離開魔塔，在外定居且組成家庭。不過由於和普通人混血的緣故，出生就擁有魔力的人數愈來愈少，這也被視作是遺傳弱勢的分析結果之一。

但是很幸運的，皇室總算找到一個眸色明顯異於常人，且年齡及身體情況也都適合的年輕女子。

雖然身懷魔力，她沒有學習過任何魔法，這似乎是雙親刻意爲之，只爲能夠平靜生活。她的父母當然委婉拒絕了皇宮的邀請，於是，兩人被連夜綁進皇宮並且遭到羈押入牢。

皇帝告訴美狄亞，若是不從，就殺了她父母。於是她只能答應。

所以皇太子克洛諾斯得到一個相當美麗的妻子，有著單邊的梨渦，卻從來沒在皇宮內展現甜美的笑容。爲此皇室還幫美狄亞捏造一個貴族頭銜，讓她能夠配得上雷蒙格頓的姓氏。

美狄亞成爲皇太子妃。同時，開啓了她育成魔力孩子之路。

進行的實驗，完全由美狄亞獨自來承擔，除了烙印在身上的魔法陣，還有注血等方式，當然克洛諾斯早已和她圓房。

可惜懷孕這種事情不是一夜就會有用，就算克洛諾斯覺得自己十分勤勞了，七年經過也不過就生了四個小孩。

而且全部都沒有魔力。

這樣父皇會生氣的。那些胎兒，像垃圾一樣被克洛諾斯下令處理掉了。

某天，美狄亞得知獄中的父母，早就被克洛諾斯遺忘導致死亡時，她崩潰地哭喊著。在此之前，明明條件談好還算是順從的，或者說有點死心了，原來自己的妻子還是會強烈拒絕的。克洛諾斯僅是這麼想著。

從這一天起，美狄亞開始反抗了。雖然中央皇宮有禁制法陣，美狄亞的魔力毫無作用，他仍不得不把美狄亞綁在床上囚禁起來。

他將美狄亞封爲皇后，覺得這是對她好，她應該要知道感恩。甚至很好心地請來一名享譽帝國的騎士保護她。

那人就是帝國第一劍士，巴力·沃克。

實在太礙眼了。南部領地的巴力，不但擁有公爵頭銜，還是這麼厲害的劍士，說什麼要中立，不就是不願意聽皇室的話。

克洛諾斯讓巴力來保護皇太子妃，表面上是因爲信賴巴力，實際上讓一名公爵做護衛的工作，那是刁難。

但是巴力順從了，明明人在壯年，毅然卸下自己的公爵頭銜傳交給兒子，來到皇宮上任，甚至十分盡責。在美狄亞身旁，成爲一名非常稱職的護衛騎士。

一切都是這麼順利不是嗎？只除了美狄亞還未能生下有著魔力的孩子。

又過了幾年，皇帝老到無法行動了，某天夜裡，忽然就死了。

克洛諾斯順理成章地登基。

稱帝的第二年，第三年和第四年，美狄亞都沒有達成他的目標。

終於，他的努力被神看見。

他的第七個孩子，不僅擁有魔力，還是是個魔力異常強大的兒子。

生產結束的這一晚，美狄亞自殺了。

躺在血泊裡，懷裡是剛誕下的初生嬰兒。美狄亞在停止呼吸之前，咬著牙齒幾乎出血，對克洛諾斯道：

「我要詛咒你。這一世，下一世，生生世世，你將會失去你引以爲傲的寶座與皇冠，並且最終死於血親之手，靈魂永遠消滅。」

說完沒多久，她瞠著雙眼斷氣了。克洛諾斯既不傷心也不惋惜，只是覺得都讓她當皇后了到底還有什麼不滿意，死之前的詛咒也教人不愉快。

美狄亞逝世後，他很快地將自己原本的妃子，也就是東部領地伊斯特的貴族之女立爲新的皇后，他原本就是爲了得到伊斯特的支援才納她爲寵妃，這樣正好。也差不多就是在這個時期，他逐漸地感覺他的長子莫維，讓他噁心。

自從莫維誕生，就是交給宮廷保母照顧，他完全不關心。在確認莫維擁有魔力的當下，他毫不猶豫，得意地將莫維冊立爲皇太子，還拿著詔書站在先皇的墳前，證明他已經徹底完美地達成任務。

那個，逝去的父皇，至死都在意，猶如制約般一直交代囑咐他的任務。

他對著父親的墳墓開心愉快地報告此事，手舞足蹈地說自己成功了。父親就算在棺材裡也終於會對他感到滿意了吧。

然而，即便是嬰幼兒的姿態，這座擁有禁制力量的皇宮，居然也沒辦法壓下莫維強大的力量，這使得他非常震驚，想到美狄亞留下的詛咒，他更坐立難安了。於是忍無可忍的他，將莫維關進皇宮最深處暗無天日的房間。

皇太子不祥的傳聞也早已不脛而走。

那裡就比監獄好上一點而已。

正確來說，莫維是被關在鐵籠子裡，僅有麵包和水可以食用，肉體變弱，那麼能力與心智也會退化，他必須磨練這個孩子，使其聽話。

就像嬰兒時期那般。莫維從出生就哭鬧不休，儘管魔塔的魔法師預先告知，生下的嬰兒會因體內過於膨脹的魔力莫名產生疼痛，需要仔細照料，克洛諾斯也毫無想法。

宮廷保母照顧不來時，他就讓保母放著別管，擺在遠遠的房間裡，沒人聽得到聲音，哭著痛著，習慣了自己就會停止。

就這般，三歲的莫維已經會說話了，也有自己的思考與行動。

當莫維抵抗時，他就用繩索將莫維四肢綑綁起來，餓他三天三夜。即使是猴子，像這樣反覆處罰，也該學乖了。

然而並不。每次克洛諾斯站在那個孩子面前，就覺得毛骨悚然。

特別是，那雙和他生母一模一樣的眼睛。

每當這個時候，他就會加重處罰。把孩子綁起來吊在房頂，只要不弄死，怎樣都可以。

那時巴力還在皇宮，他討厭巴力總是站在一旁，用審視的眼神，安靜地看著一切，所以他以美狄亞已逝世的理由，將巴力趕出皇宮。反正巴力已經不是公爵就夠了。

至於他對莫維的凌虐則沒有停止，甚至更變本加厲。

眞討厭啊。

他愈來愈痛恨魔力，或者魔法師。如果他有魔力就好了，爲什麼有魔力的人不是他，而是姊姊？克洛諾斯心裡糾纏的厭惡，成爲實際的虐待，重複體現在莫維身上。

因爲，折磨這個孩子，自己就好像贏了。

直到莫維十歲。完全不再抵抗。

他感到徹底的勝利。認爲自己調教好這個孩子了，於是他對莫維說：

「你是帝國的皇太子。」

都封為皇太子了，成為人上人，也夠了。他只記得，莫維當時抬起奇異的紫色雙眸，用那張比生母更為漂亮的臉孔，注視著他。

然後，這個出奇美麗的孩子，微微地一笑。

就像十分滿足那樣。

據說，人不會有三歲之前的記憶。

可是他記得。

因爲太痛苦了，那些畫面，像是一刀一刀刻在他大腦的皺褶內。

他的第一個記憶，是雙手被綁著，他由於身體莫名的疼痛而哭泣，那條綑綁他的繩索也因此崩斷，侍女們被櫃子上莫名爆裂的花瓶碎片噴傷，撫著流血的臉頰驚恐地看著他的眼神。

之後，他被關進一個不見天日的昏暗房間，沒有任何人敢接近。有很長一段時間，他每天都蓬頭垢面，侍從送餐放在門口，他僅能爬過去用手抓起食物送進嘴裡。

接著，一位女性老者突然出現，她總是雙手比畫著，似乎在對他做什麼。

不過，每一次，都沒有起作用。

漸漸地，她開始告訴他一些事情。在唯有他們兩個人的時候。

不需要他理解，只要他記著。

於是他發現，自己的記憶力極好。在他手腕的麻繩綁得愈來愈多圈，也愈來愈緊，甚至使得他的手腕摩擦出血。

那傷口由於反覆的掙扎動作沒有完全好過，痂被弄掉，又再結起。不過這些，對一個幼兒來說，都沒有體內那如火一般燃燒的劇烈疼痛還來得嚴重。

他好痛，好痛。

每天都痛得昏過去，又再醒來。

像一個永無止境的惡夢，周而復始。

雖然他不確定自己有沒有做過夢，但是即使哭到聲嘶力竭，他也獨自一人在黑暗的深處。

直到有一天，老者帶來一個大他幾歲的男孩子，站在他的面前。

男孩在他身上施下魔法，終於，他不痛了。整個身體，都變得輕鬆許多。

那是，自他出生並有意識以來最舒服輕鬆的一段日子。

儘管他還是被關鎖在又深又黑的房間。

但原來，他是可以不那麼痛的。

不過，這體驗普通人的日子沒有能夠維持長久，一年過後，可怕的劇痛又再度侵襲他的身體。

那個男孩子，爲什麼不再來了？

好幾次，他在全身冷汗昏厥之前，都是這麼想著。

在他不過幾年的人生裡，男孩，是他記憶裡最深刻的存在。

這個時期的他，得到一副特別訂製的金屬製鐐銬。

因爲他太小了，所以必須特殊打造。他的雙手與雙腳，都被拴上長長的鐵鍊，爲削弱他的體力，他每天就僅被允許吃一點點湯，和一點點麵包。

只要，不會死就好。

有一名蓄鬍的騎士偶爾會出現，在的時候，食物會豐富點，不過騎士最後也消失了。五歲以前的他，不算懂事，更由於身體的不適，總是哭叫，嘶吼，甚至在地上打滾。

一旦他如此發洩或抗拒，他就會有幾天得不到任何食物，連水也沒有。

直到他嘴唇乾到裂開滲血，趴伏在地板上。

他活得比房間角落的老鼠還不如。

於是，他逐漸學會了。聽話就不用受苦。

所以即使疼痛，他也忍耐。

「我克洛諾斯的兒子，怎麼能是這副德性！」

一日，高大的男人摀著口鼻來到房間。他很久以前也見過這個男人，那時候保母告訴他，這是他的父親。

也就是，害死他母親的人。這是那名女性老者說的。

從這天開始，侍從再害怕也得進房來幫他清洗身體，整理儀容。接著，還有老師來了，站在離他遠遠的地方，教他禮儀。也是在這個時期，終於有人好好跟他交流，讓他學會如何更正確地說話。

這是由於他四肢被鎖著，也沒有以前難控制，所以給他的待遇。

無盡的痛楚，依舊緊緊糾纏著他的身軀。

只是他學會壓抑罷了。

那時候，老師偶爾會在他面前吟詩，其中有句詩歌，訴說著如果苦難的盡頭是你，我會喜極而泣。他還天眞地想，那麼他的痛苦什麼時候結束，終點又是在哪裡？

會有那個令他喜極而泣的人嗎？

每隔一段時間，他會想起曾在自己幼時出現的男孩。

並且，感到恨他。

恨他讓自己知道那種平靜不疼的日子卻又不再來，如果自己從來不曉得那是什麼感覺，就不會比現在更絕望。

一次，累積許久的混沌魔力，因爲失控將整個寢室都破壞了，像是遭火藥炸過，被烈焰焚燒一般，他亦吐血昏迷。

於是，奄奄一息的他被關進了籠子裡。

一種拿來困住獸類的方形鐵籠，他不是首次得到如此對待，在更小的年紀，他睡在籠內的時間，比睡在嬰兒床還多。若是他再犯，那籠子的尺寸就會縮小一點。

最後，他低頭抱著膝蓋，整個人僅能蜷縮在裡面。他控制不了自己體內四處亂竄的劇烈能量，一旦失序連他自己都會受傷，因此全身無力，在關節要壞死前，他才能被放出來。

有時候，那個所謂的父親，會變著花樣懲罰他。

將他倒吊在房頂，頭臉浸到水桶裡，享受快要溺死的恐懼感；或者把他跟床柱綁在一起，讓他持續數個日夜站著。

只要他有任何反抗或拒絕的舉動，甚至是流露出那種眼神都不可以。

女性老者跟他說，他具有強大到令人害怕的力量。

可是，他不會用。也不能夠用。

他要是用了，就很容易會死亡。他的大腦會變成糠糜，內臟會碎裂，四肢骨骼斷掉。

但對他而言，死了又有什麼不好？

他存在的意義到底是什麼。

他根本不想出生。

腦子裡總是咀嚼反芻這些的他，當時不滿十歲。

他學會聽話，學會隱藏情緒，學會在這種環境讓自己變得舒適的方法。
儘管身體永遠都是那麼痛，他卻明白死掉就可以結束了。
即使沒有那個男孩，他自己也可以停住這一切。
不過怎麼辦呢？在反覆無盡的痛苦之後，他的想法逐漸地改變了。
如果只有他自己去死的話，那不是太無趣了嗎？
他的父親，克洛諾斯，造成他身上所有慘劇的元凶。
學習到的禮教告訴他，人不會這麼做，禽獸才會。
所以，他是禽獸的小孩。
他對母親，或先他出生的那幾個孩子，都沒有任何感覺，因爲他根本不認識他們。
唯獨這個生理上的父親，讓他明白了。
既然克洛諾斯這麼喜歡和他玩耍，那他身爲兒子，也應該好好陪伴才是。
哈。
繼續活下去吧。
不要那麼無聊地死了。他告訴自己。
在他身上的枷鎖終於能夠解開，走出漆黑房間的那一刻，他微微笑了。
——莫維猛地張開眼睛，發現自己身處伯爵府寢室內。
他們處理完佛瑞森的要事，尚未啓程回首都。

今天，是格提亞昏迷不醒的第九天。

莫維坐在椅子裡，支著額頭，身後的落地窗外是即將黎明的天空。躺在床上的格提亞，在廣場前釋放大量魔法，將土地成功淨化以後，就一直是這個深深沉眠的狀態。

他注視著格提亞再也沒動過的側顏。

在進入學院前，他知道的唯有黑暗和鮮血，和永無止境的疼痛。

以及，對他施法的那個男孩。

與四歲見到時比起來，那張臉當然變得成熟了，可是他卻仍是一眼就認出來。

然而格提亞，似乎根本不記得他。

對他，是深刻的記憶；於格提亞，則一點也沒有留下印象。

莫維的長指，緩慢地在椅子扶手上敲著。

一個遲早要被他處理掉的人。他不會那麼在意。

不會。

他靜默地，深沉地，在無聲的寢室裡，凝視著格提亞。

待迎來日出，他將歐里亞斯喚到跟前，冷漠說明啓程前往魔塔的命令。

「駕！」

他將格提亞放置在自己胸前的懷抱之中，坐在馬背上，一扯韁繩前進。

只是因爲還有可以利用的價値而已。

另外，他的疑問也需要答案。

所以必須讓格提亞醒來。

莫維如此解釋著。在腦海裡浮現的，卻是四歲時仍然鮮明如昨日的畫面。

「我不會讓你痛的。」

那個男孩平靜，淡薄地輕聲對他這麼說。

這種沒有用的記憶，忘掉就好了。

懷裡感受著格提亞微弱的呼吸以及心跳，莫維直視著遙遠的前方。

（未完待續）

春光出版・鏡水作品集

書號	書名	作者	定價
OF1001	美麗的奇蹟（電子書）	鏡水	250
OF1002	普通人生（電子書）	鏡水	270
OF1003	許願（電子書）	鏡水	270
OF1004	熱情冷戀（電子書）	鏡水	260
OF1005	這不是愛（電子書）	鏡水	260
OF1006	古典效應（電子書）	鏡水	260
OF1007	天使不微笑（電子書）	鏡水	260
OF1008	Roommate（電子書）	鏡水	190
OF1009	綠色花椰菜（電子書）	鏡水	330
OF1010	TesT（電子書）	鏡水	400
OF1010S	鏡水 BL 耽美作品精選集（十冊電子套書）	鏡水	2750
OF1011	鬼故事（電子書）	鏡水	400
OF1013	他的終點線和他的起跑線・上冊（電子書）	鏡水	240
OF1014	他的終點線和他的起跑線・下冊（電子書）	鏡水	240
OF1014S	他的終點線和他的起跑線上下冊（電子書）	鏡水	480
OF0106	REVERSE・卷一	鏡水	399
OF0107	REVERSE・卷二	鏡水	399
OF0108	REVERSE・卷三	鏡水	399
OF0108G	REVERSE・限量作者親簽扉頁書盒套書	鏡水	1197
OF0108S	REVERSE・卷一至卷三套書	鏡水	1197

國家圖書館出版品預行編目資料

REVERSE・卷二/鏡水作. -- 初版. -- 臺北市：春光出版, 城邦文化事業股份有限公司出版：英屬蓋曼群島商家庭傳媒股份有限公司城邦分公司發行, 2025.02
冊；　公分（奇幻愛情）

ISBN 978-626-7578-20-9（卷2：平裝).

863.57　　113019301

REVERSE・卷二

作　　者／鏡水
企劃選書人／王雪莉
責 任 編 輯／王雪莉、高雅婷

版權行政暨數位業務專員／陳玉鈴
資深版權專員／許儀盈
行銷企劃主任／陳姿億
業 務 協 理／范光杰
總　編　輯／王雪莉
發　行　人／何飛鵬
法 律 顧 問／元禾法律事務所　王子文律師
出　　版／春光出版
臺北市 115 南港區昆陽街 16 號 4 樓
電話：（02）2500-7008　傳真：（02）2502-7676
E-mail：stareast_service@cite.com.tw
發　　行／英屬蓋曼群島商家庭傳媒股份有限公司城邦分公司
臺北市 115 南港區昆陽街 16 號 8 樓
書虫客服服務專線：（02）2500-7718 /（02）2500-7719
24小時傳真服務：（02）2500-1990 /（02）2500-1991
服務時間：週一至週五上午9:30～12:00，下午13:30～17:00
郵撥帳號：19863813　戶名：書虫股份有限公司
讀者服務信箱E-mail: service@readingclub.com.tw
歡迎光臨城邦讀書花園 網址：www.cite.com.tw
香港發行所／城邦（香港）出版集團有限公司
香港九龍土瓜灣土瓜灣道86號順聯工業大廈6樓A室
電話：（852）2508-6231　傳真：（852）2578-9337
E-mail : hkcite@biznetvigator.com
馬新發行所／城邦（馬新）出版集團　Cite（M）Sdn. Bhd
41, Jalan Radin Anum, Bandar Baru Sri Petaling,
57000 Kuala Lumpur, Malaysia.
Tel:（603）90578822 Fax:（603）90576622

封面插畫及設計／ Blaze
內 頁 排 版／芯澤有限公司
印　　刷／高典印刷有限公司

■ 2025 年 3 月 6 日初版一刷

Printed in Taiwan

售價／399元

城邦讀書花園
www.cite.com.tw

ISBN 978-626-7578-20-9

廣告回
北區郵政管理登記
臺北廣字第000791
郵資已付，免貼郵

臺北市 115 臺北市南港區昆陽街 16 號 8 樓

英屬蓋曼群島商家庭傳媒股份有限公司

城邦分公司

請沿虛線對折，謝謝！

愛情 · 生活 · 心靈

閱讀春光，生命從此神采飛揚

春光出版

書號：OF0107 **書名**：REVERSE · 卷二

請於此處用膠水黏貼

讀者回函卡

謝您購買我們出版的書籍！請費心填寫此回函卡，我們將不定期寄上城邦集
最新的出版訊息。亦可掃描 QR CODE，填寫電子版回函卡

姓名：______________________

性別：☐男 ☐女

生日：西元________年________月________日

地址：______________________

聯絡電話：________________ 傳真：________________

E-mail：______________________

職業：☐ 1. 學生 ☐ 2. 軍公教 ☐ 3. 服務 ☐ 4. 金融 ☐ 5. 製造 ☐ 6. 資訊

☐ 7. 傳播 ☐ 8. 自由業 ☐ 9. 農漁牧 ☐ 10. 家管 ☐ 11. 退休

☐ 12. 其他 ______________________

您從何種方式得知本書消息？

☐ 1. 書店 ☐ 2. 網路 ☐ 3. 報紙 ☐ 4. 雜誌 ☐ 5. 廣播 ☐ 6. 電視

☐ 7. 親友推薦 ☐ 8. 其他 ______________________

您通常以何種方式購書？

☐ 1. 書店 ☐ 2. 網路 ☐ 3. 傳真訂購 ☐ 4. 郵局劃撥 ☐ 5. 其他 ______

您喜歡閱讀哪些類別的書籍？

☐ 1. 財經商業 ☐ 2. 自然科學 ☐ 3. 歷史 ☐ 4. 法律 ☐ 5. 文學

☐ 6. 休閒旅遊 ☐ 7. 小說 ☐ 8. 人物傳記 ☐ 9. 生活、勵志

☐ 10. 其他 ______________________

請於此處用膠水黏貼